COZY MYSTER

T0279004

UNA ESPÍA
MUY REAL

ALMA

Título original: *Her Royal Spyness*

© 2007, Janet Quin-Harkin
Publicado de acuerdo con Jane Rotrosen Agency LLC a través de la agencia International
Editors & Yáñez Co, S. L.
Todos los derechos reservados

© de esta edición:
Editorial Alma
Anders Producciones S. L., 2024
www.editorialalma.com

 @almaeditorial

© de la traducción: Nuria Salinas
© Ilustración de cubierta y contra: Stephanie von Reiswitz

Diseño de la colección: lookatcia.com
Diseño de cubierta: lookatcia.com
Maquetación y revisión: LocTeam, S.L.

ISBN: 978-84-19599-48-3
Depósito legal: B-5304-2024

Impreso en España
Printed in Spain

El papel Munken Print Cream utilizado en el interior de esta publicación está certificado
Cradle to Cradle™ en el nivel bronce.

C2C certifica que el papel de este libro procede de fábricas sostenibles donde se elaboran
productos seguros y neutros para el medio ambiente, utilizando fibras de bosques gestio-
nados de manera sostenible, 100% reciclables, cerrando su ciclo de vida útil.

COZY MYSTERY

RHYS BOWEN
UNA ESPÍA MUY REAL

MISTERIOS DE UNA ESPÍA REAL

ALMA

CAPÍTULO UNO

Castillo de Rannoch
Perthshire, Escocia
Abril de 1932

S er un miembro secundario de la realeza tiene dos inconvenientes. Para empezar, todos esperan que se comporte como corresponde a la familia que ocupa el trono de un país sin que se le hayan proporcionado los medios para hacerlo. Todos esperan que bese a bebés, inaugure actos benéficos, se persone en Balmoral (con la pertinente falda escocesa) y sujete la cola del vestido en una boda. Todos le miran con malos ojos si se plantea ganarse la vida con un empleo corriente; no es adecuado, por ejemplo, trabajar en la sección de cosmética de Harrods, como estaba a punto de descubrir.

Cuando me atrevo a señalar lo injusto que es esto, me recuerdan el segundo punto de la lista. Al parecer, el único destino aceptable para una joven Windsor es contraer matrimonio con un miembro de alguna de las casas reales que aún pueblan Europa, aunque hoy en día son poquísimos los monarcas que reinan. Por lo visto, incluso una Windsor muy secundaria como yo es un artículo deseable para aquellos interesados en establecer una alianza indirecta con Gran Bretaña en estos tiempos

convulsos. A todas horas me recuerdan que es mi deber casarme «bien» con algún personaje real europeo medio chiflado,
dentudo, timorato, fofo y horrendo para fortalecer así lazos con
un enemigo potencial. Es lo que hizo mi pobre prima Alex, y he
aprendido de su trágico ejemplo.

Supongo que debería presentarme antes de proseguir con
mi relato. Soy Victoria Georgiana Charlotte Eugenie, hija del
duque de Glen Garry y Rannoch y conocida por mis amigas
como Georgie. Mi abuela era la menos guapa de las hijas de la
reina Victoria, y en consecuencia nunca consiguió cazar a un
Romanov o a un káiser, algo que agradezco con toda el alma, y
confío en que también ella lo agradeciera. Decidieron casarla,
en cambio, con un soporífero barón a quien se sobornó con un
ducado a cambio de quitársela de encima a la difunta reina.
A su debido tiempo, engendró diligentemente a mi padre, el
segundo duque, antes de sucumbir a una de esas enfermedades
derivadas de la endogamia y del exceso de aire puro. No llegué
a conocerla. Tampoco conocí a mi temible abuelo escocés, aunque los sirvientes aseguran que su fantasma ronda por el castillo
de Rannoch y toca la gaita encaramado a las murallas (lo cual es
extraño, ya que en vida no aprendió a tocar la gaita). Cuando yo
nací, en el castillo de Rannoch, la residencia familiar, aún más
incómoda que Balmoral, mi padre ya se había erigido en segundo duque y consagraba todo su tiempo a dilapidar la fortuna
familiar.

Él, a su vez, había cumplido con sus deberes y había contraído
matrimonio con la hija de un conde inglés, que era de una corrección insufrible y que dio a luz a mi hermano, echó un vistazo al
paisaje de las Highlands, vio que no podía ser más inhóspito y
murió en el acto. Habiéndose asegurado un heredero, mi padre hizo entonces lo inconcebible y se casó con una actriz, mi

madre. A los jóvenes como su tío Bertie, quien tiempo después se convertiría en el rey Eduardo VII, no solo se les permitía, sino que incluso se les alentaba a tener escarceos con actrices, pero en ningún caso a desposarlas. No obstante, dado que mi madre pertenecía a la Iglesia de Inglaterra y procedía de una familia británica respetable, si bien humilde, en una época en que empezaban a formarse las nubes tormentosas de la Gran Guerra, se consintió el enlace y mi madre fue presentada a la reina María, que la consideró notablemente civilizada para ser de Essex.

Sin embargo, el matrimonio no duró. Ni siquiera aquellos con menos agallas y neuronas que mi madre conseguían soportar mucho tiempo el castillo de Rannoch. El gemido del viento a través de las amplias chimeneas sumado al tartán del papel de las paredes en el cuarto de baño tenía el efecto de provocar depresión e incluso demencia. Es asombroso que ella resistiera tanto tiempo. Creo que al principio le atrajo la idea de ser duquesa; fue solo al saber que estar casada con un duque implicaba pasar la mitad del año en Escocia cuando decidió huir. Yo tenía dos años en su primera huida con un jugador de polo argentino. A esa le siguieron muchas más, por supuesto: el piloto francés, que murió de forma trágica en Montecarlo; el productor de cine estadounidense; el gallardo explorador y, en fechas más recientes, un industrial alemán, creo. Nos vemos de cuando en cuando, durante sus visitas fugaces a Londres. Y en cada encuentro luce más maquillaje y más sombreros exóticos y caros mientras intenta aferrarse con desesperación a aquel físico juvenil que hacía que los hombres se pelearan por ella. Nos damos dos besos y charlamos del tiempo, de ropa y de mis perspectivas matrimoniales. Es como tomar el té con una extraña.

Por suerte, la niñera que tuve era amable, así que mis primeros años en el castillo de Rannoch fueron solitarios pero no demasiado horribles. A veces mi madre me llevaba consigo, si estaba casada con alguien apropiado y vivía en algún paraje lujoso del mundo, pero la verdad es que la maternidad no era lo suyo y raras veces permanecía largas temporadas en el mismo lugar, de modo que el castillo de Rannoch se convirtió en mi ancla, un refugio conocido y seguro, aunque fuera lúgubre y estuviera aislado. A mi medio hermano, Hamish (al que solemos llamar Binky), lo enviaron a uno de esos internados donde las duchas frías y las carreras al amanecer eran la norma, una norma pensada para modelar a futuros líderes del imperio, por lo que tampoco a él lo conozco bien. Y, en realidad, tampoco conocí bien a mi padre. Tras la muy publicitada huida de mi madre, se quedó en cierto modo descorazonado y se dedicó a revolotear por los abrevaderos de Europa, perdiendo cada vez más dinero en las mesas de juego de Niza y Montecarlo hasta el infame crac del 29. Al saber que había agotado lo que quedaba de su fortuna, se fue al páramo y se pegó un tiro con el arma que usaba para cazar urogallos, aunque sigue siendo un misterio cómo lo consiguió, ya que mi padre nunca había destacado por su puntería.

Cuando me comunicaron la noticia, yo estaba en Suiza y recuerdo que intenté experimentar un sentimiento de pérdida. Solo conservaba en la memoria una imagen muy vaga de él; eché de menos el concepto de tener un padre, saber que estaría ahí para protegerme y aconsejarme cuando lo necesitara de verdad. Y me perturbó caer en la cuenta de que, a los diecinueve años, estaba en esencia sola.

Y así, Binky devino el tercer duque, se casó con una joven insulsa de pedigrí impecable y heredó el castillo de Rannoch. A mí, mientras tanto, me habían enviado a una escuela privada para señoritas de la alta sociedad ubicada en Suiza, donde me lo estaba pasando en grande con las traviesas hijas de los ricos y los famosos. Allí aprendimos un francés aceptable y poco más, salvo el arte de ofrecer cenas de gala, tocar el piano y caminar erguidas. Entre las actividades extraescolares destacaban fumar detrás del cobertizo del jardinero y saltar el muro para encontrarnos en la taberna con los instructores de esquí.

Por suerte, algunos parientes acaudalados contribuyeron a mi educación y me permitieron seguir allí hasta que fui presentada ante la corte y comenzó mi temporada. Para los que no lo sepáis, todas las jóvenes de buena familia tienen su temporada: una serie de bailes, fiestas y otras actividades sociales, como la caza, mediante los cuales entran en sociedad y son presentadas ante la corte. Es una forma fina de anunciar: «Aquí está, chicos. Ahora, por el amor de Dios, que alguno se case con ella y nos la quite de encima».

Temporada es en realidad un término demasiado grandilocuente para designar una sarta de bailes tediosos que culminaron con el del castillo de Rannoch, coincidiendo con la época del urogallo. A él asistieron chicos amantes de la caza que por la noche estaban demasiado cansados para bailar, aunque, de todos modos, pocos conocían los bailes de las Highlands que cabía esperar en el castillo de Rannoch, y las gaitas que sonaban al amanecer desde el torreón septentrional hicieron que varios de esos jóvenes recordaran de pronto compromisos perentorios e ineludibles en Londres. Huelga decir que no hubo ninguna propuesta matrimonial digna de considerar, así que, con veintiún años, me encontraba atrapada en el castillo de Rannoch sin la menor idea de qué hacer con el resto de mi vida.

CAPÍTULO DOS

Castillo de Rannoch
Lunes, 18 de abril de 1932

M e pregunto cuántas personas habrán tenido en el cuarto de baño una de esas experiencias que te cambian la vida... Debería señalar que los servicios del castillo de Rannoch no son los pequeños cubículos que uno encuentra en las casas normales. Son espacios enormes y tenebrosos con techos altos, paredes empapeladas de tartán y una fontanería que sisea, gruñe, traquetea y, está documentado, ha causado más de un infarto, así como accesos instantáneos de demencia tales que un invitado saltó al foso desde la ventana de uno. Y debería añadir que las ventanas siempre están abiertas; es una tradición del castillo.

El castillo de Rannoch no es, ni en su mejor momento, un lugar precioso. Se encuentra al pie de un imponente peñasco negro, en el extremo de un lago negro, protegido de los temibles vendavales de la región por un pinar oscuro y lóbrego. Ni siquiera el poeta Wordsworth, invitado al castillo en una de sus excursiones, encontró nada que decir sobre él, salvo por un pareado que hallaron en la papelera:

Desde las pavorosas montañas hasta el, si cabe, más pavoroso lago,
toda ι .ιμι ινιιτι ιιbandona quien aquí se interna en día aciago

Y aquel no era su mejor momento. Corría abril y el resto del mundo estaba lleno de narcisos, brotes y sombreros de Pascua. En el castillo de Rannoch nevaba, y lo que caía no era esa sustancia encantadora con textura de polvo de Suiza, sino una nieve húmeda, pesada y pringosa que se pegaba a la ropa y congelaba a su propietario en cuestión de segundos. Hacía días que no salía. Binky, así instruido en la escuela, insistió en cumplir con su caminata matutina por la finca y a su vuelta parecía el abominable hombre de las nieves; tanto que ahuyentó a su hijo Hector, conocido por el cariñoso apelativo de Podge, quien echó a correr gritando en busca de la niñera.

Era el día idóneo para arrebujarse con un buen libro junto a una lumbre crepitante. Por desgracia, mi cuñada, Hilda, a quien todos llamamos Fig, estaba intentando ahorrar y no permitía que en la chimenea ardiera más de un leño. Era un ahorro a todas luces absurdo, como señalé en varias ocasiones: los vendavales derribaban árboles a diario. Pero lo de Fig con ese asunto rayaba en la obsesión. Corrían malos tiempos para todo el mundo y nosotros teníamos que dar ejemplo a las clases bajas. El ejemplo incluía desayunar gachas de avena en lugar de beicon y huevos, e incluso cenar judías con tomate como postre salado. «Qué vida tan triste esta», escribí en mi diario. Esos días dedicaba mucho tiempo al diario, aunque sabía que debería haberme empleado en otras cosas. Estaba ansiosa por hacer algo, pero, tal como mi cuñada me recordaba a todas horas, un miembro de la familia real, por secundario que sea, tiene el deber de no decepcionar a los suyos. Su mirada implicaba que cabía la posibilidad de que me quedara embarazada o acabara bailando desnuda en el jardín si iba a un supermercado Woolworths sin carabina. Al parecer, mi obligación era aguardar a que me encontraran un esposo adecuado. Una perspectiva nada halagüeña.

No sabría decir cuánto tiempo habría esperado mi sino pacientemente de no haber estado sentada en el cuarto de baño una tarde de abril, intentando esquivar el azote de la nieve que volaba hasta mí mientras hojeaba un ejemplar de *Horse and Hound*. Entre el gemido del viento oí unas voces. Debido a la naturaleza excéntrica de la fontanería del castillo de Rannoch, cuya instalación se llevó a cabo muchos siglos después de que se construyera el castillo, era posible oír conversaciones que ascendían desde varias plantas más abajo. Es muy probable que este fenómeno contribuyera a los ataques y los delirios que asaltaban incluso al más cuerdo de nuestros invitados. Habiéndolo experimentado desde pequeña, yo estaba habituada a él y le había sacado provecho toda la vida, escuchando más de un comentario que no estaba destinado a mis oídos. Sin embargo, para alguien nuevo en el castillo, sumido en la contemplación, mirando horrorizado alternativamente los peñascos negros de fuera y el tartán del papel de las paredes, las voces huecas y resonantes que brotaban de las tuberías bastaban para sacarlo de sus casillas.

—¿Que la reina quiere que hagamos qué? —La sola pregunta hizo que me irguiera y prestara atención. Siempre me habían encantado los chismes sobre nuestros regios parientes, y Fig había proferido un chillido horrorizado impropio de ella.

—Solo será un fin de semana, Fig.

—Binky, te suplico que cuando hables evites emplear esos vulgarismos tan espantosos. ¿Qué va a ser lo siguiente, que enseñes a Podge a decir «puesta de sol» en lugar de «ocaso» y «pluma» en lugar de «estilográfica»?

—Dios me libre, Fig. Es solo que la expresión *fin de semana* parece condensar la idea bastante bien, ¿no crees? Me refiero a... ¿qué otro término tenemos para designar el conjunto de viernes, sábado y domingo?

—Implica que somos esclavos de una semana de trabajo, y no es así. Pero no intentes cambiar de tema. Esto me parece un descaro por parte de Su Majestad.

—Solo intenta ayudar. Algo hay que hacer con Georgie.

Y ahí presté aún más atención.

—Convengo en que no puede pasarse el resto de su vida aquí, deambulando como un alma en pena y haciendo crucigramas. —La aguda voz de Fig resonó de forma alarmante e hizo que una de las tuberías zumbara—. Pero, por otra parte, podría ayudar con el pequeño Podge; así nos ahorraríamos contratar a una institutriz antes de que empiece a ir a la escuela privada de primaria. Supongo que algo le habrán enseñado en aquel centro suizo ridículamente caro.

—No puedes contemplar a mi hermana como una institutriz no remunerada, Fig.

—Todo el mundo tiene que arrimar el hombro en estos tiempos, Binky, y, para ser francos, no está haciendo nada, ¿me equivoco?

—¿Y qué esperas que haga, servir pintas en una taberna?

—No digas tonterías. Deseo tanto como tú ver a tu hermana feliz y asentada, pero que tenga que invitar a un príncipe a una recepción de dos días con la esperanza de encasquetarle a Georgiana...; la verdad, es excesivo, incluso viniendo de Su Majestad.

En ese instante ya tenía la oreja pegada a la tubería. El único príncipe en quien se me ocurrió pensar fue mi primo David, el príncipe de Gales. Sin duda era un buen partido, al que tenía claro que no rechazaría. Sí, era un poco..., bastante mayor que yo, y algo más bajo, pero también ingenioso y una excelente pareja de baile. Y amable. Incluso estaba dispuesta a llevar zapato plano por siempre jamás.

—Diría que será un dispendio considerable desperdiciado en una causa perdida. —De nuevo la afilada voz de Fig.

—Yo no definiría a Georgie como una causa perdida. Es una chica espléndida. Un poco alta para el promedio de chicos, tal vez; algo desgarbada, de acuerdo, pero está sana, tiene buena complexión y no es tonta. A decir verdad, es infinitamente más lista que yo. Será una magnífica esposa para el hombre adecuado.

—Hasta ahora ha rehusado a todos los que le hemos encontrado. ¿Qué te hace creer que le interesará el tal Siegfried?

—Que es un príncipe, y heredero al trono.

—¿Qué trono? Asesinaron a su último rey.

—Se están manteniendo conversaciones para restituir a la familia real en un futuro próximo. Siegfried es el siguiente en la línea de sucesión.

—La familia real no durará lo suficiente para que él llegue al trono. Volverán a la carga y los asesinarán a todos.

—Dejémoslo ya, Fig. Es importante que no le contemos nada a Georgie. Su Majestad ha hecho una petición, y las peticiones de Su Majestad no se deniegan. Solo será una recepción para el príncipe Siegfried y algunos de sus allegados ingleses, suficientes hombres para que Georgie no sospeche de nuestros planes.

—Es una proposición muy costosa, Binky. Ya sabes cuánto beben esos jóvenes, y a estas alturas del año no podemos permitirnos ofrecerles siquiera una partida de caza; ni siquiera una batida. ¿Qué vamos a hacer con ellos tantas horas? No creo que el tal Siegfried quiera escalar una montaña.

—Ya nos las arreglaremos. A fin de cuentas, soy el cabeza de familia. Es mi responsabilidad ver a mi hermana establecida.

—Es tu medio hermana; deja que su madre se encargue de buscarlo a alguien. Sabe Dios que conoce a unos cuantos descarriados, la mayoría millonarios.

—Ahora estás siendo malvada, Fig. Por favor, contesta a Su Majestad diciéndole que estaremos encantados de organizar la recepción en breve.

Mis altavoces particulares dejaron de recibir señal. Me quedé allí, junto a la ventana del baño, insensible a la nieve que me caía encima arrastrada por el viento. Tenían que elegir al príncipe Siegfried de Rumanía, de todos los posibles. Lo había conocido cuando estudiaba en Les Oiseaux, la escuela para señoritas de Suiza, y me había dado la impresión de ser un tipo frío y antipático, de ojos escrutadores y apretón de manos flácido, cuyo semblante sugería la presencia perpetua de un hedor bajo su nariz. Cuando me lo presentaron, chocó los talones y murmuró: «Enchanté», y el modo en que lo dijo me hizo sentir como si fuera yo a quien le concedían el honor y no al revés. Sospechaba que no estaría encantado de volver a verme.

—¡Ha llegado el momento de entrar en acción! —le grité a la nevisca.

Ya era mayor de edad. Podía ir a donde quisiera sin carabina, tomar mis propias decisiones y elegir mi propia vida. No era la sucesora ni la sustituta al trono, solo la trigésimo cuarta en la línea. Siendo mujer, nunca podría heredar el ducado ni el castillo de Rannoch, ni siquiera en el caso de que Binky no tuviera ya un hijo varón. No iba a pasar un minuto más allí sentada esperando a que me llegara el futuro: me lanzaría al mundo para forjar mi destino.

Salí del baño dando un portazo y me dirigí con determinación a mi dormitorio, donde sorprendí a mi doncella colgando blusas recién planchadas.

—Maggie, ¿podrías ir al desván y traerme el baúl, por favor? —le pedí—. ¿Y llenarlo con ropa de estilo urbano? Me voy a Londres.

Aguardé hasta que Binky y Fig se sentaron a tomar el té en el salón grande y entré impertérrita, como llevada por la brisa. En realidad, no resultaba difícil entrar así en ninguna estancia del castillo de Rannoch, ya que lo habitual era que por los pasillos corriera y aullara un viento que hacía aletear los tapices. Binky estaba de pie y de espaldas al fuego, impidiendo que el calor del único leño llegara al resto del salón. Fig tenía la nariz azulada, a juego con su sangre, y las manos alrededor de la tetera en lugar de dejar que Ferguson, la camarera del salón, le sirviera.

—Ah, Georgie, estás aquí —me saludó Binky con efusividad—. ¿Has tenido un buen día? Fuera hace un tiempo espantoso. Imagino que no habrás salido a montar.

—Nunca sería tan cruel con mi caballo —contesté. Levanté la cubierta de plata de una de las bandejas—. Tostadas —dije, decepcionada—. Ya veo que no hay *crumpets.*

—Ahorro, Georgiana —dijo Fig—. No podemos comer *crumpets* si para el resto del mundo son un lujo inasequible, no estaría bien. Sabe Dios que ni nosotros podremos permitírnoslos mucho tiempo más. Y ya estaríamos comiendo margarina si no poseyéramos ganado.

Vi que se servía en la tostada una generosa cantidad de mermelada de grosella negra Fortnum, pero tuve la prudencia de no hacer ninguna observación al respecto. Preferí esperar hasta que le hubo dado un buen mordisco.

—Me voy a Londres unos días, en caso de que no tengáis inconveniente —anuncié entonces.

—¿A Londres? ¿Cuándo? —preguntó Fig fulminándome con sus punzantes ojos.

—En principio, mañana..., si la nieve no nos sepulta antes...

—¿Mañana? si extrañó Binky . Un poco repentino, ¿no te parece?

—Sí. ¿Cómo es que no nos lo habías dicho? —le secundó Fig.

—Es que acabo de saber algo —contesté, concentrada en untar mantequilla en la tostada—. Una de mis mejores amigas de la escuela se casa y quiere que la ayude con los preparativos de la boda. Y como aquí no estoy haciendo nada útil, he pensado que debía responder a su llamada de auxilio. Baxter podrá llevarme a la estación en el automóvil, ¿verdad?

Había inventado la excusa mientras bajaba la escalera. Me sentí bastante orgullosa de ella.

—Esto es de lo más inoportuno, Georgie —dijo Binky.

—¿Inoportuno? ¿Por qué? —Lo miré con ojos inocentes.

—Bien, verás, por lo siguiente. —Se volvió hacia Fig en busca de inspiración y luego prosiguió—. Tenemos previsto organizar una pequeña recepción e invitar a varios jóvenes. Comprendemos que debe de resultar tedioso estar aquí encerrada con una pareja de viejos como nosotros sin bailes ni diversiones.

Me acerqué a él y lo besé en la mejilla.

—Eres un viejo encantador por tenerme tan en cuenta, Binky, pero de ningún modo permitiría que gastarais dinero por mi causa. No soy una niña. Me hago cargo de las terribles estrecheces económicas que imponen estos tiempos y recuerdo que tuvisteis que saldar aquel impuesto de sucesiones tan gravoso.

Advertí que Binky se encontraba en un agónico estado de indecisión. Su Majestad esperaba que se satisficiera su petición y yo estaba a punto de largarme. Él no podía decirme por qué quería que me quedara, puesto que debía guardar el secreto. Era lo más divertido que había ocurrido en una eternidad.

—Así que ya no tendréis que preocuparos más por mí —proseguí—. Me relacionaré con otros jóvenes en Londres, ayudaré a mi amiga y seguiré con mi vida. Podré contar con la casa de Rannoch como base de operaciones, ¿verdad?

Vi que Fig y Binky intercambiaban una mirada rápida.

—¿La casa de Rannoch? —exclamó ella—. ¿Quieres abrir la casa de Rannoch solo para ti?

—En realidad, no sería abrirla —contesté—. Apenas usaría mi dormitorio.

—No podemos prescindir de una sirvienta para que te acompañe —replicó Fig—. Ya hemos reducido el servicio al mínimo imprescindible. Binky a duras penas consiguió reunir a suficientes ojeadores en la última cacería. Y Maggie nunca abandonaría a su madre impedida para irse a Londres contigo.

—No pasa nada —repuse—, no me llevaré a ninguna sirvienta. De hecho, ni siquiera encenderé la calefacción central.

—Pero si vas a ayudar a esa chica con su boda, ¿no te instalarás en su casa? —preguntó Fig.

—Más adelante sí, pero aún no ha llegado del continente.

—¿Esa chica es continental? ¿No es inglesa? —Fig parecía horrorizada.

—Nosotros no somos ingleses —repuse—. Al menos, Binky y yo. Somos medio escoceses, y en buena parte alemanes.

—Permíteme rectificar y dejarlo en británicos. Te han educado como británica, ahí es donde estriba la gran diferencia. Esa chica es extranjera, ¿verdad?

Me moría de ganas de inventarme a una misteriosa condesa rusa, pero hacía demasiado frío para que mi cerebro reaccionara deprisa.

—Ha estado viviendo en el extranjero —respondí—, por cuestiones de salud. Se encuentra un poco delicada.

—Entonces me extraña que algún pobre chico quiera casarse con ella —terció Binky con vehemencia—. No parece que tenga muchos números para engendrar y dar a luz a un heredero.

—Él la ama, Binky —dije, defendiendo a mi heroína ficticia—. Hay personas que se casan por amor, ¿sabes?

—Sí, pero los de nuestra clase social no —se apresuró a replicar—. Cumplimos con nuestro deber. Nos casamos con la persona apropiada.

—A mí me gusta creer que algo de amor sí hay, Binky —intervino Fig con tono gélido.

—Sí, Fig, si se tiene suerte. Como nosotros.

Concluí que no era tan necio como aparentaba. Carecía de astucia, era un hombre de necesidades simples, de placeres simples, pero en absoluto estúpido.

Fig consiguió esbozar una sonrisa.

—¿Vas a necesitar que te traigan la tiara de la cámara? —preguntó, volviendo a las cuestiones prácticas.

—No creo que sea una boda de tiara —contesté.

—Entonces, ¿no se celebrará en St. Margaret?

—No, será algo discreto, por la salud de la novia.

—En tal caso, no entiendo por qué necesita ayuda con los preparativos. Cualquiera es capaz de organizar una boda sencilla. —Fig tomó otro gran bocado de tostada y mermelada.

—Fig, me ha pedido que la ayude y yo le correspondo —repliqué—. Aquí no estoy haciendo gran cosa y, ¿quién sabe?, incluso podría conocer a alguien en Londres.

—Sí, pero ¿qué harás con respecto al servicio?

—Contrataré a alguna chica de la ciudad para que me cuide.

—Asegúrate de contrastar bien sus referencias —replicó Fig—. Esas chicas de Londres no son de fiar. Y guarda bajo llave la cubertería y la vajilla de plata.

—No creo que vaya a necesitar la cubertería y la vajilla de plata. Solo voy a pasar unas cuantas noches en la casa.

—Bien, supongo que, si tienes que ir, tienes que ir. Pero te vamos a echar muchísimo de menos, ¿verdad, Binky?

Binky fue a objetar algo, pero se lo pensó.

—Te echaré de menos, tesoro. —Era lo más bonito que me había dicho nunca.

Mientras el tren avanzaba hacia el sur, contemplé por la ventanilla cómo el invierno se derretía en una espléndida primavera. En los campos se veían corderos blancos, las primeras prímulas en los terraplenes. La emoción que sentía aumentó a medida que nos acercábamos a Londres. Estaba sola, realmente sola, por primera vez en toda mi vida. Por primera vez tomaría mis propias decisiones, planificaría mi propio futuro..., haría algo. En ese momento no tenía la menor idea de qué, pero me recordé que estábamos en los años treinta. A las damas se les permitía llevar a cabo actividades que no se limitaran a bordar, tocar el piano y pintar acuarelas. Y Londres era una ciudad grande, rebosante de oportunidades para una joven vital y formada como yo.

Mi entusiasmo ya se había desvanecido cuando llegué a la casa de Rannoch. Había empezado a llover en las afueras de la ciudad, y al entrar en la estación de King's Cross diluviaba. Vi a hombres de aspecto lastimoso haciendo cola frente a un comedor social en Euston Road y a mendigos en todas las esquinas. Bajé del taxi y entré en una casa tan fría e inhóspita como el castillo de Rannoch. La casa de Rannoch se encuentra en la vertiente septentrional de Belgrave Square. La recordaba como un lugar de bullicio y risas, siempre lleno de gente que iba y venía de teatros, de cenas de gala o de compras. En aquel momento estaba amortajada con fundas protectoras para el polvo, más gélida que una tumba y desierta. De pronto caí en la cuenta de que aquella era la primera vez en mi vida que me encontraba sola en una casa. Me volví y miré la puerta principal, mitad temerosa, mitad emocionada. ¿Era una idiota por haber ido sola a Londres? ¿Cómo iba a salir adelante por mí misma? «Me sentiré mejor después de un buen baño y una taza de té», pensé. Subí a mi dormitorio. La chimenea estaba vacía, nadie había dispuesto la leña. Lo que necesitaba era una lumbre que me animara, pero no tenía la menor idea de cómo encenderla. En realidad, nunca había visto a nadie preparar ni prender una lumbre. Una despertaba con el fuego crepitando alegremente sin haber atisbado a la doncella que había entrado en la habitación a las seis de la mañana para encenderlo. Fig contaba con que contrataría a una chica para todo, pero no tenía dinero, así que no me quedaría más remedio que aprender a hacer las cosas sola. Sin embargo, en ese momento no me sentía capaz de ponerme manos a la obra. Estaba cansada por el viaje, más bien agotada, y tenía frío. Fui al cuarto de baño y me dispuse a bañarme. En la bañera había ya unos quince centímetros de agua cuando me di cuenta de que de los dos grifos salía agua fría. La caldera, claro, estaba apagada y yo no sabía ni cómo era una caldera ni cómo se ponía en marcha. Empecé a cuestionarme seriamente la insensatez de mi rápida partida. De haber esperado y haberla planificado mejor, sin duda me habría asegurado una invitación de alguien que viviera en una casa cálida y confortable con sirvientes que me preparasen el baño y me hiciesen el té.

Apesadumbrada, bajé la escalera y me enfrenté a la puerta que daba al sótano, a la parte de la casa destinada al servicio. Recordaba haber ido allí de niña y haberme sentado en un escabel mientras la señora McPherson, nuestra cocinera, me dejaba arrebañar el molde del pastel o recortar galletas de jengibre.

La cocina del sótano, grande y semisubterránea, estaba fría e impoluta. Encontré un hervidor e incluso una caja con yesca y una astilla para prender el gas. Muy ufana por mi logro, puse agua a hervir. Hasta localicé un recipiente con té. Fue entonces cuando caí en la cuenta de que, como era lógico, no había leche ni posibilidad de que hubiera a menos que contactara con el lechero. La leche llegaba a la escalerilla de la entrada; eso era todo cuanto sabía. Rebusqué por la despensa y encontré un tarro de Bovril, de modo que opté por prepararme una taza de caldo de carne caliente con unas cuantas galletas saladas Jacob's y me fui a la cama. «Todo se ve siempre mejor por la mañana —escribí en el diario—. He dado los primeros pasos hacia una nueva y emocionante aventura. Al menos me he liberado de mi familia por primera vez en la vida».

CAPÍTULO TRES

Casa de Rannoch
Belgrave Square
Londres
Viernes, 22 de abril de 1932

N i del miembro más secundario de la familia real se espera que llegue andando al palacio de Buckingham. El medio apropiado para entrar es, como mínimo, un Rolls-Royce a motor o, en caso de estar atravesando circunstancias desfavorables, un Bentley o un Daimler. Y el idóneo, una carroza regia tirada por un par de caballos a juego, aunque en estos tiempos no son muchos los que pueden permitirse las carrozas. Ver a una mujer cruzando a pie y a hurtadillas el patio delantero haría que mi apreciada pariente política, Su Majestad Real y emperatriz de la India, la reina María, arqueara una ceja. Bueno, tal vez no la arqueara literalmente, porque a las personalidades de sangre real se las instruye para no reaccionar ni siquiera ante la mayor de las impropiedades. Si en algún rincón oscuro de las colonias un nativo se quitaba el taparrabos y se ponía a bailar, meneando ya-sabes-qué con alegre desenfreno, a Su Majestad no se le consentiría ni una leve contracción de la ceja. La única reacción apropiada sería aplaudir con cortesía una vez finalizada la danza.

Este tipo de autocontrol se nos inculca a una edad temprana, de un modo muy parecido a como se adiestra a un perro para no alterarse con el ruido de un disparo o a un caballo del cuerpo de la policía para permanecer impasible ante una muchedumbre enardecida. La señorita MacAlister, la institutriz que tuve antes de ir a la escuela para señoritas de Suiza, solía salmodiarme, como una letanía: «Una dama siempre sabe controlarse. Una dama siempre sabe controlar sus emociones. Una dama siempre sabe controlar su expresión. Una dama siempre sabe controlar su cuerpo». Y, de hecho, se rumorea que ciertas personalidades de la realeza son capaces de evitar los inodoros ajenos durante días, pero no seré tan grosera como para delatar a las personalidades avezadas en semejante proeza.

Por suerte, hay otras maneras de entrar en el palacio de Buckingham; la preferible es situarse frente a su formidable portalón coronado con puntas doradas y después cruzar el inmenso patio bajo la vigilante mirada de esos guardias de estatura imposible y tocados con el gorro de piel de oso y, con toda probabilidad, también la de Su Majestad. Después, yendo hacia la izquierda, en dirección a la estación Victoria, se llega al pabellón de los Embajadores y al acceso para visitantes. Y una opción aún más deseable: en cierto punto del alto muro de ladrillo hay una discreta puerta negra que da a la calle. Imagino que era la que empleaba el tío de mi padre, Bertie, cuyo reinado como Eduardo VII fue breve pero feliz, para ir a visitar a sus amigas menos decorosas. Imagino que mi primo David, el actual príncipe de Gales, la usa de cuando en cuando mientras se aloja con sus padres. Estaba claro que yo iba a usarla ese día.

Permitidme aclarar que no tengo por costumbre ir al palacio por decisión propia. Una no se presenta allí sin más para tomar el té y charlar, ni siquiera si es pariente. Se me había convocado dos días después de mi llegada a Londres. Mi apreciada pariente la reina poseía una de las mejores redes encubiertas de inteligencia del país. Aunque no creía que Fig se hubiese puesto en contacto con ella, de algún modo había averiguado que yo estaba en la ciudad. Me llegó una carta con el membrete oficial del palacio remitida por el secretario privado de la reina, sir Giles Ponsonby-Smythe, informándome de que a Su Majestad le complacería que fuera a tomar el té con ella. Motivo por el cual en esos momentos, una tarde de viernes, yo caminaba con sigilo por Buckingham Palace Road. Nadie rehúsa una invitación de Su Majestad.

Por supuesto, me picaba la curiosidad por conocer el motivo de la convocatoria. De hecho, hasta se me pasó por la cabeza la posibilidad de que la reina me hiciera sentarme y de pronto sacara como de una chistera al príncipe Siegfried y a un conveniente arzobispo de Canterbury para celebrar la boda allí mismo. Me sentí como debió de sentirse Ana Bolena cuando Enrique VIII le pidió que se personara ante él para tomar una jarra de cerveza con un vestido que no le cubriera el cuello.

No recordaba haber visto a mis ínclitos parientes desde mi presentación como debutante, un acontecimiento que no olvidaré con facilidad, y estoy segura de que ellos tampoco. Soy de esas personas cuyas piernas no siempre obedecen en momentos críticos. Mi vestido y su larga cola, por no hablar de tres plumas de avestruz ridículamente largas bamboleándose en un tocado, eran la fórmula perfecta para la catástrofe. Entré en la sala del trono cuando se me indicó, oí el rimbombante anuncio —«Lady Victoria Georgiana Charlotte Eugenie de Glen Garry y Rannoch»— e hice una reverencia impecable. Sin embargo, cuando intenté incorporarme, al parecer uno de los tacones se quedó atrapado en la cola. Intenté avanzar, pero estaba inmovilizada por la estaca en que se había convertido mil propio tacón. Tiré con elegancia, consciente de aquellos ojos regios clavados en mí. Nada. Noté gotas de sudor rodando por mi espalda desnuda. (Sí, sé que las damas no sudan, pero algo rodaba por mi espalda). Tiré con más fuerza. El tacón se liberó y yo me vi catapultada hacia el trono como si me hubiesen disparado desde un cañón en el mismo instante en que debería haber estado retrocediendo ante la presencia real. Incluso Su Majestad pareció ligeramente atónita, pero nadie dijo nada, ni entonces ni después. Me pregunté si este tema saldría a colación con los *crumpets*.

Conseguí acceder a un pasadizo estrecho que rodeaba las cocinas del palacio y avancé por el pasillo inferior, dejando atrás varios despachos familiares y sobresaltando a doncellas y lacayos a mi paso, hasta que una voz horrorizada me sobresaltó a mí.

—¡Eh, tú! ¿Adónde crees que vas? —Me giré y vi a un anciano caballero escrutándome—. No te conozco.

—Soy lady Georgiana, prima de Su Majestad —contesté—. Su Majestad me espera para tomar el té.

Ser un miembro secundario de la familia real tiene algunas ventajas. El anciano se puso del color de la remolacha.

—Milady, le ruego que me disculpe. No comprendo por qué no se me informó de su llegada. Su Majestad la espera en la sala Amarilla. Por aquí, por favor.

Me acompañó por una escalera lateral hasta el *piano nobile*, que no tiene nada que ver con un instrumento, sino que es la planta en la que transcurre la mayor parte de la vida de la realeza. La sala Amarilla se encuentra en la esquina suroriental del palacio y tiene vistas a The Mall, al arco del Almirantazgo y al comienzo de Buckingham Palace Road. Un auténtico mirador, en realidad. Como sala, no obstante, nunca me ha atraído. En su mayor parte, está decorada con objetos procedentes del Royal

Pavilion de Brighton, coleccionados por el rey Jorge IV en una época en que la *chinoiserie* era la última moda. Infinidad de dragones, crisantemos y porcelana pintada con profusión. Me parecía un poco floreado y estridente para mi gusto.

—Lady Georgiana, señora —anunció mi remilgado amigo en voz baja.

Su Majestad no estaba sentada a la mesa de la ventana, sino de pie, contemplando una de las vitrinas que adornaban las paredes. Alzó un instante la mirada cuando entré.

—Ah, Georgiana. No te he visto llegar. ¿Has venido en taxi?

—A pie, señora. —Debería explicar que los reyes siempre son «señora» y «señor», incluso para sus familiares más cercanos.

Fui hasta ella para plantarle el obligado beso en la mejilla, además de hacer una reverencia. Ambos actos requieren una cadencia muy delicada. A pesar de llevar toda la vida practicando, siempre me las apañaba para estampar la nariz contra su regia mejilla cuando me incorporaba de la reverencia.

Su Majestad se envaró.

—Gracias, Soames. Tomaremos el té dentro de quince minutos.

El anciano retrocedió y cerró la doble puerta a su paso. Su Majestad volvió a contemplar la vitrina.

—Dime, Georgiana, ¿me equivoco al creer que tu difunto padre poseía una excelente colección Ming? Estoy segura de haber hablado con él al respecto.

—Coleccionaba muchas cosas, señora, pero me temo que yo no sería capaz de distinguir un tarro de otro.

—Lástima. Tienes que venir a palacio más a menudo para que te ilustre. Coleccionar objetos hermosos procura tanto solaz...

No señalé que para coleccionar objetos hermosos es preciso tener dinero y que mi economía en esos momentos era paupérrima.

La reina mantenía la mirada clavada en la vitrina.

—Supongo que a tu hermano, el actual duque, si le interesarán algo las obras de arte y las antigüedades —comentó con tono despreocupado—. Se le educó para que fuera como su abuelo: caza, tiro, pesca...; el típico hacendado.

—Sí, en efecto, señora.

—En tal caso, ¿es posible que en el castillo de Rannoch siga habiendo algunos jarrones Ming... poco valorados?

Advertí un levísimo temblor en su voz y de pronto supe adónde llevaba aquella conversación: quería hacerse con las piezas que le faltaban en su colección. Y lo confirmó al instante.

—Me preguntaba —dijo, oh, con suma indiferencia— si cuando vuelvas al castillo podrías echar un vistazo. Hay un jarrón pequeño, como este, que quedaría tan bien en esta vitrina... Y si a tu hermano no le interesa mucho...

«Quieres que lo birle para ti», me moría de ganas de decirle. Su Majestad sentía una pasión desbocada por las antigüedades, y de no haberse erigido en reina de Inglaterra y emperatriz de la India podría haber sido una de las regateadoras más habilidosas de la historia del comercio de antigüedades. Tenía, claro está, una baza de la que carecíamos los demás: si expresaba admiración por una pieza, el protocolo exigía que se le regalase. Las familias nobles ocultaban sus posesiones más preciadas ante la visita inminente de un miembro de la realeza.

—Me temo que ya no frecuentaré mucho el castillo de Rannoch, señora —repuse con tacto—. Ahora que la casa ha pasado a ser propiedad de Hamish, en realidad ya no es mi hogar.

—Oh, una lástima —dijo—, pero sin duda pasarás por allí antes de ir unos días a Balmoral con nosotros este verano. Porque doy por hecho que irás a Balmoral...

—Gracias, señora. Iré encantada.

¿Cómo iba a negarme? Cuando a una se le invita a ir a Balmoral, va. Y todos los veranos la temible invitación recaía en alguien de la familia. Y todos los veranos intentábamos dar con alguna excusa para disculpar nuestra ausencia, excusas que abarcaban desde una travesía en yate por el Mediterráneo hasta una visita a las colonias. Se rumorea que una pariente se las apañó para dar a luz durante la temporada de Balmoral un año tras otro, aunque a mí este recurso me parece un poco excesivo. Balmoral no estaba tan mal para alguien que había crecido en el castillo de Rannoch. Las paredes y las alfombras de tartán, las gaitas al amanecer y el viento gélido embistiendo por las ventanas abiertas solo me recordaban a mi hogar. Sin embargo, a otros les resultaba difícil de soportar.

—Después podríamos ir juntas a Glenrannoch. Siempre he encontrado encantador ese trayecto. —Me apartó de las vitrinas con un gesto y me llevó a una mesita de café. «Acuérdate de escribir a Binky y advertirle de que en verano guarde bajo llave la mejor porcelana china y los objetos de plata», pensé—. El caso es que sospecho que mi hijo David podría estar pensando en convencer a tu hermano de que invite a cierta mujer a alojarse en el castillo de Rannoch este verano. David sabe que esa mujer no sería bienvenida en Balmoral, y el castillo de Rannoch está convenientemente cerca. —Me tocó un brazo cuando le acerqué una silla—. Y empleo la palabra *mujer* con toda la intención, ya que sin duda no es una dama —susurró—. Una vividora estadounidense, y casada ya dos veces. —Suspiró mientras se sentaba—. No consigo entender por qué no puede encontrar a una joven apropiada y sentar la cabeza. Ya no es un jovencito, y me gustaría verle establecido antes de que suba al trono. ¿Por qué no se casará con alguien como tú, por ejemplo? Serías la esposa idónea.

—No tendría ninguna objeción, pero me temo que sigue viéndome como una niña. A él le gustan las mujeres mayores y sofisticadas.

—A él le gustan las pendejas —replicó Su Majestad con frialdad. Alzó la mirada cuando las puertas se abrieron y apareció todo un despliegue de fuentes—. Ah, justo lo que decía: las bandejas —improvisó por si su comentario hubiese llegado a los oídos de los sirvientes.

Una tras otra, los sirvientes fueron depositando las fuentes en la mesa. Sándwiches diminutos de los que asomaban berros, soportes de pastel salpicados con *éclairs* en miniatura y tartaletas de fresa: suficiente para arrancarle las lágrimas a alguien que había vivido sometida a la austeridad de Fig todo el invierno, y a base de tostadas y judías con tomate los dos últimos días. Pero las lágrimas no eran de alegría. Había asistido ya a suficientes recepciones reales para conocer el protocolo: el invitado solo come lo que Su Majestad come. Y era muy poco probable que Su Majestad comiera algo más que una o dos rebanadas de pan negro. Suspiré, esperé a que cogiera una y después cogí yo otra.

—He pensado que podría contratarte como espía personal —dijo mientras nos servían el té.

—¿Os referís a este verano en el castillo de Rannoch?

—No, Georgiana, debo averiguar la verdad antes —contestó—. Lo único que me llega son rumores. Quiero un relato de primera mano de alguien en quien pueda confiar. Creo que David ha convencido a lord y lady Mountjoy para que organicen una recepción de fin de semana y un baile de mayo e inviten a esa mujer y a su esposo...

—¿Su esposo? —Sé que bajo ningún concepto hay que interrumpir a la reina, pero se me escapó.

Ella asintió con aire comprensivo.

—Semejante conducta se consideraría inaceptable en Estados Unidos. Al parecer, sigue viviendo con su marido. Él, pobre hombre, va a rastras de un lado a otro con el fin de conservar la respetabilidad y disipar los rumores. Y huelga decir que no existe modo alguno de disipar los rumores. Es todo cuanto hemos podido hacer para acallar a la prensa en relación con esta cuestión, y si David busca a esa mujer con más descaro, no creo que consigamos contener los chismes mucho tiempo más. Digo «si David busca a esa mujer», pero, francamente, creo que más bien ocurre lo contrario: sospecho que es ella quien lo busca sin tregua a él. Ya sabes cómo es David, Georgiana: un alma cándida a la que se halaga y seduce con suma facilidad. —Dejó la rebanada de pan en el plato y se inclinó un poco más hacia mí—. Necesito saber la verdad, Georgiana. Necesito saber si para ella esto es un simple flirteo o si tiene intenciones serias con mi hijo. Lo que más temo es que, como todos los estadounidenses, esté fascinada con la realeza y sueñe con ser reina de Inglaterra.

—Seguro que no es eso, señora. ¿Una mujer divorciada? Eso es imposible.

—Confiemos en que sea imposible. La única solución sería que el rey viviera hasta que David fuera lo bastante viejo como para que ya nadie lo considerase un partido atractivo. Pero me temo que la salud de mi esposo flaquea. No ha vuelto a ser el mismo desde la Gran Guerra; la presión a la que se vio sometido le está pasando factura.

Asentí con un gesto compasivo.

—¿Ha dicho que quiere que sea su espía?

—En efecto. La recepción de los Mountjoy será una ocasión excelente para que observes a esa mujer y a David juntos.

—Por desgracia, no he sido invitada —dije.

—Pero conoces a la hija de los Mountjoy, ¿verdad?

—Sí, señora.

—Pues solucionado. Haré saber que estás en Londres y que te gustaría retomar el contacto con la joven Mountjoy. La gente no suele rehusar mis sugerencias. Y tienes que moverte en sociedad si es que pretendes encontrar esposo algún día. —Me dirigió una mirada incisiva—. Y bien, dime, ¿a qué tienes previsto dedicarte en Londres?

—Acabo de llegar, señora. Aún no he decidido qué voy a hacer.

—Lamentable. ¿Dónde te alojas?

—Por el momento, me he instalado en la casa de Rannoch —contesté.

La regia ceja se arqueó.

—¿Sola en la casa de Londres? ¿Sin carabina?

—Ya he cumplido los veintiuno y he sido presentada en sociedad, señora.

La reina sacudió la cabeza.

—En mis tiempos, las jóvenes iban acompañadas por una carabina hasta el día de su boda. De otro modo, los esposos potenciales podrían albergar dudas de estar adquiriendo..., hummm..., un bien mancillado, por así decirlo. ¿Ninguna proposición en el horizonte?

—Ninguna, señora.

—Válgame Dios. Me pregunto a qué se deberá. —Me escrutó con aire crítico, como si fuera una de sus piezas de arte—. No te falta atractivo y al menos la mitad de tu linaje es intachable. Se me ocurren varios jóvenes apropiados. El rey Alexander de Yugoslavia tiene un hijo, ¿verdad? No, esa parte del mundo es quizá demasiado brutal y eslava. ¿Qué tal la familia real griega? ¿Ese chico rubio encantador? Pero me temo que es demasiado joven, incluso para ti. Y, por supuesto, siempre está Siegfried, uno de los Hohenzollern-Sigmaringen de Rumanía. Es pariente mío. Excelente linaje.

Oh, por supuesto, Siegfried. No había podido resistirse a sacarlo a colación. Iba a tener que aniquilar esa idea de una vez por todas.

—He coincidido con el príncipe Siegfried en varias ocasiones, señora. No parecía muy interesado en mí.

La reina suspiró.

—Esto era mucho más sencillo en mis tiempos. Se acordaba un enlace y se oficiaba. A mí en un principio se me asignó al hermano de Su Majestad, el duque de Clarence, pero falleció de improviso. Cuando se sugirió que en su lugar me casara con Su Majestad, consentí sin el menor aspaviento. Hemos sido razonablemente felices, y tu bisabuela adoraba al príncipe Alberto, como todos sabemos. Veré lo que puedo hacer.

—Estamos en los años treinta, señora —me atreví a decir—. Acabaré conociendo a alguien, ahora que voy a vivir en Londres.

—Eso es lo que me asusta, Georgiana. Tu padre no destacó precisamente por su sensatez a la hora de elegir, ¿cierto? En cualquier caso, no dudo de que algún día te casarás, confiemos en que con alguien adecuado. Vas a necesitar aprender a gestionar una mansión y a actuar como embajadora de tu país, y sabe Dios que no has tenido una madre que te haya enseñado nada de eso. ¿Cómo sigue? ¿La ves a menudo?

—Solo a veces, cuando pasa por Londres —contesté.

—¿Y quién es su nuevo galán, si se me permite preguntar?

—Hizo un gesto afirmativo hacia la doncella que nos ofrecía rodajas de limón para el té de China.

—Un industrial alemán, es lo último que supe; pero de eso hace ya un par de meses.

Advertí un levísimo titileo en uno de sus regios ojos. Mi austera pariente podía parecer estirada y severa, pero en el fondo tenía sentido del humor.

—Tendré que encargarme en persona de esto, Georgiana —dijo Su Majestad—. A las jovencitas no les conviene estar inactivas y sin carabina. Demasiadas tentaciones en la gran ciudad. Te contrataría como dama de compañía, pero ya dispongo de toda una dotación. Deja que piense... Es posible que la princesa Beatrice pueda asumir otra dama de compañía, aunque ya no sale tanto como antes. Sí, eso sería estupendo. Hablaré con ella al respecto.

—¿La princesa Beatrice, señora? —Noté un leve temblor en mi voz.

—Seguro que la conoces. Es la única hija viva de la difunta reina. Tía del rey. Tu tía abuela, Georgiana. Tiene una casa encantadora en el campo y también una residencia en Londres, creo, aunque apenas viene a la ciudad.

La hora del té llegó a su fin y se me despachó. Estaba condenada. Si no conseguía dar pronto con alguna ocupación brillante para un futuro inmediato, acabaría siendo dama de compañía de la única hija viva de la reina Victoria, que ya no salía mucho.

CAPÍTULO CUATRO

Casa de Rannoch
Viernes, 22 de abril de 1932

M e fui del palacio de Buckingham hundida en la miseria. En realidad, la miseria se había ido haciendo más profunda desde que mi temporada había llegado a su fin y yo había comprendido que me enfrentaba a una vida sin recursos ni perspectivas. Ahora parecía que me iban a encerrar en la casa de campo de una princesa anciana mientras mi familia me buscaba un esposo apropiado. La única chispa de emoción que veía en mi agorero futuro era el reto de espiar a mi primo David y a su última «mujer».

Sentía la imperiosa necesidad de animarme, así que subí a un tren de la District Line para ir a ver a mi persona favorita. Poco a poco, la ciudad fue dando paso a la campiña de Essex. Me bajé en Upminster Bridge y enfilé Glanville Drive, flanqueada por sendas hileras de casas modestas y semiadosadas, con sus jardines del tamaño de un pañuelo decorados con un sinfín de gnomos y piletas para pájaros. Llamé a la puerta del número veintidós. Enseguida oí un gruñido amortiguado, «Ya voy, ya voy», y una cara muy *cockney* asomó por el resquicio. Era una cara vital, aguileña y arrugada como una ciruela pasa. Le costó un segundo identificarme y después se iluminó con una gran sonrisa.

—¡Pero bueno! ¡Que me aspen! —exclamó mientras abría la puerta de par en par—. ¡Menuda sorpresa! No esperaba verte en siglos. ¿Cómo estás, cariño? Entra y dale un beso a tu abuelo.

Supongo que debería haber contado que, mientras que una de mis abuelas era hija de la reina Victoria, el único abuelo que me quedaba era un agente de policía jubilado y *cockney* que vivía en una casa semiadosada de Essex con gnomos en el jardín. Cuando me besó, noté sus mejillas rasposas y su aroma a jabón carbólico. Lo abracé con fuerza.

—Estoy bien, gracias, abuelo. ¿Cómo estás tú?

—No puedo quejarme. Mentiría si dijera que estoy como un roble, pero qué puede esperar uno a mi edad, ¿verdad? Vamos, pasa. Tengo el hervidor al fuego y un buen trozo de bizcocho de semillas que ha hecho la vieja de al lado. No para de traerme comida con la esperanza de demostrarme lo buena cocinera que es y el buen partido que sería.

—¿Y sería un buen partido? —pregunté—. Ahora ya llevas bastante tiempo solo.

—Estoy acostumbrado a mi propia compañía. No necesito en mi vida a una mujer entrometida. Va, cielo, siéntate. ¡Dichosos los ojos! —Volvió a mirarme con expresión radiante—. ¿Y qué te trae por estos lares? Viéndote diría que has venido en busca de una buena comilona, eres un saco de piel y huesos.

—Pues la verdad es que sí, necesito una buena comilona —confesé—. Vengo de palacio, y el té solo ha consistido en dos rebanadas de pan negro.

—Esa oferta sí puedo mejorarla. ¿Qué tal dos huevos escalfados con tostadas con queso y después un trozo de ese bizcocho?

—Perfecto. —Suspiré, contenta.

—Me apuesto algo a que no les has dicho a esos del palacio adónde venías. —Se afanó por la pequeña y limpísima cocina e introdujo dos huevos en el escalfador—. No les habría gustado. Cuando eras pequeña, interceptaban las cartas que te enviaba.

—No puede ser...

—Ah, sí. No querían que tuvieras contacto con nosotros, los pobres. Claro que si tu madre hubiera estado más presente, lo que era su obligación, y te hubiera educado como es debido, de cuando en cuando nos habrían invitado a pasar unos días en el castillo y ella habría podido traerte de visita. Pero no, estaba muy ocupada pavoneándose por ahí. Nos preocupabas mucho; pobre criatura, atrapada en ese sitio tan grande y ventoso, y sola.

—Tenía una niñera. Y a la señorita MacAlister.

Volvió a sonreír, exultante. Su sonrisa era de las que iluminan toda la cara.

—Y te convertiste en una joya, eso debo reconocerlo. Mírate: eres la dama ideal. Seguro que tus pretendientes hacen cola y se pelean por ti, ¿a que sí?

—No exactamente —contesté—. En realidad, estoy bastante perdida, no sé muy bien qué hacer con mi vida. Mi hermano ya no me pasa una asignación, ¿sabes? Dice que están arruinados.

—Menudo caradura. ¿Quieres que vaya y le cante las cuarenta?

—No, gracias, abuelo. No puedes hacer nada. Creo que es verdad que viven con estrecheces, y, a fin de cuentas, yo solo soy su medio hermana. Me ofreció de buen grado que me quedara en el castillo de Rannoch, pero tener que entretener al pequeño Podge y ayudar a Fig con sus labores de punto me parecía demasiado deprimente. Me he instalado en la casa de Londres. Binky de momento me deja vivir allí, pero sin calefacción central, así que está helada, y no tengo sirvientes que cuiden de mí. ¿Tú podrías enseñarme a encender una chimenea?

Mi abuelo me miró y se echó a reír, una risa sibilante que concluyó con una tos fea.

— Ah, sí, eres una joya. ¿Enseñarte a encender una chimenea? Mi niña del alma, iré a Belgravia y te la encenderé yo, si eso es lo que quieres. Aunque también podrías alojarte aquí. —Sus ojos refulgieron de regocijo ante esa posibilidad—. ¿Te imaginas sus caras si supieran que la trigésimo cuarta heredera en la línea de sucesión al trono está viviendo en una casa semiadosada de Hornchurch?

Yo también me reí.

—¡Sería muy gracioso! Solo tendría que atreverme, pero eso haría que la reina acelerase su plan de enviarme con mi tía como dama de compañía. Cree que necesito aprender a gestionar una mansión.

—Bueno, espero que lo hagas.

—Me moriría de aburrimiento, abuelo. No te imaginas lo soporífero que sería, después de tanta emoción durante mi temporada, después de todos esos bailes y esas fiestas de presentación en sociedad. Pero no tengo ni idea de qué otra cosa puedo hacer.

El hervidor empezó a silbar y el abuelo hizo té.

—Busca un trabajo —sugirió.

—¿Un trabajo?

—Eres una chica brillante. Has recibido una buena educación. ¿Qué va a impedirte encontrarlo?

—No creo que lo aprobaran.

—No te mantienen, ¿verdad? Y no eres de su propiedad. No recibes dinero público por cumplir con las obligaciones de la realeza. Sal y diviértete, tesoro. Averigua qué es a lo que de verdad te gustaría dedicarte.

—Me parece una idea muy tentadora —dije—. Hoy en día las chicas desempeñan toda clase de trabajos, ¿no?

—Por supuesto que sí. Pero no te subas a un escenario como tu madre. Ella era una buena chica, bien educada, hasta que se cegó y se subió a un escenario.

—Y le fue muy bien, ¿no? Ganó mucho dinero y se casó con un duque.

—Sí, pero ¿a qué precio, cielo? ¿A qué precio? Vendió su alma, eso es lo que hizo. Ahora se aferra a su belleza para llevar una vida de lujo, temiendo que llegue el día en que ningún hombre se interese ya por ella.

—Compró esta casa, ¿verdad?

—No estoy diciendo que no haya sido generosa, solo digo que su personalidad cambió por completo. Ahora es como hablar con una extraña.

—Sí, es verdad —convine—; yo nunca he llegado a conocerla bien. Creo que ahora está con un barón alemán, un industrial.

—Malditos alemanes —murmuró—. Perdona mi lenguaje, cariño, pero solo hablar de ellos me saca de quicio. Y ese tipo nuevo, ese tal Hitler... No tiene buenas intenciones, te lo aseguro. Dará que hablar, recuerda lo que te digo.

—Puede que a Alemania le vaya bien con él, que ayude a remontar el país.

Mi abuelo frunció el entrecejo.

—Ese país merece quedarse donde está, no le hace falta que nadie lo levante. Tú no serviste en las trincheras.

—Tú tampoco —le recordé.

—No, pero tu tío Jimmy sí. Solo tenía dieciocho años y no volvió a casa.

Ni siquiera sabía que había tenido un tío llamado Jimmy. Nunca me lo había dicho nadie.

—Lo siento. Fue una guerra horrible. Recemos por que jamás haya otra.

—No la habrá mientras el viejo rey viva. Si estira la pata, cuenta con ella.

Dejó frente a mí una bandeja grande llena de comida. Durante un rato, no pronuncié palabra.

—Caramba, menudo saque tienes. ¿Has pasado hambre?

—He sobrevivido a base de judías con tomate —confesé—. Aún no he encontrado un supermercado en Belgravia, todo el mundo pide comida a domicilio. Y la verdad es que no tengo dinero.

—Pues entonces ven a almorzar conmigo el domingo. Creo que podré hacerte un asado con verduras; tengo unas coles magníficas en el huerto, y más entrado el verano también habrá judías, por supuesto. No encontrarás nada mejor, ni siquiera en tus restaurantes pijos y elegantes del West End.

—Vendré encantada, abuelo —dije, y caí en la cuenta de que en esos momentos me necesitaba tanto como yo a él: también se sentía solo.

—No me gusta la idea de que vivas sola en esa casa tan grande. —Negó con la cabeza—. Hay tipos indeseables por ahí que no están muy bien de la azotea a consecuencia de la guerra. No abras la puerta a ningún desconocido, ¿de acuerdo? Estoy por sacar mi viejo uniforme y ponerme a patrullar delante de tu puerta.

Me eché a reír.

—Pagaría por verlo. Nunca te he visto uniformado. —Sabía que mi abuelo había sido policía, pero hacía mucho tiempo que se había retirado.

Soltó una carcajada sibilante.

—A mí también me gustaría verlo. La chaqueta ya no me abrocharía y mis viejos pies no aguantarían mi peso dentro de esas botas. Pero me inquieta mucho que intentes sobrevivir tú sola en ese sitio tan enorme.

—Estaré bien, abuelo. —Le di unas palmaditas en la mano—. Así que enséñame a encender un fuego. Enséñame a fregar los platos. Necesito saberlo todo.

—Para encender un fuego primero hay que bajar a la ratonera —dijo.

—¿La ratonera?

—Sí, ya sabes, donde se guarda el carbón. Lo vierten por una trampilla que hay en la fachada y luego se saca con una pala por una portezuela. Estoy seguro de que en tu casa también se hace así. Pero suele estar oscura y sucia, y es muy probable que haya arañas. No creo que te apetezca hacer algo así.

—Si debo elegir entre ensuciarme y congelarme, prefiero ensuciarme.

Se volvió y me dio la espalda.

—Tengo que reconocer que me gustan tus agallas. Igual que tu madre. Tampoco ella permitía que nada se interpusiera en su camino.

Otro acceso de tos lo interrumpió.

—Esa tos suena muy mal. ¿Has ido al médico?

—Varias veces este invierno.

—¿Y a qué dice que se debe?

—Bronquitis, cariño. Tanto humo en el aire y la niebla del invierno me sientan mal. Dice que debería pasar unas vacaciones largas en la costa.

—Buena idea.

Suspiró.

—Se necesita dinero para ir de vacaciones, cielo. Y ahora mismo no se puede decir que me sobre. Todas esas visitas al médico... Y el carbón, que no para de subir. Estoy intentando sobrevivir con lo poco que tengo ahorrado.

—¿No cobras una pensión como expolicía?

—Sí, pero bastante escasa. Por lo visto no pasé suficiente tiempo en el frente. Me vi envuelto en un altercado, recibí un porrazo en la cabeza, empecé a sufrir mareos... y se acabó.

—Pues pídele ayuda a mamá. Estoy segura de que a ella sí le sobra.

Su expresión se endureció.

—No pienso aceptar dinero alemán. Preferiría morirme de hambre.

—Estoy segura de que tiene dinero propio. Se ha relacionado con un montón de hombres ricos.

—Puede que haya conseguido ahorrar algo, pero lo necesitará cuando su atractivo se esfume del todo y se quede sola. Además, ya tuvo el precioso detalle de comprar esta casa para tu abuela y para mí. No me debe nada. Y no voy a pedir caridad a nadie.

Cuando llevé el plato al fregadero, observé que la cocina tenía un aspecto bastante desolado. Me asaltó el angustioso temor de que acabara de regalarme sus últimos dos huevos.

—Encontraré un trabajo, abuelo —dije—. Y aprenderé a cocinar para invitarte a cenar conmigo en la casa de Rannoch.

Eso le hizo reír de nuevo.

—Lo creeré cuando lo vea.

Me sentí fatal en el tren de vuelta a Londres. Mi abuelo necesitaba dinero con urgencia y yo no podía ayudarlo. Tenía que encontrar un trabajo cuanto antes. Al parecer, huir de la familia no resultaba tan fácil como había creído.

Era una tarde cálida y luminosa, y no me apetecía nada volver a una casa vacía e inhóspita con mobiliario enfundado y habitaciones que nunca se caldeaban tanto como para resultar confortables. Me apeé en South Kensington y eché a andar por Brompton Road. Knightsbridge estaba repleto de parejas elegantes que se dirigían a algún espectáculo o alguna fiesta.

Nada delataba que nos encontráramos en plena depresión y que una considerable parte del mundo tuviera que hacer cola para conseguir un plato de sopa. Habiendo crecido en un entorno muy privilegiado, apenas acababa de tener conocimiento de las terribles injusticias del mundo, y me inquietaban. De haber sido una de esas damas que disponen de ingresos generosos, me habría ofrecido como voluntaria en algún comedor social. Sin embargo, yo solo era una pobre más en el paro. La posibilidad de que también acabara necesitando ese pan y esa sopa no era descabellada. Sabía, por supuesto, que mi situación era distinta. Solo tenía que acceder a vivir con una princesa anciana para cenar bien y beber los mejores vinos, sin la menor preocupación. Pero empezaba a ser consciente de que es necesario preocuparse por los demás, de que es necesario hacer algo en la vida que valga la pena.

Me detuve frente al escaparate de Harrods. ¡Qué vestidos y qué zapatos más elegantes! Hasta entonces solo había intentado ir a la última en una ocasión: durante mi temporada. Había recibido una exigua asignación para ropa y me dediqué a leer revistas con el fin de saber qué se estilaba entre las jóvenes de la ciudad; elegí varios modelos y luego la esposa del guardabosque me los replicó en un visto y no visto. A la señora MacTavish se le daba de maravilla la costura, pero las prendas resultantes solo fueron, en el mejor de los casos, copias malas. ¡Oh, tener dinero para pasearme por Harrods y elegir un conjunto, sin más!

Estaba sumida en mi ensueño cuando un taxi se detuvo junto a la acera, alguien se bajó de él dando un portazo y una voz exclamó:

—¡Georgie! ¡Eres tú! Me ha parecido reconocerte y he pedido al taxista que parase. ¡Qué sorpresa! No sabía que estabas en la ciudad.

Allí, ante mí, deslumbrante y glamurosa, estaba mi antigua compañera de clase Delinda Warburton-Stoke. Llevaba una capa de ópera de raso verde esmeralda, de esas cuyos laterales se unen para formar las mangas y que por eso hacen parecer un pingüino a casi todos los que las lucen. Tenía el pelo liso y lustroso, y lo llevaba recogido a un lado con un vistoso ornamento rematado con una ridícula pluma de avestruz que se bamboleó cuando Belinda corrió hacia mí.

Nos abrazamos.

—Cómo me alegro de verte, Belinda. Tienes un aspecto fabuloso. Me ha costado reconocerte.

—Hay que mantener las apariencias o los clientes no llegarán.

—¿Clientes?

—Querida, ¿no lo sabes? He creado un negocio. Soy diseñadora de moda.

—¿De verdad? ¿Y cómo te va?

—¡No podría irme mejor! ¡Se matan por lucir mis creaciones!

—Qué maravilla. Me das envidia.

—Bueno, algo tenía que hacer. Yo no nací con un destino regio, como tú.

—Mi destino regio no parece muy prometedor ahora mismo.

Sacó unas monedas para pagar al taxista; luego me tomó del brazo y echamos a andar por Brompton Road.

—¿Y qué estás haciendo en la ciudad?

—Me he fugado; supongo que he salido a mi madre. No soportaba Escocia ni un minuto más.

—Ni tú ni nadie, querida. ¡Esos cuartos de baño empapelados de tartán! A mí me entra migraña perpetua siempre que voy de visita. ¿Tenías algún plan? Si no, te invito a tomar algo en mi casa.

—¿Vives cerca?

—Al lado del parque, en un sitio de lo más vanguardista. Me he comprado una antigua caballeriza reconvertida en casita, la he acondicionado y vivo allí sola con mi doncella. Mi madre está furiosa, pero ya tengo veintiún años y gano mi dinero, así que va a tener que resignarse.

Me dejé llevar por Brompton Road, por Knightsbridge y por una callejuela adoquinada donde las antiguas caballerizas parecían haber sido transformadas en residencias. La de Belinda era pintoresca por fuera, pero por dentro era modernísima: paredes blancas, diseño funcional, baquelita y cromo con pinturas cubistas en las paredes, posiblemente incluso un Picasso. Me invitó a sentarme en una silla dura de color violeta y se dirigió a un aparador lleno de provisiones.

—Deja que te prepare uno de mis cócteles. Ya son famosos, ¿sabes?

Dicho esto, vertió generosas cantidades de varias botellas en una coctelera, las remató con algo verde brillante, agitó la mezcla y la sirvió en una copa a la que añadió un par de cerezas al marrasquino.

—Tómate esto y te sentirás de maravilla.

Se sentó frente a mí y cruzó las piernas, dejando a la vista un largo trecho de medias de seda y tan solo una pizca de una enagua gris también de seda.

El primer sorbo me dejó sin aliento. Intenté no toser al levantar la mirada y sonreír.

—Muy interesante —dije—. No tengo muchas oportunidades de beber cócteles.

—¿Te acuerdas de los experimentos horribles que hacíamos en la habitación de Les Oiseaux? —Belinda se rio antes de tomar un trago largo de su copa—. Es un milagro que no perdiéramos el conocimiento con aquellos presuntos cócteles.

—Estuvimos a punto. ¿Recuerdas a aquella chica francesa, Monique? Se pasó toda la noche vomitando.

—Ah, sí. —Su sonrisa se desvaneció—. Parece tan lejano..., como un sueño, ¿verdad?

—Sí —convine—. Un bonito sueño.

Me dirigió una mirada inquisitiva.

—Así que tu vida ahora mismo no es lo que se dice fantástica...

—Para serte sincera, mi vida es una mierda —contesté. Era evidente que el cóctel empezaba a hacer efecto. *Mierda* no era una palabra que soliera utilizar—. Si no se me ocurre pronto qué hacer con ella, me enviarán a una casa de campo hasta que mi regia familia encuentre a algún príncipe extranjero y espantoso con el que casarme.

—Podría ser peor. Hay príncipes extranjeros guapísimos. Y podría estar bien ser reina algún día. Piensa en todas esas magníficas tiaras...

Arrugué el ceño.

—Por si no lo recuerdas, quedan muy pocos reinos en Europa. Y las familias reales empiezan a parecer un lujo prescindible. Es más: los jóvenes apropiados a los que he conocido son tan aburridos que hasta un magnicidio me parece preferible a compartir una larga vida con ellos.

—¡Cielos! —exclamó Belinda—. Ya veo que no estamos muy animadas... Entonces, tu vida sexual también debe de ser deprimente ahora mismo.

—¡Belinda!

—Oh, lo siento. Te he asustado. La gente con la que me relaciono no tiene escrúpulos para hablar de su vida sexual. Claro que no veo por qué deberían tenerlos, hablar de sexo es saludable.

—En realidad, no me importa hablar de eso —dije, aunque en verdad me estaba muriendo de vergüenza—. Recuerdo que en la escuela hablábamos de sexo a todas horas.

—Pero practicarlo es mucho mejor que hablar de él, ¿no te parece? —Sonrió como una niña con zapatos nuevos. Luego pareció horrorizada—. No seguirás siendo virgen...

—Me temo que sí.

—Pero eso ya no se le exige a una princesa potencial, ¿no? No me digas que siguen enviando a un arzobispo y al presidente de la Cámara de los Lores para comprobarlo en persona antes de que el matrimonio pueda consumarse...

Me eché a reír.

—Te prometo que no me estoy reservando. Estaría encantada de arrancarme la ropa y rodar por el heno si encontrara al hombre idóneo.

—Entonces, ¿ninguno de los chicos a los que conociste durante tu temporada te ponía caliente?

—¡Belinda, ese lenguaje!

—Yo he estado saliendo con americanos. Son muy divertidos. Y traviesos.

—Ya que preguntas, todos los chicos a los que conocí eran insufriblemente aburridos. Y, en cualquier caso, por lo que deduzco de mi experiencia, que se limita a unos cuantos magreos y gemidos en el asiento trasero de los taxis, me parece que el sexo está sobrevalorado.

—Oh, créeme: te gustará. —Belinda volvió a sonreír—. Es una delicia, con el hombre adecuado, claro.

—De todos modos, no vale la pena hablar de eso porque no es probable que lo practique a corto plazo, a menos que sea con un guardabosque, como lady Chatterley: me van a desterrar al campo para que haga de dama de compañía de una pariente muy mayor.

—No pueden desterrarte. No vayas.

—Tampoco puedo quedarme mucho más en Londres, no tengo ingresos.

—Pues busca un trabajo.

—Me encantaría tener un trabajo, pero sospecho que no será tan fácil. Seguro que has visto a todos esos hombres haciendo cola para solicitar empleo. Medio mundo está buscando ahora mismo un trabajo que no existe.

—Ah, desde luego que hay trabajos ahí fuera. Solo tienes que encontrar un nicho en el mercado y en tu vida; busca una necesidad y satisfácela. Mírame a mí, me lo estoy pasando bomba: clubes nocturnos, una vida social con la que ni me habría atrevido a soñar, mi foto en *Vogue*...

—Sí, pero tú posees talento para el diseño. Yo no tengo ni la más remota idea de qué podría hacer. La escuela solo nos formó para el matrimonio. Sé hablar un francés pasable, tocar el piano y dónde sentar a un arzobispo a una mesa. No se puede decir que el conjunto de mis conocimientos haga de mí una candidata óptima para nada, ¿no crees?

—Por supuesto que sí, querida. Todos esos nuevos ricos, esnobs de clase media, se te rifarán solo para alardear de ti.

La miré horripilada.

—Pero no podría decirles quién soy. En palacio se enterarían enseguida y me arrastrarían por los pelos para casarme con un príncipe de Mongolia antes de que me diera tiempo siquiera a pestañear.

—No tendrías que decirles quién eres. Basta con mirarte para saber que perteneces a la alta sociedad. Así que sal ahí fuera y diviértete un poco.

—Y gana algo de dinero, más bien.

—Oh, querida, ¿estás arruinada? ¿Y todos esos parientes ricos?

—En mi familia, el dinero está sujeto a condiciones. Si accedo a hacer de dama de compañía, recibiré una asignación, claro. Si accedo a casarme con el príncipe Siegfried, estoy segura de que me proporcionarán un maravilloso ajuar.

—¿El príncipe Siegfried? ¿El que conocimos en Les Oiseaux? ¿Aquel al que llamábamos Cara de Pez?

—El mismo.

—Qué espanto, querida. De ningún modo puedes casarte con él; además, no olvidemos que la monarquía rumana se encuentra en estos momentos en un ligero estado de caos. El exilio puede ser terriblemente penoso.

—No estoy segura de que quiera casarme con un príncipe —dije—. Preferiría labrarme una carrera, como estás haciendo tú. Solo necesitaría, y me encantaría, tener algún talento.

Me miró con aire crítico, como había hecho antes la reina.

—Eres alta, podrías ser modelo. Tengo contactos.

Negué con la cabeza.

—Uy, no. Modelo no. Nada de pasearme delante de gente. Recuerda mi desastrosa presentación en sociedad.

Belinda soltó una risita.

—Ay, sí. Vale, entonces modelo quizá no. Pero encontrarás algo. ¿Secretaria de una estrella de cine?

—No sé taquigrafía ni mecanografía.

Se inclinó hacia mí y me dio unas palmaditas en la rodilla.

—Se nos ocurrirá algo. ¿Qué tal Harrods? Está aquí al lado y sería un buen sitio donde empezar.

—¿Trabajar detrás de un mostrador en unos grandes almacenes? —Mi voz sonó conmocionada.

—Querida, no te estoy sugiriendo que te dediques a bailar la danza del vientre en una casba. Son unos grandes almacenes muy respetables. Yo voy mucho a comprar.

—Supongo que podría ser divertido, pero no me aceptarían sin tener experiencia, ¿no?

—Sí si una conocida figura de la alta sociedad y mujer de su tiempo escribe una excelente carta de recomendación elogiándote.

—¿A quién te refieres?

—A mí, idiota. —Belinda soltó una carcajada—. En cuanto tengas la carta, nadie se atreverá a rechazarte.

Cogió una pluma y papel y empezó a escribir.

—¿Qué nombre utilizarás? —preguntó.

—Florence Kincaid —contesté, tras meditar unos instantes.

—¿Quién demonios es Florence Kincaid?

—Era una muñeca que mi madre me trajo de París cuando era pequeña. Ella quería que la llamara Fifi la Rue, pero Florence Kincaid me pareció más bonito.

—Seguramente te ofrecerían trabajos más interesantes si te hicieras llamar Fifi la Rue —dijo Belinda con una sonrisa malévola. Mordisqueó el extremo de la pluma—. Veamos. «La señorita Florence Kincaid ha sido mi empleada durante dos años como ayudante en la organización de desfiles de moda benéficos. Su carácter es irreprochable y procede de muy buena familia; demuestra una gran capacidad de iniciativa, aplomo, encanto y sentido comercial, y ha sido un placer trabajar con ella. Renuncio a sus servicios con profundo pesar, pues soy consciente de que el ámbito de mi negocio es demasiado reducido para que su talento y su ambición extraordinarios puedan seguir desarrollándose acordes con su potencial». ¿Cómo te suena?

—¡Fantástico! —exclamé—. Qué lástima que seas diseñadora de moda, deberías hacerte escritora.

—Bien, la redactaré con calma y podrás llevarla a Harrods mañana por la mañana. Y ahora que sé que vives a un paso de aquí, tenemos que vernos más a menudo. Te presentaré a algunos hombres traviesos, chicos modernos. Y ellos te enseñarán lo que te has estado perdiendo.

Parecía una propuesta interesante. Aún no había conocido a ningún chico realmente travieso. Los únicos a los que había tenido cerca habían sido los instructores de esquí que frecuentaban la taberna que había enfrente de Les Oiseaux, y nuestra interacción con ellos se limitó a lanzarnos notas por la ventana o, en un par de ocasiones, tomar una copa de vino caliente con su brazo sobre nuestros hombros. Los chicos ingleses eran tan correctos que resultaban repelentes, quizá porque nuestras carabinas acechaban cerca. Si alguno te llevaba a pasear e intentaba un magreo rápido y esperanzado, una severa reprimenda los obligaba a deshacerse en disculpas: «Lo siento. Qué modales tan lamentables. No entiendo qué me ha pasado. No volverá a suceder, lo prometo».

Ahora tenía veintiún años. No iba acompañada de carabina y me moría por ver qué tenían que ofrecer los chicos traviesos. Después de todo lo que había oído con respecto al sexo, estaba algo confusa. Sonaba más bien horrible, pero era evidente que Belinda lo disfrutaba..., y mi madre lo había practicado con un montón de hombres en al menos cinco continentes distintos. Como Belinda había dicho, ya era hora de que descubriera lo que me había estado perdiendo.

CAPÍTULO CINCO

Casa de Rannoch

Sábado, 23 de abril de 1932

A la mañana siguiente me desperté decidida a seguir la sugerencia de Belinda..., la de buscar un empleo remunerado. Enarbolando su carta de recomendación, me senté frente al jefe de personal de Harrods, que después de leerla me miró con recelo y la sacudió en mi dirección.

—Si en verdad ha demostrado usted ser tan eficiente, ¿por qué ha dejado el empleo?

—La honorable Belinda Warburton-Stoke está atravesando una etapa complicada, algo habitual cuando se pone en marcha un negocio, y ha tenido que abandonar las actividades benéficas durante un tiempo.

—Entiendo... —Me escrutó con semblante crítico, como varias personas habían hecho en las últimas veinticuatro horas—. Se expresa bien y salta a la vista que ha recibido una buena educación. ¿Dice que se llama Florence Kincaid? Bien, señorita Kincaid, ¿no tiene usted contactos familiares? Quisiera saber por qué le interesa un trabajo como este. Espero que no sea solo por diversión, cuando tantas pobres almas están al borde de pasar hambre.

—Oh, no, señor, por supuesto que no. Verá, mi padre murió hace unos años. Mi hermano heredó la hacienda familiar y su nueva esposa ya no me quiere allí. Necesito un empleo tanto como cualquier otra persona.

—Entiendo... —Frunció el ceño—. Kincaid. No estará emparentada con los Kincaid de Worcester, ¿verdad?

—No, señor. —Nos quedamos mirando un momento..., hasta que me pudo la impaciencia—. Si no tiene ninguna vacante, le ruego que me lo comunique cuanto antes para que pueda ir a ofrecer mis competencias en Selfridges.

—¿Selfridges? —Parecía espeluznado—. Mi querida y joven dama, en Selfridges no precisaría ninguna competencia. La contrataré en periodo de prueba. A la señorita Fairweather podría irle bien un poco de ayuda en la sección de cosmética. Sígame.

Acto seguido me entregaron un batín de un rosa salmón nada favorecedor que, sumado a mi pelo rubio rojizo celta y mis pecas, me hacía parecer una gamba cocida gigante; a continuación me instalaron en la sección de cosmética bajo la mirada feroz y reprobatoria de la señorita Fairweather, que me escrutaba con más aire de superioridad del que había atestiguado nunca en ninguno de mis severos parientes.

—¿Sin experiencia? ¿No tiene ninguna experiencia en la venta al detalle? Pues, la verdad, no sé de dónde voy a sacar tiempo para formarla. —Suspiró. Hablaba con el acento ultrapijo de clase alta que acaban adquiriendo quienes han nacido en cuna humilde y quieren ocultarlo.

—Aprendo deprisa —dije.

Esta vez resopló. Si he de ser sincera, la elección de aquella mujer como responsable de la sección de cosmética me pareció nefasta, ya que ni toda la crema, el maquillaje en polvo o el carmín del mundo conseguiría que su cara pareciera dulce, atractiva o glamurosa. Habría sido como maquillar a un bloque de granito.

—Muy bien, supongo que no tengo alternativa —contestó.

Hicimos un raudo recorrido por los productos durante el cual me explicó sucintamente sus supuestos efectos. Hasta entonces había creído que la cosmética se reducía a crema, bálsamo rosado para los labios y polvo de talco de bebés o esos *papiers poudres* para retocar la nariz. Me quedé maravillada al ver el surtido de polvos y cremas... y también los precios. Era evidente que algunas mujeres seguían teniendo dinero durante la depresión que estábamos atravesando.

—Si alguna clienta te pide consejo, avísame —me advirtió la señorita Fairweather—. Recuerda que no tienes experiencia.

Musité con humildad que así lo haría. Ella se dirigió al otro lado del mostrador como un barco a toda vela, ya que las clientas empezaban a llegar. La avisé siempre que fue preciso, y justo empezaba a tener la sensación de estar cogiéndole el tranquillo al trabajo y de que, a fin de cuentas, no sería tan detestable cuando oí una voz imperiosa.

—Necesito un tarro de mi crema facial, esa tan especial que siempre guardan escondida solo para mí.

Alcé la mirada y me encontré frente a mi madre. No estoy segura de cuál de las dos se quedó más horrorizada.

—¡Santo Dios, Georgie! ¿Pero qué haces aquí? —preguntó.

—Intentar ganarme la vida de una forma honrada, como todo el mundo.

—No seas ridícula, querida. A ti no se te educó para ser dependienta. Quítate ahora mismo ese batín espantoso, pareces una gamba. Y vamos al Fortnum a tomar un café.

Mi madre conservaba el aspecto de muñeca de porcelana que había hecho de ella la preferida de la escena londinense, pero sus pestañas eran demasiado largas para ser auténticas y en sus mejillas brillaban sendos círculos de carmín. En esa ocasión llevaba el pelo negro e iba ataviada con una chaqueta de un rojo cegador y evidente diseño parisino, y una desenfadada boina a juego. Rodeaba su cuello una piel de zorro plateado, con la cabeza y los ojitos brillantes incluidos. Tenía que reconocer que el efecto seguía siendo imponente.

—¿Te importaría irte, por favor? —susurré.

—No me digas que me vaya —susurró a su vez—. ¿Es esa manera de hablar a tu madre, a quien llevas meses sin ver?

—Mamá, vas a hacer que me despidan. Por favor, vete ya.

—No pienso irme —replicó ella con esa voz nítida que había hechizado al público en los teatros de Londres antes de que mi padre la conquistara—. He venido a comprar mi crema y voy a llevarme mi crema.

Un jefe de sección apareció a su lado como por ensalmo.

—¿Algún problema, señora?

—Sí, por lo visto esta joven no sabe o no está dispuesta a ayudarme —contestó mi madre, sacudiendo una mano en el aire hacia él—. Solo quiero una crema. No debería ser tan difícil, ¿no le parece?

—Por supuesto que no, señora. Nuestra encargada la ayudará en cuanto haya acabado de atender a una clienta. Tú, trae una silla y una taza de té para la señora.

—Muy bien, señor —respondí—. Estaba tratando de ayudar a la señora —hice énfasis en esta última palabra—, pero no ha acertado a decirme la marca de la crema que desea.

—¡No repliques! —me espetó el jefe de sección.

Irritada y furibunda, obedecí y fui a buscar una silla y una taza de té para mi madre, que aceptó ambas con una sonrisa satisfecha.

—Necesito animarme, Georgie —dijo—, estoy bastante afligida. ¿Has oído lo del pobre Hubie?

—¿Hubie?

—Sir Hubert Anstruther. Mi tercer marido, ¿o fue el cuarto? Bueno, estoy segura de que nos casamos porque era el típico puritano que no habría accedido a vivir en pecado.

—Ah, sir Hubert. Sí, lo recuerdo.

Y lo recordaba con mucho cariño y ternura. Era uno de los pocos maridos de mi madre que de verdad habían querido tenerme cerca, y aún conservo memorias entrañables del tiempo que pasé en su casa cuando tenía unos cinco años. Era alto y fuerte, se reía mucho y me enseñó a trepar a los árboles, a montar a caballo en una cacería y a nadar en su largo artificial. Me quedé desolada cuando mi madre lo abandonó por alguien a quien consideraba mejor. Apenas lo había vuelto a ver desde entonces, pero siguió enviándome postales desde lugares exóticos de todo el mundo, y un talón muy generoso cuando cumplí los veintiuno.

—Ha sufrido un terrible accidente, querida. Ya sabes que es explorador y montañero. Pues bien, al parecer se ha despeñado en los Alpes. Creo que un alud se lo llevó por delante. No confían en que sobreviva.

—Qué horror. —En ese instante me asaltó un sentimiento de culpa por no haberle visto más a menudo e incluso por haberle escrito solo cartas de agradecimiento.

—Sí, me quedé destrozada cuando lo supe. Adoraba a ese hombre. Lo veneraba. En realidad, creo que es el único hombre al que he amado. —Hizo una pausa—. Bueno, aparte del encanto de Monty, por supuesto, y de aquel chico argentino tan espectacular.

Se encogió de hombros, y la piel de zorro se crispó en su cuello como si cobrara vida; una imagen pavorosa.

—Hubert te tenía mucho cariño. De hecho, quiso adoptarte, pero tu padre se negó en redondo. Aun así, creo que te ha incluido en su testamento. Si muere, y dicen que las lesiones que sufre son muy graves, nunca tendrás que volver a trabajar en unos grandes almacenes. Por cierto, ¿qué opina la realeza de esto?

—No lo saben —contesté—, y tú no vas a contárselo.

—Querida, ni en sueños se me ocurriría contarles nada, pero está claro que no puedo venir de compras a Londres sin saber cuándo me va a atender mi propia hija. De ningún modo. Es más... Alzó la vista con una sonrisa encantadora cuando la señorita Fairweather se acercó.

—Lamento haberla hecho esperar tanto, su señoría. Sigue siendo «su señoría», ¿verdad?

—No, me temo que ya no. Ahora soy solo «señora Clegg»...; espera..., sí, creo que sigo legalmente casada con Homer Clegg. Sé que es un apellido muy feo al que estar atada, pero Homer es uno de esos petroleros tejanos millonarios y puritanos y, por desgracia, no cree en el divorcio. Bien, hoy necesito algo muy simple: un tarro de esa crema facial tan especial que siempre guardan escondida solo para mí.

—¿La que hacemos traer de París, señora? ¿La que viene en un tarro de cristal con querubines?

—Exacto. Eres un cielo por acordarte. —Mi madre le brindó una sonrisa radiante y hasta la adusta cara de la señorita Fairweather se sonrojó de timidez.

En ese momento vi con claridad cómo mi madre había conseguido cosechar tantas conquistas en su vida. Cuando la señorita Fairweather se fue a buscar la crema facial, se recolocó la boina en el espejo del mostrador.

—El pobre pupilo de Hubert también debe de estar destrozado por la noticia —comentó sin mirarme—. Qué lástima, adoraba a su tutor. Así que si por casualidad te lo encuentras, sé amable con él, ¿vale? Se llama Tristram Hautbois. —En su boca, el apellido sonó como «hot boys». La corrección social exhorta a britanizar los nombres franceses siempre que sea posible—. Congeniabais muy bien cuando teníais cinco años. Recuerdo que un día os quitasteis la ropa y os pusisteis a saltar en las fuentes. Hubie se rio mucho.

Al menos había tenido una aventura ilícita con el sexo opuesto, aunque fuera demasiado pequeña para recordarla.

—Mamá, con respecto al abuelo... —dije en voz baja, pues no quería perder aquella oportunidad—. No está muy bien. Creo que deberías ir a verlo...

—Me encantaría, cariño, pero esta misma tarde tomo el tren que enlaza con el barco de vuelta a Colonia. Max debe de estar impaciente por que regrese. Dile que iré a visitarlo la próxima vez que venga, ¿vale?

Nos llevaron la crema, la envolvieron y la cargaron a la cuenta de mi madre, a quien luego acompañaron hasta la salida con muchas reverencias y mucha efusividad. Mientras la veía alejarse, me invadió esa irritación que sentía sin excepción después de cada encuentro con ella: quería decirle muchas cosas y nunca tenía la oportunidad de hacerlo. El jefe de sección y la señorita Fairweather volvieron al área de cosmética entre susurros. Ella me dirigió una mirada gélida y resopló mientras se dirigía a su puesto.

—Tú, quítate ese batín —ordenó él.

—¿Que me quite el batín?

—Estás despedida. He advertido el tono de voz que has empleado con una de nuestras mejores clientas. Y la señorita

Fairweather asegura haberte oído pedirle que se marchara. Podrías haber destrozado la reputación de Harrods para siempre. Vete ahora mismo. Devuelve el batín y desaparece.

No tenía posibilidad de defenderme sin delatarme como una mentirosa o una impostora, así que me fui. Mi experiencia con el empleo remunerado había durado un total de cinco horas. Eran cerca de las dos cuando salí a la calle, donde me recibió una magnífica tarde primaveral. El sol brillaba, los pájaros de los jardines de Kensington piaban y yo tenía en el bolsillo los cuatro chelines que acababa de ganar.

Deambulé entre la muchedumbre vespertina, sin rumbo, sin ganas de volver a casa, sin saber qué hacer. Era sábado y las calles estaban repletas de gente que tenía la mitad del día libre. Pensé apesadumbrada que nunca más encontraría trabajo en unos grandes almacenes. Era probable que nunca más encontraría trabajo en ninguna parte y moriría de inanición. Empezaron a dolerme los pies y el hambre me aturdía. Caí en la cuenta de que ni siquiera me habían concedido una pausa para el almuerzo. Me detuve y miré alrededor. No sabía mucho de restaurantes. Mis allegados no pagaban por salir a cenar; cenaban en casa, a menos que un amigo o un vecino los invitaran a la suya. Durante mi temporada, durante los bailes celebrados en Londres, comimos de maravilla. La tía de una amiga me llevó a tomar el té al Ritz, pero difícilmente podía ir al Ritz con cuatro chelines en el bolsillo. Había estado en el Fortnum & Mason y en el Café Royal..., y ahí concluían mis conocimientos sobre restaurantes.

De pronto reparé en que había caminado bastante: Kensington Road se había convertido ya en Kensington High Street. Reconocí el Barkers y sabía que debía de tener un salón de té, pero me había prometido no volver a poner un pie jamás en unos grandes almacenes. Al final entré en un lúgubre Lyons, pedí una taza de té y un *scone,* y me senté a compadecerme. Al menos me alimentaría bien si fuera dama de compañía de una princesa. Al menos me hablarían con cortesía y no tendría que soportar a personas como la señorita Fairweather y ese jefe de sección. Y no correría el riesgo de encontrarme a mi madre por sorpresa.

Alcé la mirada cuando una sombra se cernió sobre mí. Era un joven moreno, algo desaliñado, pero en absoluto feo, y me sonreía.

—¡Madre mía, eres tú! —exclamó con un leve acento irlandés—. No daba crédito cuando he pasado por delante del ventanal y te he visto. «Es imposible que sea su señoría», me he dicho, y he tenido que entrar para comprobarlo. —Apartó la silla de enfrente y se sentó sin esperar a que lo invitara y sin dejar de escrutarme con divertido interés—. Pero ¿qué estás haciendo aquí, ver cómo vive la otra mitad de la humanidad?

Tenía unos rizos rebeldes y oscuros, y unos ojos azules que destellaban peligrosamente. De hecho, me turbaba de tal modo que opté por recurrir a la formalidad.

—Lo siento, creo que no nos han presentado —contesté—. Y no hablo con desconocidos.

Al oír esto, estalló en carcajadas y echó la cabeza atrás.

—Ay, esa sí que es buena. «Desconocidos». Me gusta. ¿No recuerdas que bailaste conmigo en aquella recepción con cacería incluida en Badminton hace un par de años? Está claro que no. Acabas de herirme de muerte. Suelo dejar una huella más profunda en las chicas que he tenido entre mis brazos. —Me tendió una mano—. Darcy O'Mara. O tal vez debería decir «honorable Darcy O'Mara», ya que es evidente que estas cosas son importantes para ti. Mi padre es lord Kilhenny, un linaje noble mucho más antiguo que el de tu admirable familia.

Le estreché la mano.

—Encantada —dije, vacilante, porque en realidad era imposible que no recordara a alguien como él, y aún más que no recordara haber estado tan cerca de él, en sus brazos—. ¿Está seguro de que no me confunde con otra?

—Lady Georgiana, ¿verdad? Hija del difunto duque, hermana del insulso Binky.

—Sí, pero... —balbucí— ¿cómo puede ser que no recuerde haber bailado con usted?

—Es evidente que aquella noche tuviste parejas de baile más atractivas.

—Le aseguro que no —repliqué con vehemencia—. Todos los jóvenes que recuerdo eran de lo más desabridos. Solo querían hablar de caza.

—La caza no tiene nada de malo —repuso Darcy O'Mara—, en el momento y en el lugar que le corresponden. Pero hay entretenimientos mucho mejores en presencia de una chica.

Me miraba con tal franqueza que me ruboricé y me enfadé conmigo.

—Si me excusa, me gustaría tomarme el té antes de que se enfríe. —Bajé la mirada hacia aquel brebaje gris y muy poco apetitoso.

—Nada más lejos de mi intención que impedírtelo —dijo, agitando las manos en el aire—. Procede, por favor, si estás segura de que no acabarás envenenada y sobrevivirás a la experiencia. En este sitio pierden un cliente al día, ¿sabes? Lo sacan con discreción por la puerta trasera y hacen como si no hubiese pasado nada.

—¡Anda ya! —Tuve que reírme.

Él también sonrió.

—Mucho mejor así. Nunca había visto una cara tan seria como la que tenías hace un rato. ¿Qué ocurre? ¿Te ha dejado plantada algún donjuán?

—No, no va por ahí. Es solo que ahora mismo la vida parece negra como el carbón. —Y me oí hablarle de mi gélida habitación en la casa, del bochorno en Harrods y de la perspectiva de exiliarme al campo—. Así que ya ves —concluí—, en estos momentos no tengo muchos motivos para estar alegre.

Se quedó mirándome un rato.

—Dime, ¿tienes algún vestido pijo?

—¿Pijo de cena de gala o pijo de ir a la iglesia?

—Pijo de asistir a una boda.

Volví a reírme, esta vez algo inquieta.

—¿Me estás proponiendo que nos fuguemos y nos casemos para animarme?

—Santo Dios, no. Soy un salvaje irlandés, no va a ser nada fácil arrastrarme hasta un altar. Bueno, ¿tienes un vestido decente a mano?

—Pues la verdad es que sí.

—Bien. Ve a ponértelo y nos encontramos en Hyde Park Corner dentro de una hora.

—¿Te importaría decirme de qué va todo esto?

Se llevó un dedo a la nariz.

—Ya lo verás —contestó—. En cualquier caso, será mucho mejor que tomar té y *scones* en un Lyons. ¿Te animas?

Lo miré un instante y suspiré.

—¿Qué tengo que perder?

Sus ojos pícaros volvieron a refulgir.

—No lo sé —dijo—. ¿Qué tienes que perder?

«Estás muy muy loca», me dije varias veces mientras me aseaba, me vestía e intentaba domar mi pelo para que pareciera tan pulcro como la moda exigía. Salir por capricho con un desconocido del que no sabía nada. Podía ser el peor de los impostores.

Podía ser el cabecilla de una rentable red de trata de blancas que fingiera conocer a jovencitas y engatusarlas hacia un funesto sino. Dejé a medias lo que estaba haciendo, corrí a la biblioteca y consulté un ejemplar de *La nobleza irlandesa*, de Burke. Allí estaba: «Thaddeus Alexander O'Mara, lord Kilhenny, decimosexto barón», etcétera. «Descendencia: William Darcy Byrne»... De modo que existía un Darcy O'Mara auténtico. Y era media tarde. Y las calles estaban a rebosar. Y no le permitiría que me llevara a los bajos fondos ni a un hotel sórdido. Y era increíblemente guapo. Como él mismo había dicho, ¿qué tenía que perder?

CAPÍTULO SEIS

Casa de Rannoch
Sábado, 23 de abril de 1932

M e costó reconocer a Darcy O'Mara cuando se me acercó en Park Lane. Llevaba un traje de chaqué, se había acicalado los rizos y tenía un aspecto más que presentable. El rápido repaso que me dio me hizo saber que yo también estaba presentable.

—Milady. —Hizo la reverencia pertinente.

—Señor O'Mara. —Incliné la cabeza para corresponder a su saludo. (Nunca se llama a nadie «honorable», aunque lo sea).

—Por favor, discúlpame —dijo—, pero ¿he acertado al dirigirme a ti como «milady» en lugar de «su alteza real»? Nunca estoy del todo seguro del trato protocolario con los duques.

Me reí.

—Solo los hijos varones de los duques reales pueden ser llamados «su alteza real» —le expliqué—. Yo, siendo mujer, y sin ser mi padre un duque regio, aunque tenga sangre real, solo soy «milady». Pero bastará con un simple Georgie.

—De acuerdo, Georgie, aunque yo no te definiría como «simple». Me alegro mucho de que hayas venido. Te aseguro que no te arrepentirás. —Me tomó del codo y me dirigió entre la multitud—. Salgamos de aquí, pareceremos dos pavos reales en un gallinero.

—¿Te importaría decirme adónde vamos?

—Al hotel Grosvenor House.

—¿En serio? Si me llevas a cenar, ¿no es un poco pronto? Y si me llevas a tomar el té, ¿no vamos demasiado arreglados?

—Te llevo a una boda, como te prometí.

—¿A una boda?

—Bueno, a la recepción.

—Pero no estoy invitada.

—No pasa nada —contestó con voz serena mientras enfilábamos por Park Lane—, a mí tampoco.

Me solté de su brazo.

—¿Qué? ¿Has perdido el juicio? No podemos ir a una recepción nupcial a la que no se nos ha invitado.

—Ah, sí que podemos. Yo lo hago muy a menudo. Es muy fácil. —Lo miré con recelo; él volvía a sonreír—. ¿De qué otra manera iba a conseguir una comida decente a la semana?

—A ver si lo entiendo. ¿Pretendes que nos colemos en una boda en el hotel Grosvenor?

—Sí, claro. Como te he dicho, nunca hay problema. Si tu atuendo es el correcto, hablas con el acento adecuado y sabes comportarte, todo el mundo da por hecho que eres un invitado legítimo. La familia del novio creerá que te ha invitado la novia y viceversa. Y tú, siendo de clase exquisitamente alta... Estarán orgullosos de que estés allí. Tu presencia aportará aún más distinción al evento. Después comentarán: «Espero que hayas reparado en que hemos tenido a un miembro de la familia real entre nosotros».

—Solo a una pariente lejana, Darcy.

—Tanto da. Un pez gordo, en cualquier caso. Les emocionará, ya verás.

Me separé de él.

—No puedo hacer esto. No está bien.

—¿Te estás retractando porque no está bien o porque temes que te pillen? —preguntó.

Lo fulminé con la mirada.

—Me educaron para comportarme con corrección, lo cual quizá no haya sido tu caso en la salvaje Irlanda.

—Tienes miedo. Tienes miedo de que se monte una escena.

—No tengo miedo. Sencillamente creo que no es lo correcto.

—¿Te refieres a robarles comida con un falso pretexto? Como si una pareja que puede permitirse celebrar una recepción nupcial en el Grosvenor House fuera a percatarse de que alguien coge de forma ilegal dos lonchas de salmón frío. —Me tomó de la mano—. Vamos, Georgie, no te eches atrás ahora. Y no digas que no te interesa ir. Está claro que cualquiera que esté dispuesto a tragarse un *scone* de Lyons necesita una buena comida.

—Es solo que... —empecé a decir, consciente de su mano en la mía—. Si me reconocen, se va a armar un buen lío.

—Si se fijan en ti y caen en la cuenta de que no estás invitada, solo se sentirán fatal por haberte dejado fuera de la lista y encantados de que hayas asistido.

—Pero...

—Mírame. ¿Quieres degustar salmón ahumado y champán o volver a casa con unas tristes judías con tomate?

—Hombre, si lo pintas así, adelante, MacGlotón.

Se rio y me tomó del brazo.

—Así me gusta —dijo, y siguió guiándome por Park Lane.

—Si de verdad eres el hijo de lord Kilhenny, ¿por qué necesitas colarte en bodas ajenas? —pregunté cuando recuperé el valor.

—Por lo mismo que tú —contestó—. Mi familia está en la ruina. Mi padre invirtió mucho en Estados Unidos y lo perdió todo en el crac del 29. Luego hubo un incendio en sus cuadras y también las perdió. Tuvo que vender la finca y, cuando cumplí veintiuno, me dijo que no tenía nada para mí y que debía buscarme la vida. Y eso estoy haciendo, lo mejor que puedo. Ah, hemos llegado.

Alcé la vista hacia aquel magnífico edificio de ladrillo rojo y blanco de Park Lane mientras Darcy me conducía por la columnata hasta la entrada del hotel Grosvenor House.

El conserje nos saludó tras abrirnos la puerta.

—¿Vienen a la recepción nupcial, señor? A la derecha, en el salón de baile azul.

Cruzamos el vestíbulo a toda prisa y de pronto me encontré en la cola para acceder a la recepción. Estaba segura de que en cualquier momento se produciría la catástrofe; de hecho, en cuanto los novios se mirasen. Ya casi los oía decir en voz alta: «Pero si yo no la he invitado, ¿tú la conoces?». Por suerte, los recién casados deben de estar como en *shock* el día de su boda.

—Son muy amables por venir —murmuró la madre de la novia.

Los recién casados se habían quedado charlando con la persona que nos precedía en la cola, y Darcy aprovechó para desviarme hacia una bandeja con champán que pasaba por allí.

Tras unos minutos con el corazón a punto de salírseme del pecho y la certeza de que una mano se posaría en mi hombro y una voz furiosa diría: «Esta joven se ha colado; por favor, acompáñenla a la salida», empecé a relajarme y a mirar el entorno, que, a decir verdad, era muy agradable. La recepción no estaba celebrándose en el gran salón de baile, que yo había conocido durante mi temporada. Aquel era más pequeño, aunque lo bastante espacioso como para acoger a unas doscientas personas, y estaba decorado para la ocasión con flores primaverales; en el aire flotaba un aroma divino. Junto a la pared del fondo había una mesa alargada cubierta con un mantel blanco, en la que atisbé los numerosos pisos de una tarta. En un rincón, una orquesta (compuesta, como es habitual, por músicos de edad avanzada) tocaba valses de Strauss. Cogí un *vol-au-vent* de una bandeja que ofrecía un camarero y me dispuse a disfrutar.

Darcy tenía razón: si una actúa con naturalidad en un acto como aquel, nadie cuestiona su presencia. Me pareció reconocer a varias de las personas que deambulaban por el salón, y capté al vuelo conversaciones del tipo:

—Y bien, ¿hace mucho que conoce al encantador Roly?

—No se puede decir que lo conozca bien.

—Oh, en tal caso viene por parte de Primrose. Una joven deslumbrante.

—¿Ves qué fácil es? —susurró Darcy—. La única dificultad aparece cuando se trata de un banquete de cubierto y silla con asientos asignados.

—¿Qué demonios haces entonces? —pregunté; el pánico regresó a mí mientras buscaba con la mirada algún indicio de la existencia de un comedor adyacente.

—Me disculpo por tener que tomar un tren y me esfumo antes de que empiece. Pero esto es solo un picoteo y tarta. Me informé bien antes de venir; suelo hacerlo.

—Eres increíble.

Nos reímos.

—Los irlandeses hemos aprendido a vivir de nuestro ingenio tras siglos sometidos a vuestra ocupación.

—Para que lo sepas, resulta que tengo sangre escocesa. Bueno, en cualquier caso, una cuarta parte de sangre escocesa.

—Ah, pero fue tu bisabuela quien se dedicó a subyugar a medio mundo. «Emperatriz de cuanto territorio inspecciono» y todo eso. Seguro que algo has heredado.

—Yo aún no he tenido la ocasión de subyugar a nadie, así que no sé decirte —confesé—, pero me divierto a menudo, algo que, al parecer, ella no pudo decir. Al menos no después de que el príncipe Alberto muriera. De hecho, teniendo en cuenta mi lista de antepasados taciturnos, diría que soy bastante normal.

—Yo diría que has salido asombrosamente bien para tener más de la mitad de la sangre inglesa —dijo, y, para mi irritación, volví a ruborizarme.

—Creo que voy a ir a probar ese cangrejo —improvisé.

Me di media vuelta y... me topé con una cara conocida.

—¡Querida! —exclamó Belinda, emocionada—. No sabía que ibas a asistir a esta juerga. ¿Por qué no me lo dijiste? Podríamos haber compartido un taxi. Qué divertido es esto, ¿verdad? Quién iba a imaginar que Primrose acabaría sentando la cabeza con alguien como Roly.

—¿Primrose? —Miré al otro extremo del salón y atisbé la espalda de la novia, oculta tras un largo velo alrededor del cual todos caminaban con suma cautela.

—La novia, querida. Primrose Asquey d'Asquey. Fue a la escuela con nosotras, ¿no lo recuerdas? Solo un trimestre, pero bueno. La expulsaron por dar a las nuevas una charla sobre cómo usar el diafragma.

Nos miramos y nos echamos a reír.

—Lo recuerdo —dije.

—Y ahora se casa con Roland Aston-Poley, de familia militar, lo que significa que pasa de ser Primrose Asquey d'Asquey a ser Primrose Roly Poley. Si te soy sincera, no me parece una elección muy acertada. —Volvimos a reírnos—. Así que vienes por parte de Roly. No sabía que tuvieras contactos en el ejército.

—Bueno…, no. —Empezaba a sonrojarme otra vez, así que la tomé del brazo y la alejé un poco de la aglomeración de invitados—. La verdad es que he venido con un tipo extraordinario, Darcy O'Mara. ¿Lo conoces?

—Pues no. Señálamelo.

—Allí, junto al arreglo de flores.

—Vaya, no está nada mal. Puedes presentármelo cuando quieras. Háblame de él.

—No sé más —susurré—. No estoy del todo segura de si es quien asegura ser o un embaucador.

—¿Te ha pedido que le prestes dinero?

—No.

—Entonces es probable que diga la verdad. ¿Quién asegura ser?

—El hijo de lord Kilhenny, un barón irlandés.

—En esa familia son un millón. No lo dudaría un segundo. Entonces, ¿es él quien conoce a Roly?

Me acerqué más a ella.

—Él no conoce a los novios, nos hemos colado. Por lo visto hace esto a menudo, solo para comer gratis. Inaudito, ¿verdad? No puedo creer que yo también lo esté haciendo.

Para mi horror, Belinda empezó a desternillarse. Cuando consiguió controlar el arrebato, se inclinó hacia mí.

—Te voy a compartir un secretillo: yo estoy haciendo lo mismo. A mí tampoco me han invitado.

—¡Belinda! ¿Cómo has podido?

—Muy fácil: igual que tú. Mi cara es más o menos conocida. Se me ve en Ascot y en la ópera, así que nadie cuestiona nunca si estoy invitada o no. Funciona de maravilla.

—Pero me dijiste que las cosas te iban muy bien.

Hi...

—En realidad, no tan bien. Es duro sacar adelante un negocio, sobre todo si te dedicas a diseñar ropa para mujeres distinguidas. Nunca quieren pagar, ¿sabes? Primero se deshacen en elogios hacia el vestido que he diseñado para ellas; me dicen que lo adoran y que soy la persona más creativa que han conocido en la vida. Luego se lo ponen para ir a la ópera, y cuando les recuerdo que no me lo han pagado, argumentan que han estado haciéndome publicidad al lucirlo en público y que debería estarles agradecida. A veces me he quedado sin cobrar varios centenares de libras, y las telas no son baratas.

—Eso es terrible.

—Es difícil —convino—, porque si monto un escándalo y alguna de ellas se molesta, se lo contará a las demás y me rehuirán como a una patata caliente.

Sabía que había muchas probabilidades de que así fuera.

—¿Y qué vas a hacer? No puedes pasarte la vida financiando ropa nueva.

—Supongo que estoy esperando a que llegue mi gran oportunidad. Si alguna mujer de la familia real o alguna de las amigas del príncipe de Gales se fija en mis vestidos y los compra, todo el mundo los querrá. En eso serías de gran ayuda, ¿sabes? Si vas a frecuentar a tu primo y a los suyos, te dejaré uno de mis modelos para que lo luzcas y hables maravillas de mí.

—No pondría la mano en el fuego por que las mujeres de mi primo fueran a pagar antes que tus clientas actuales, pero lo intentaré encantada. Sobre todo si eso me permite estrenar un vestido ceñido.

—¡Fantástico! —Belinda sonrió de oreja a oreja.

—Siento que estés pasando por una etapa difícil —dije.

—Ah, algunas son honradas, en especial las de origen opulento, ya sabes, las que han recibido una educación exquisita, como tú. Son esas nuevas ricas repelentes las que intentan escaquearse. Podría nombrar a una belleza muy conocida que me miró a los ojos e insistió en que ya me había pagado, cuando sabía tan bien como yo que era mentira. Sencillamente, no son como nosotras, querida.

Le estrujé el brazo.

—Al menos tú te mueves mucho en sociedad. Conocerás a un hombre rico y guapo y entonces tus preocupaciones económicas se esfumarán.

—Tú también, querida. Tú también. —Miró hacia el otro extremo del salón—. Deduzco que ese noble irlandés tan apuesto no viene con una fortuna incorporada...

—Ni con un solo penique —contesté.

—Cielo santo. En tal caso no es muy buena opción, a pesar de su físico. Aunque después de la conversación de anoche sobre sexo, podría ser el que...

—¡Belinda! —susurré mientras Darcy caminaba hacia nosotras—. Acabo de conocerlo y no tengo intención de...

—Nunca la tenemos, querida. Ese es el problema. Nunca la tenemos. —Belinda se volvió para recibir a Darcy con una sonrisa angelical.

Pasaban las horas y los camareros desfilaban ofreciéndonos salmón ahumado, y gambas, y bocaditos de hojaldre rellenos de salchicha, y *éclairs* deliciosos. Con la ingesta de champán, mi ánimo fue mejorando hasta que empecé a divertirme de verdad. Darcy había desaparecido entre la multitud, y yo estaba sola cuando me fijé en una maceta con una palmera que se bamboleaba como a merced de un vendaval. Dado que en los salones de baile del Grosvenor House no se permite que sople el viento, me sentí intrigada. Me encaminé hacia ese rincón y miré alrededor de la palmera. Allí, una figura ataviada en un alarmante y regio color morado se sujetaba de pie a la oscilante palmera. Pese a ello, la reconocí: era otra excompañera de la escuela, Marisa Pauncefoot-Young, hija del conde de Malmsbury.

—Marisa —susurré.

Intentó centrar la vista en mí.

—Ah, hola, Georgie. ¿Qué haces aquí?

—Más bien... ¿qué haces tú exactamente? ¿Bailar con una palmera?

—No, estaba tan mareada que pensé que sería mejor que me retirase a algún rincón discreto, pero no hay manera de que este maldito árbol deje de moverse.

—Marisa —repliqué con tono severo—, estás borracha.

—Eso me temo. —Suspiró—. Es culpa de Primrose. Insistió en «regar bien» el desayuno para armarse de valor antes de la ceremonia, y después, de pronto, me deprimí y... El champán va de maravilla para subir el ánimo, ¿no crees?

La tomé de un brazo.

—Vamos, ven conmigo. Buscaremos un sitio donde podamos sentarnos y pedir un café.

La saqué del salón y encontré dos sillas doradas en un pasillo. Luego vi a un camarero y lo llamé.

—Lady Marisa no se encuentra bien —susurré—. ¿Cree que podría conseguirle un café?

El café apareció al instante. Marisa empezó a tomarlo, alternando sorbos y escalofríos.

—¿Por qué nunca consigo ser una borracha alegre? —preguntó—. Se me va un poco la mano y ya no me sostienen las piernas. Has sido muy amable, Georgie. Ni siquiera sabía que vendrías.

—Ni yo, hasta el último momento —confesé—. Dime, ¿por qué te deprimiste?

—Mírame. —Se señaló con un gesto dramático—. Parece que se me hubiera tragado una boa constrictor especialmente fea.

No se equivocaba. Llevaba un vestido largo, ceñido y morado. Y dado que Marisa no destacaba por su figura y pasaba del metro ochenta, el resultado recordaba a una cañería morada y brillante.

—Y creía que Primrose era mi amiga —prosiguió—. Me halagó que me propusiera ser dama de honor, pero ahora veo que solo lo hizo porque somos primas y no le quedaba más remedio, así que la maldita se aseguró de que no la eclipsara al recorrer el pasillo. Y, de hecho, lo recorrí tambaleándome, con esta falda tan prieta. Y St. Margaret estaba tan oscura que me apostaría algo a que parecía una cabeza flotante con un brazo incorpóreo a cada lado sosteniendo ese asqueroso ramo. Me va a costar mucho perdonarla. —Suspiró y apuró el café—. Y luego llegué aquí y pensé que ser dama de honor tiene sus ventajas. Ya sabes, un beso furtivo y un arrumaco con algún guardia de sala detrás de una palmera. Pero míralos, ni siquiera una insinuación. La mayoría son los hermanos mayores de Roly y todos han venido con sus esposas. Y los demás tienen otras inclinaciones...; son de la otra pecera, ya me entiendes.

—Querrás decir de la otra acera... —la corregí.

—¿Sí? Bueno, ya sabes a qué me refiero, ¿verdad? Así que ni un ápice de emoción en toda la velada. No me extraña que me diera por beber. Has hecho bien en rescatarme.

—No tienes que agradecerme nada. ¿Para qué están las amigas de la escuela?

—Nos divertimos en Les Oiseaux, ¿verdad? Todavía lo echo de menos a veces, y a las amigas de entonces. Hacía siglos que no te veía. ¿Qué has estado haciendo?

—Ah, bueno, no gran cosa —contesté—. Acabo de llegar a la ciudad y busco trabajo.

—Qué afortunada eres, te envidio. Yo estoy atrapada en casa con mamá. No se encuentra muy bien y no quiere ni oír hablar de que venga a Londres sola. Así no sé cómo voy a conocer a un marido potencial. La temporada fue un fracaso absoluto, ¿verdad? Todos esos tipos de campo tan horribles y vulgares que nos tratan como si fuéramos sacos de patatas... Al menos mamá está pensando en alquilar algo en Niza para pasar allí el resto de la primavera. La verdad es que no diría que no a un conde francés; ay, esa maravillosa caída de párpados que te dice «Vamos a la cama»...

Alzó la mirada cuando nos llegaron unos aplausos procedentes del salón de baile.

—Oh, cielos. Han comenzado los discursos. Supongo que debería estar ahí cuando Whiffy proponga un brindis por las damas de honor.

—¿Crees que podrás mantener el equilibrio?

—Lo intentaré.

La ayudé a ponerse en pie y se dirigió tambaleante al salón. Yo me quedé al final de la muchedumbre, congregada ahora alrededor del podio en el que descansaba la tarta.

La cortaron y la repartieron, y dieron comienzo los discursos. Yo también empezaba a notar el efecto de las tres copas de champán en un estómago relativamente vacío. No hay nada peor que los discursos sobre alguien a quien no conoces pronunciados por alguien a quien no conoces. La capacidad de mi regia parentela para permanecer ahí sentada, día tras día, y fingir interés por un discurso tras otro es algo que me inspira una admiración reverencial. Busqué a Darcy pero no lo vi, así que merodeé por el salón con la esperanza de encontrar una silla donde sentarme sin molestar. Las únicas que encontré estaban ocupadas por damas de edad avanzada y un coronel en extremo provecto y con una pierna de madera. Luego me pareció atisbar la nuca de Darcy y volví a internarme entre los invitados.

—Señores, damas y caballeros, les ruego que alcen sus copas para brindar por Sus Majestades —bramó el maestro de ceremonias.

Acepté otra copa de champán de un camarero ambulante. Cuando la alzaba, recibí un violento golpe en el codo y el champán se me derramó en la cara y la pechera del vestido. Contuve el aliento y al instante oí una voz.

—¡Oh, lo lamento muchísimo! Por favor, permita que le ofrezca una servilleta.

Como muchos chicos de nuestro estatus, no sabía, o no quería, pronunciar la letra *r* y en realidad dijo «segvilleta».

Alargó una mano hacia una mesa y me tendió una tela de exquisito tejido.

—Eso es un mantel de bandeja —dije.

—Lo siento mucho —repitió—, es lo único que he podido encontrar.

Me sequé la cara con el mantel y después conseguí verle con nitidez. Era un hombre alto y estilizado, como un escolar que hubiera dado un estirón y se hubiera puesto el traje de chaqué de su hermano mayor. Saltaba a la vista que se había intentado alisar el pelo, castaño oscuro, con gomina, sin éxito, pues le caía sobre la frente, y sus fervientes ojos, también castaños, me suplicaban de un modo que me hizo recordar a un spaniel que había tenido hacía tiempo.

—He estropeado su precioso vestido. Soy un torpe y un animal —siguió excusándose mientras miraba cómo yo me secaba—. En celebraciones como esta, no tengo remedio. En cuanto me pongo un traje de chaqué o un esmoquin, está garantizado que derramaré algo, me pisaré los cordones de los zapatos o haré un ridículo espantoso. Me estoy planteando hacerme ermitaño y vivir en una cueva en lo alto de una montaña. En Escocia, tal vez.

Tuve que reírme.

—No creo que la comida le parezca buena allí —señalé—. Y creo que la cueva de Escocia le resultará de lo más fría y ventosa. Créame, hablo con conocimiento de causa.

—Tiene razón. —Me observó un momento y añadió—: Quiero decir que me parece que sé quién es usted.

Eso no era nada bueno. Supuse que, de una manera u otra, tenía que ocurrir. Solo por si las cosas se ponían feas, intenté divisar a Darcy entre la multitud. Sin embargo, lo que el chico dijo a continuación me pilló del todo desprevenida.

—Creo que somos parientes lejanos.

Repasé mentalmente a toda prisa la lista de primos carnales, primos segundos e hijos de primos segundos.

—Ah, ¿sí?

—Bueno, más o menos. En realidad, no somos parientes, pero su madre estuvo casada con mi tutor, y de niños jugábamos juntos. Creo que eso excusará que nos tuteemos. Soy Tristram Hautbois, el pupilo de sir Hubert Anstruther.

Lo único en lo que pude pensar es en qué terrible giro de acontecimientos había acabado asignando el nombre de Tristram a alguien que no pronunciaba bien la *r*. Según él, se llamaba *Tgistgam*.

—Por lo visto, una vez corrimos desnudos por las fuentes —dije.

Esbozó una amplia sonrisa.

—¿Tú también lo recuerdas? Creíamos que nos meteríamos en un lío tremendo, porque en los jardines había un sinfín de invitados al té, pero a mi tutor le pareció de lo más gracioso. —Su expresión recobró la solemnidad—. Supongo que ya estarás al corriente de lo ocurrido. El pobre sir Hubert ha sufrido un accidente grave. Está en coma en un hospital de Suiza. Creen que no sobrevivirá.

—Me han informado esta misma mañana —respondí—. Lo lamento mucho. Siempre me pareció un hombre muy agradable.

—Ah, sí, lo era. Un hombre extraordinario. Se portó muy bien conmigo, pese a no ser más que un pariente lejano; mi madre era prima de su madre. Supongo que sabrás que su madre era francesa. Bien, mis padres murieron en la Gran Guerra y él se arriesgó mucho yendo a rescatarme a Francia. Me crio como si fuera un hijo. Tengo con él una deuda enorme de gratitud que ahora ya no podré saldar.

—Entonces, ¿eres francés?

—Sí, pero me temo que mi dominio del idioma no supera al del promedio de escolares. Solo me desenvuelvo con frases del estilo «La plume de ma tante». Una lástima, ciertamente, pero solo tenía dos años cuando me llevaron a Eynsleigh. La casa es encantadora, ¿no te parece? Una de las más bonitas de Inglaterra. ¿La recuerdas bien?

—No, en absoluto. Solo conservo una imagen vaga de los jardines y las fuentes, ¿y no había un poni rechoncho?

—Squibbs. Una vez intentaste hacerle saltar sobre un tronco y te tiró al suelo.

—Sí, es verdad.

Nos miramos y sonreímos. Hasta ese instante lo había considerado el típico bobo descerebrado, pero aquella sonrisa le iluminó toda la cara y le confirió un atractivo considerable.

—¿Y qué ocurrirá con la casa si sir Hubert muere? —pregunté.

—Imagino que la venderán. No tiene hijos propios, es decir, herederos. Yo soy lo más cercano a un hijo, pero nunca me adoptó de forma oficial, para mi desgracia.

—¿A qué te dedicas ahora?

—Hace poco que he vuelto de Oxford. Gracias a sir Hubert, estoy haciendo prácticas como abogado y he acabado en Bromley, Kent. No tengo claro que la abogacía sea lo mío, pero mi tutor quería que tuviera una profesión estable, así que supongo que es lo que debo hacer. Si te soy sincero, preferiría dedicarme a la aventura y a la expedición, como él.

—Un oficio algo más peligroso —comenté.

—Pero no aburrido. ¿Y tú?

—Acabo de llegar a Londres y aún no tengo claro qué voy a hacer. Para mí no es tan fácil como salir a la calle a buscar un trabajo.

—No, ya imagino que no. Oye, ahora que estás en Londres, podríamos visitar juntos la ciudad. La conozco bastante bien y estaría encantado de enseñártela.

—Será un placer —contesté—. Me alojo en la casa familiar, la casa de Rannoch, en Belgrave Square.

—Yo vivo en Bromley. No se parece mucho a esto.

Otro joven ataviado con un frac se acercó a nosotros.

—Espabila —le dijo a Tristram—. Necesitamos fuera a todos los invitados del novio *tut suit*. Tenemos que manipular el coche antes de que se vayan.

—Ah, sí. Voy. —Tristram se disculpó con una sonrisa—. El deber me llama. Espero que volvamos a vernos pronto.

En ese instante apareció Darcy.

—¿Lista, Georgie? Los novios están a punto de irse y he pensado que... —Se interrumpió cuando vio a Tristram a mi lado—. Oh, lo siento, no pretendía molestar. ¿Cómo estás, Hautbois?

—Bien, gracias. ¿Y tú, O'Mara?

—No puedo quejarme. ¿Nos excusas? Tengo que llevar a Georgie a casa.

—A las seis me convertiré en una calabaza —intenté bromear.

—Confío en volver a verla, lady Georgiana —dijo Tristram con formalidad.

Cuando Darcy se volvió e intentó abrirse paso entre la muchedumbre en dirección a la puerta, Tristram me agarró de un brazo.

—Ten cuidado con O'Mara —susurró—. Es un granuja de poco fiar.

CAPÍTULO SIETE

Casa de Rannoch
Sábado, 23 de abril de 1932

Fuera nos esperaba un agradable atardecer de abril. El sol de poniente se derramaba por el parque.

—Bueno, bueno, bueno —dijo Darcy al tiempo que me tomaba de un brazo para ayudarme a bajar la escalinata—. No ha estado mal, ¿verdad? Has sobrevivido y estás mucho mejor surtida de comida y de vino que hace un par de horas. De hecho, tus mejillas tienen ahora un bonito y saludable tono rosado.

—Sí, supongo —contesté—, pero creo que no repetiré la experiencia. Demasiada tensión para mi gusto. Algunos invitados me conocían.

—¿Como ese idiota de Hautbois? —preguntó Darcy, mordaz.

—Ah, ¿conoces a Tristram?

—Bueno, no puedo decir que me relacione mucho con él últimamente. Fuimos juntos a la escuela. Yo iba al menos dos cursos por delante de él. Una vez se chivó a los profesores y me llevé una azotaina.

—¿Por qué motivo?

—Creo que había intentado quitarle algo —contestó—. Era un bruto y un llorica.

—Pues ahora parece bastante agradable.

—¿Te ha pedido que volváis a veros?

—Se ha ofrecido a enseñarme Londres.

—Vaya, vaya...

Me estremecí al pensar que podría estar celoso. Sonreí con disimulo.

—¿Y cómo demonios lo has conocido? —prosiguió Darcy—. Es imposible que fuera una de tus parejas en esos deprimentes bailes de debutante, ¿no?

—Hubo un tiempo en el que casi fuimos parientes. Mi madre estuvo casada con su tutor. De niños..., de niños jugábamos juntos. —Por algún motivo, me sentí incapaz de pronunciar la palabra *desnudos* delante de Darcy.

—Imagino que compartirás parentesco con un sinfín de personas de varios continentes —dijo, y arqueó una ceja.

—Creo que mi madre solo se casó en sus primeras fugas. En esos tiempos era lo bastante convencional como para seguir creyendo que debía casarse. Ahora se limita a...

—¿Vive en pecado? —De nuevo esa sonrisa desafiante que provocaba algo en mi interior.

—Algo así.

—Yo no podría. Como católico, estaría condenado al infierno si no parase de casarme y divorciarme. La Iglesia considera sagrado el matrimonio y pecado mortal el divorcio.

—¿Y si vivieras en pecado con alguien?

Esbozó una sonrisa pícara.

—Creo que para la Iglesia sería la menos mala de las opciones.

Lo miré mientras esperábamos para cruzar Park Lane. Arruinado, irlandés y católico. Muy poco apropiado en todos los sentidos. Si hubiera seguido yendo a todas partes con carabina, me habría metido a empujones en el primer taxi que pasara y alejado de allí al instante.

—Te acompaño a casa —se ofreció, y volvió a tomarme del brazo cuando titubeé al cruzar la calle.

—Soy muy capaz de encontrar el camino de vuelta a mi casa a plena luz del día —repliqué, aunque tenía que reconocer que me flaqueaban un poco las rodillas después de todo el champán que había tomado y con su embriagadora cercanía.

—Sí, no lo dudo, pero ¿no prefieres disfrutar de este encantador atardecer conmigo? Si tuviera dinero, habría alquilado un carruaje para recorrer estas frondosas avenidas despacio y con el sonido de los cascos de los caballos de fondo. En cualquier caso, podemos pasear por el parque.

—Muy bien —contesté sin demasiada cortesía.

Veintiún años de educación estricta me gritaban que no debía tener más trato con alguien de quien me habían prevenido como un granuja de poco fiar, además de estar arruinado y ser católico. Pero ¿cuándo había tenido una ocasión tan tentadora de pasear por el parque con alguien tan arrebatadoramente guapo?

No hay nada más encantador que un parque londinense en primavera. Narcisos entre los árboles, brotes en los exuberantes castaños, caballos acicalados en su ruta desde las caballerizas hasta Rotten Row, y parejas de enamorados paseando de la mano o sentados muy juntos en los bancos. Dirigí una mirada furtiva a Darcy. Caminaba con aire relajado y disfrutando del entorno. Sabía que me convenía propiciar la conversación en ese momento. En todas aquellas sesiones formativas en Les Oiseaux en las que teníamos que cenar con cada una de las profesoras por turnos, se nos inculcó con empeño que era pecado mortal permitir que se produjera un silencio en una cena de gala.

—Pero, entonces, ¿vives en Londres? —pregunté a Darcy.

—Ahora mismo sí. Me alojo en Chelsea, en casa de un amigo que se ha ido a navegar con su yate por el Mediterráneo.

—Eso suena muy glamuroso. ¿Has estado en el Mediterráneo?

—Ah, sí. Muchas veces, aunque nunca en abril. Demasiadas olas. Soy un pésimo marinero.

Intenté dar forma a la pregunta que me moría por hacerle.

—Entonces..., ¿tienes alguna profesión? Quiero decir que... si necesitas colarte en eventos sociales para disfrutar de una buena comida y tu padre no te da dinero, ¿cómo sobrevives?

Me miró y sonrió.

—Vivo de mi ingenio, querida mía. Eso es lo que hago. Y no me va nada mal. La gente me invita a cenas de gala para que el total de asistentes sea par. Estoy muy bien educado. Nunca me derramo sopa en el esmoquin. Me invitan a bailar con sus hijas después de una cacería. No todos saben lo que te he contado de mi misérrima economía, por supuesto. Soy el hijo de lord Kilhenny, y solo por eso me consideran un buen partido.

—Y algún día serás lord Kilhenny, ¿no?

Se rio.

—Es posible que mi viejo viva eternamente solo para fastidiarme. Nunca nos hemos llevado muy bien.

—¿Y tu madre? ¿Vive aún?

—Murió de gripe durante la epidemia —contestó—, como mis hermanos pequeños. Yo estaba en la escuela y por eso sobreviví. En el centro, las condiciones eran tan rigurosas y la comida tan mala que ni a los bichos de la gripe les parecía un lugar digno de visitar. —Sonrió, y su sonrisa se desvaneció—. Creo que mi padre me culpa por estar vivo.

—Pero algún día tendrás que dedicarte a algo. No puedes seguir colándote en recepciones ajenas para comer.

—Confío en casarme con una heredera rica, tal vez una americana, y vivir felices y comer perdices por siempre jamás en Kentucky.

—¿Es eso lo que quieres?

—Hay buenos caballos en Kentucky —contestó—. Me gustan los caballos, ¿a ti no?

—Me encantan. Incluso la caza me encanta.

Asintió con la cabeza.

—Se lleva en la sangre, no podemos evitarlo. Es lo único que lamento, haber perdido las cuadras. En el pasado criamos a los mejores purasangres de Europa. —Hizo una pausa como si se le acabara de ocurrir una idea—. Tenemos que ir juntos a Ascot, sé cómo elegir a los ganadores. Si vienes conmigo, ganarás un buen pellizco.

—Si puedes hacer que yo gane un buen pellizco, ¿por qué no ganas tú buenos pellizcos para no seguir en la ruina?

Sonrió.

—¿Y quién dice que no gano ya muy buenos pellizcos de cuando en cuando? Es una manera fantástica de mantenerse a flote, pero no puedo hacerlo muy a menudo para no tener problemas con los corredores de apuestas.

Alcé la mirada y, apenada, vi que nos acercábamos a Hyde Park Corner; Belgrave Square quedaba justo al otro lado.

Era una de esas escasas tardes de primavera que anuncian la inminencia del verano. El sol estaba a punto de ponerse y todo Hyde Park refulgía. Saboreé la estampa.

—No nos encerremos en casa aún —propuse—, se está muy bien fuera. Creo que me educaron para ser una chica de campo. No soporto mirar por la ventana y ver solo chimeneas y tejados.

—A mí me pasa lo mismo —dijo Darcy—. Tendrías que ver el paisaje desde el castillo de Kilhenny..., todas esas colinas verdes y el mar destellando en la distancia. No hay lugar en el mundo que lo supere.

—¿Ya has recorrido todo el mundo? —pregunté.

—La mayor parte. Una vez fui a Australia.

—¿En serio?

—Sí, mi padre me sugirió que intentara hacer fortuna allí.

—¿Y?

—No me pareció un buen sitio para mí. Todo el mundo es plebeyo, todos se relacionan con todos. De hecho, disfrutan viviendo sin comodidades y teniendo el retrete en el patio trasero. Ah, y en realidad esperan que te ganes la vida con el sudor de tu frente. Creo que yo estoy hecho para la civilización. —Se sentó en un banco y dio unas palmaditas a su lado—. Hay buenas vistas desde aquí.

Me senté junto a él, consciente de la proximidad y la calidez de su pierna, que casi rozaba la mía.

—Dime, ¿qué tienes previsto hacer ahora que lo de Harrods no ha funcionado? —preguntó.

—Imagino que buscar otro trabajo —contesté—, pero me temo que Su Majestad tiene sus propios planes para mí. De momento debo elegir entre casarme con un príncipe extranjero insufrible y ser dama de compañía de una tía abuela, la última hija viva de la reina Victoria, que reside en los confines de la campiña donde el colmo de la diversión será sujetarle la madeja de lana o jugar al *rummy*.

—Dime una cosa... —me miró con interés—, ¿cuántas personas median entre el trono y tú?

—Pues... soy la trigésimo cuarta en la línea de sucesión, me parece. A no ser que alguien tenga un hijo entretanto y me aleje todavía más.

—Trigésimo cuarta, ¿eh?

—¡Espero que no estés pensando en casarte conmigo con la esperanza de hacerte algún día con la corona de Inglaterra!

Se rio.

—Eso sería una buena baza para los irlandeses, ¿eh? Rey de Inglaterra, o más bien príncipe consorte de Inglaterra.

Yo también me reí.

—Solía hacer eso de pequeña: tumbada en la cama, ideaba maneras de matar a todos los que tenía por delante en la línea de sucesión. Ahora que ya he crecido, no sería reina ni por todo el oro del mundo. Bueno, no es del todo cierto. Si mi primo David me propusiera matrimonio, seguramente aceptaría.

—¿El príncipe de Gales? ¿Te parece un buen partido?

Su pregunta me sorprendió.

—Sí. ¿A ti no?

—Es un hijo de mamá —contestó Darcy con desdén—. ¿No te has fijado? Está buscando una madre, no quiere una esposa.

—Me parece que te equivocas. Solo está esperando a encontrar a una mujer apropiada.

—Pues no puede decirse que su última conquista sea muy apropiada.

—¿La conoces?

—Ah, sí.

—¿Y?

—No es apropiada. Encantadora, sí, pero es mayor y tiene demasiado mundo. De ningún modo le permitirían ser reina.

—¿Crees que ella querría ser reina?

—Bueno, dado que aún está casada, es un punto discutible —contestó—. Pero yo de ti no albergaría muchas esperanzas. Tu primo David nunca te elegirá como consorte. Y, sinceramente, te cansarías pronto de él.

—¿Por qué? A mí me parece muy divertido, y baila de maravilla.

—Es muy superficial, no tiene sustancia. Es como una polilla revoloteando, busca a la desesperada un camino en la vida. Sería un pésimo rey.

—Yo creo que se crecerá cuando llegue el momento —repliqué, malhumorada—. Se nos ha educado a todos bajo el yugo del deber. Estoy segura de que algún día David brillará con luz propia.

—Quizá tengas razón.

—En cualquier caso —susurré con tono confidencial—, se me ha pedido que la espíe. —Mientras lo decía comprendí que el exceso de champán me había aflojado la lengua y que no debía confiar cosas como esa a un extraño, pero para cuando procesé esa información ya era demasiado tarde.

—¿Espiarla? ¿Quién te ha pedido eso? —Era evidente que a Darcy le interesaba el asunto.

—La reina. Voy a tener que asistir a una recepción a la que el príncipe y su amiga han sido invitados, y luego informar a Su Majestad.

—Es muy probable que no tengas nada bueno que contarle de ella. —Darcy sonrió con picardía—. Todos los hombres del planeta la encontramos cautivadora y todas las mujeres del planeta encuentran algo malicioso que comentar sobre ella.

—Estoy segura de que seré muy justa en mi valoración —repliqué—. No tengo propensión a la malicia.

—Esa es una de las cosas que creo que podrían gustarme de ti —repuso Darcy—. Y no sería la única. —Miró alrededor. El sol ya se había puesto y la temperatura había descendido deprisa—. Será mejor que te acompañe a casa antes de que te congeles con ese vestido pijo.

Tuve que reconocer que empezaba a sentir frío; el champán de la pechera aún no se había secado. Y no disponía de una doncella que fuera a encargarse de las manchas. ¿Cómo iba a solucionar ese problema?

Me tomó de la mano y cruzamos entre el tráfico de Hyde Park Corner.

—Bueno, pues ya estamos —dije absurdamente frente a la puerta de mi casa, y hurgué en el bolso en busca de la llave. Como suele ocurrirme en momentos tensos, mis dedos no me obedecían bien—. Gracias por esta tarde tan agradable.

—No me lo agradezcas a mí, sino a los Asquey d'Asquey. Son ellos quienes han pagado. ¿No vas a invitarme a entrar?

—Creo que será mejor que no. Vivo sola, ¿sabes?

—¿Y ni siquiera se te permite invitar a un té a un chico? No sabía que las normas de la realeza siguieran siendo tan estrictas.

—No son normas de la realeza. —Me reí, nerviosa—. Es solo que... ninguna de las salas de recepción está abierta. Y aún no tengo servicio. Podría decirse que he acampado en una habitación y en la cocina, donde mis talentos culinarios no van más allá del té y las judías con tomate. Lo único que me enseñaron a cocinar en la escuela fueron tonterías inútiles como los *petit fours,* y nunca conseguí aprenderme las recetas.

—Yo prefiero los *petit cinq* —dijo, y me hizo sonreír.

—Tampoco aprendí nunca a hacerlos.

Miré el lóbrego interior del vestíbulo y de nuevo a Darcy. La idea de estar sola con él era tentadora. Pero los veintiún años de adiestramiento ganaron.

—Gracias por esta agradable tarde —repetí, y le tendí una mano—. Bueno, adiós.

—¿«Bueno, adiós»? —Me dirigió una mirada suplicante de niño perdido. Estuve a punto de derretirme. Solo a punto.

—Mira, Darcy, me encantaría invitarte a entrar, pero se está haciendo tarde y... Lo entiendes, ¿verdad?

—Rechazado y arrojado a la gélida y solitaria noche. Qué cruel. Puso una cara trágica.

—Hace cinco minutos has dicho que había sido una tarde encantadora.

—Ah, bueno. Ya veo que no te voy a conmover diga lo que diga. Veintiún años de educación real. No importa, habrá más ocasiones. —Me tomó una mano, se la llevó a los labios y esta vez la besó, provocándome un escalofrío en todo el brazo—. Si te apetece, la semana que viene te llevo a una fiesta en el Café de París —dijo con tono despreocupado mientras me soltaba la mano.

—¿También te colarás?

—Por supuesto. La organizan unos americanos que adoran a la nobleza británica. Cuando sepan que guardas parentesco con la familia real, te besarán los pies, te agasajarán con cócteles y te invitarán a visitar sus ranchos. ¿Irás conmigo?

—Eso espero.

—Ahora mismo no recuerdo qué día se celebra. Te informaré.

—Vale —dije, y me quedé unos instantes como dubitativa, torpe—. Gracias de nuevo.

—El placer ha sido todo mío.

No sé cómo, consiguió que esto último sonara pecaminoso. Me apresuré a entrar en casa antes de que pudiera ver cómo volvía a ruborizarme. Tras cerrar la puerta, me detuve en aquel vestíbulo frío y penumbroso, con su suelo ajedrezado blanco y negro y sus paredes oscuras y gofradas, y de pronto me asaltó un pensamiento inquietante. Se me ocurrió que Darcy podría estar utilizándome para colarse incluso en más actos sociales. Tal vez yo fuera como una vía de acceso garantizado a lugares hasta entonces inaccesibles para él.

Me sentí indignada. No me gustaba la idea de que me adulase y me utilizara, o que flirteara conmigo como si fuese un deseo genuino. Pero enseguida tuve que reconocer que aquello era más divertido que la monótona vida que había llevado en los últimos meses. Mejor sin duda que hacer crucigramas en el castillo de Rannoch o sentarme en la cocina subterránea a comer judías con tomate. Como había dicho antes, ¿qué tenía que perder?

CAPÍTULO OCHO

Casa de Rannoch
Sábado, 23 de abril de 1932

Estaba a punto de subir la escalera para quitarme el vestido pijo, como lo había llamado Darcy, cuando vi que en el buzón había cartas. Casi nadie sabía que estaba en la ciudad, así que aquello era toda una novedad. Eran dos. Reconocí la caligrafía de mi cuñada en uno de los sobres junto con el blasón de Glen Garry y Rannoch (dos águilas intentando destriparse mutuamente sobre una cumbre escarpada), de modo que primero abrí la otra. Era la temida invitación: lady Mountjoy estaría encantada de que lady Georgiana asistiera a la fiesta y al baile de gala de disfraces que iban a tener lugar en su finca campestre.

Llevaba un par de postdatas. La primera era formal: «Le rogamos que traiga consigo un disfraz de gala, dado que en la vecindad no hay comercios donde alquilarlos».

Y la segunda, menos formal: «A Imogen la deleitará volver a verla».

Imogen Mountjoy se contaba entre las chicas más aburridas y pesadas del mundo. Apenas habíamos intercambiado dos palabras durante nuestra temporada y ambas tenían relación con la caza, así que no conseguía imaginarla deleitada ante la perspectiva de volver a verlos. En todo caso, era un grato bonito y decidí confirmar mi asistencia en cuanto leyera la misiva de Fig.

Querida Georgiana:

Binky acaba de informarme de que tiene que ir a la ciudad el lunes por un asunto de negocios urgente e imprevisto. Teniendo en cuenta el lamentable estado en que se encuentra el mundo en estos momentos y con el ruego de que todos economicemos en lo posible, me ha parecido absurdo, además de un derroche, enviar a parte del servicio como avanzadilla para abrir la casa cuando tú ya te encuentras ahí. Dado que estás viviendo en ella por obra y gracia de tu regia ascendencia, confío en que no te parezca excesivo pedirte que ventiles el dormitorio y el estudio de Binky, y quizá también la pequeña sala matinal para que pueda leer el periódico. (Espero que hayas encargado *The Times*).

Estoy segura de que cenará en su club, por lo que no tienes que preocuparte por la comida y demás. Imagino que la casa estará bastante fría. Sería todo un detalle que prendieras una lumbre en el dormitorio de Binky previamente a su llegada. Ah, y que también pusieras una bolsa de agua caliente en su cama.

Con cariño, tu cuñada

Hilda

Siempre se la ha conocido por su remilgada formalidad. Nadie la ha llamado nunca por su verdadero nombre. Y saltaba a la vista por qué. Jamás he oído un nombre más ridículo para una duquesa. Si a mí me hubiesen llamado Hilda, habría preferido ahogarme en la bañera del jardín de infancia a crecer con semejante carga.

Contemplé la carta un momento. «¡Qué morro! —exclamé, y el alto techo del vestíbulo me devolvió el eco de mis palabras—. No solo ya no me mantienen, sino que además me tratan como a una sirvienta. Tal vez Fig haya olvidado que estoy aquí sola, que no dispongo ni de una doncella. ¿Y quiere que limpie el polvo, haga las camas y encienda las chimeneas sin ayuda?». Entonces comprendí que era muy probable que a Hilda ni se le hubiera pasado por la cabeza que estaba viviendo sin servicio. Daba por hecho que ya habría contratado a una doncella.

Cuando me calmé, pensé que lo que me pedía tampoco era tan desmesurado. Tenía una condición física lo bastante óptima como para quitar unas cuantas fundas e incluso pasar una escoba mecánica por uno o dos suelos, ¿no? Nunca me había visto en la obligación de hacerme la cama ni de servirme un vaso de agua hasta que fui a la escuela, pero estaba capacitada para hacer ambas cosas. En realidad, había progresado mucho. Bueno, aún no había intentado encender una chimenea, claro, aunque el abuelo me había dado las instrucciones básicas el día anterior. Era esa «ratonera», como él la llamaba —la temible carbonera llena de arañas—, lo que me desalentaba, pero en algún momento tendría que atreverme. Con tantos antepasados que combatieron en Bannockburn, en Waterloo y en todas las batallas que se libraron entre ambas, debería haber heredado suficientes agallas como para enfrentarme a una carbonera. El día siguiente era domingo y mi abuelo me esperaba para almorzar. Le pediría que me explicara el proceso completo de prender una lumbre. ¡Que no se diga que una Rannoch sufrió una derrota!

El domingo por la mañana me levanté temprano y con ánimo brioso, dispuesta a afrontar mis deberes. Me puse un delantal que encontré colgado en un armario bajo la escalera y me cubrí el pelo con un pañuelo. Lo cierto es que me pareció divertido retirar fundas y sacudirlas por la ventana. Estaba danzando por la casa con el plumero cuando oí que alguien llamaba a la puerta. No me paré a pensar en mi aspecto y abrí. Era Belinda.

—¿Se encuentra en casa su señoría y está en disposición de recibir visitas? —preguntó, y entonces me reconoció—. ¡George!

¿Qué demonios...? ¿Vas a presentarte a un *casting* para el papel de Cenicienta?

—¿Qué? Ah, esto. —Bajé la mirada hacia el plumero—. Órdenes de mi cuñada. Quiere que prepare la casa para mi querido hermano, el duque, que llega mañana. Pasa.

La acompañé por el vestíbulo y por la escalera hasta la sala matinal. Las ventanas estaban abiertas y una brisa fresca agitaba las cortinas de encaje.

—Siéntate —la invité—. Acabo de limpiar la silla.

Me miró como si me hubiera transformado en una criatura peligrosa.

—Seguro que tu cuñada no se refería a que te encargaras en persona de limpiar la casa...

—Me temo que eso es justo a lo que se refería. Vamos, siéntate.

—¿En qué estaba pensando? —Belinda se sentó.

—Creo que en el mejor de los casos el adjetivo idóneo para describir a mi cuñada es *frugal*. No quería pagar más billetes de tren para enviar a una avanzadilla de sirvientes. Me ha recordado que vivo aquí «por obra y gracia» de mi condición familiar, es decir, que le debo un favor a su excelencia.

—¡Qué caradura! —exclamó Belinda.

—Sí, opino lo mismo, pero es evidente que da por hecho que ya he contratado a una doncella. Antes de venir me soltó un largo sermón sobre lo poco fidedignos que son los londinenses y la conveniencia de contrastar todas las referencias del servicio.

—¿Por qué no trajiste a una doncella?

—No quiso soltar a una de las suyas y, para serte sincera, yo tampoco podría haberle pagado. Pero ¿sabes?, esto no está tan mal. De hecho, me resulta bastante divertido. Y se me empieza a dar bien. Debe de estar saliéndome la ascendencia humilde de mi madre, pero me parece muy satisfactorio quitar el polvo de las cosas.

Y en ese instante fue como si me iluminara un rayo de inspiración divina.

—Espera —dije—, acabo de tener una idea fabulosa... ¿No quería un trabajo remunerado? Podría hacer esto para otros y cobrar por ello.

—¡Georgie! Me parece fantástico que quieras ser autosuficiente, pero todo tiene un límite. ¿Un miembro de la casa de Windsor haciendo de asistenta? Querida, imagina el follón que se armaría si se descubriera.

—Nadie tiene por qué saber que soy yo, ¿no? —Sacudí un par de veces el plumero mientras rumiaba la idea—. Podría hacerme llamar Coronet Domestics y nadie tendría que enterarse nunca de que yo, y solo yo, soy Coronet Domestics. En cualquier caso, sería preferible a morir de hambre.

—¿Y lo de hacer de dama de compañía? ¿Cómo se rechaza la petición de una reina?

—Con mucha mano izquierda —contesté—. Pero, por suerte, en el palacio nada ocurre de la noche a la mañana. Cuando Su Majestad lo tenga todo organizado, le diré que ya estoy ocupada a jornada completa y que tengo estabilidad económica.

—Vale, pues buena suerte, supongo —dijo Belinda—. A mí no me encontrarás limpiando cuartos de baño.

—¡Oh, cielos! —exclamé, aterrizando de golpe—. No había pensado en los cuartos de baño. Imaginaba más pasar el plumero por encima. Solo llego hasta ahí.

Se rio.

—Creo que podrías caerte del guindo y darte un buen porrazo. Algunas personas son unas cerdas redomadas, ¿sabes? —Se reclinó contra el tapizado de terciopelo y cruzó las piernas en un movimiento obsceno sin duda había ideado y practicado para volver locos a los chicos. No tuvo ese efecto conmigo, salvo por despertar un arrebato de envidia por sus medias de seda—. Bueno, ¿y qué tal fue la salida con el cautivador O'Mara? —preguntó.

—Es atractivo, ¿verdad?

—Qué lástima que esté arruinado. No es exactamente la clase de compañía que necesitas en esta etapa de tu vida.

—Pero podríamos congeniar.

—Lo habéis intentado, ¿verdad? —preguntó Belinda.

—Intentado ¿qué?

—«Congeniar».

—Acabamos de conocernos, Belinda. Aunque me besó la mano en la puerta y sugirió que le invitara a entrar.

—¿En serio? Intolerable, qué antibritánico.

—Tengo que confesarte que me gustó la parte del besamanos y que estuve a punto de ablandarme y dejarle pasar.

Belinda asintió con la cabeza.

—Es irlandés, claro. Son un poco salvajes, pero más divertidos que los ingleses, hay que reconocerlo. Te aseguro que los ingleses no saben absolutamente nada sobre el delicado arte de la seducción. A lo máximo que llegan es a darte una palmada en el trasero y preguntarte si te apetece «un ñaca-ñaca rapidito».

También yo asentí.

—A eso se reduce mi experiencia hasta ahora.

—Pues ahí lo tienes. Podría ser él.

—¿El hombre con el que me case? Moriría de hambre.

—¿Quién habla de casarse? —Sacudió la cabeza ante mi estupidez—. El hombre que te libere de tu pesada carga. Me refiero a tu virginidad.

—¡Belinda! ¡Por favor!

Se rio de mi rubor.

—Alguien tiene que liberarte antes de que te conviertas en una sirvienta vieja y amargada. Mi padre siempre dice que a partir de los veinticuatro ya no hay salvación posible para las mujeres, así que a ti solo te queda más o menos un año. —Me miró esperando una respuesta, pero yo seguía muda. Hablar de mi virginidad no me resultaba fácil—. ¿Volverás a verle? —preguntó.

—Quiere llevarme a una fiesta en el Café de París la semana que viene.

—Madre mía, qué fanfarrón.

—Me temo que volveremos a colarnos. Dice que lo organizan unos estadounidenses y que se caerán de espaldas cuando vean que entre los asistentes hay un miembro de la familia real, aunque sea un miembro secundario.

—Y tiene toda la razón. ¿Cuándo será? —Sacó una pequeña agenda del bolso.

—Belinda, eres igual de mala que él.

—Tal vez seamos espíritus afines. Deberías mantenernos alejados. Creo que a mí también podría gustarme, aunque nunca le haría eso a una vieja amiga. Y que esté arruinado le resta atractivo. Tengo unos gustos terriblemente caros. —Se levantó de un salto y me arrebató el plumero—. Casi olvido a qué había venido. Ayer me encontré a otra excompañera de la escuela. Sophia, aquella condesa húngara bajita y regordeta. ¿No la viste?

—No. Había mucha gente e intenté pasar inadvertida.

—Bueno, el caso es que me invitó a una fiesta que se celebra esta tarde en una casa flotante, en Chelsea, y le pregunté si podía llevarte. Te busqué, pero habías desaparecido.

—Darcy y yo nos escabullimos de la fiesta antes de que acabara.

—¿Y bien? ¿Te apuntas?

—Suena divertido. Oh, espera. No, no voy a poder. Acabo de recordar que le prometí a mi abuela que iría a almorzar con él. De hecho... —consulté mi reloj—, tengo que cambiarme ya y darme prisa.

—¿Tu abuelo plebeyo, quieres decir?

—El otro murió hace mucho tiempo, así que con él tendría que ser una sesión de espiritismo en lugar de un almuerzo.

—¿El que está vivo? ¿No se oponía tu familia a que te comunicaras con él no recuerdo por qué?

—Es *cockney*, Belinda, pero también un anciano encantador, la mejor persona que conozco. Ojalá pudiera hacer más por él. Ahora mismo no le sobra el dinero y necesita unas buenas vacaciones en la costa. —Y de nuevo me iluminé—. Así que si mi experimento con la limpieza sale bien, podría sufragarle esas vacaciones y todo se solucionaría.

Belinda me miró con recelo.

—No suelo mirar el lado oscuro de las cosas, pero creo que estás llamando a la tragedia, cielo. Si por un casual la noticia de tu decisión laboral llega algún día a oídos del palacio, me temo que te casarán con el espantoso Siegfried y te encerrarán en un castillo de Rumanía antes de que puedas decir Ivor Novello.

—Este es un país libre, Belinda. ¡Tengo veintiún años y no soy la pupila de nadie ni la siguiente en la línea de sucesión al trono, y francamente me importa un rábano lo que opinen!

—Bien dicho, tesoro. —Aplaudió—. Vamos, deja que te ayude a redactar el anuncio antes de que te vayas.

—Vale. —Me acerqué al escritorio y cogí una pluma y papel—. ¿Crees que *The Times* es mejor que el *Tatler* para atraer a la clientela adecuada?

—Publícalo en ambos. Algunas mujeres nunca leen el periódico, pero siempre hojean el *Tatler* para ver si salen.

—Haré de tripas corazón y lo publicaré en los dos, pues. Espero que alguien me conteste pronto o dentro de una semana estaré en la cola de un comedor social.

—Es una lástima que no puedas ir a la fiesta conmigo esta tarde. Sophia es una chica robusta, típica centroeuropea, así que estoy segura de que si algo abundará será la comida. Y se relaciona con toda clase de bohemios encantadores: escritores, pintores y demás.

—Ojalá pudiera, pero estoy segura de que en casa de mi abuelo también abundará la comida. Me ha prometido carne asada y dos tipos de verduras. ¿Qué tendríamos que poner en el anuncio?

—Debes dejar claro que no te interesa fregar los cuartos de baño, sino solo quitar el polvo por encima y preparar las estancias. ¿Qué tal algo así como: «¿Viene a Londres pero prefiere dejar al servicio en su casa de la campiña?»?

Garabateé su propuesta.

—Oh, eso está bien. Luego podríamos decir que la agencia Coronet Domestics abrirá y ventilará la casa.

—Y tienes que incluir una recomendación de alguien con estatus.

—¿Cómo voy a conseguir eso? No puedo pedir a Fig que me recomiende y de momento es la única persona para la que he limpiado una casa.

—¡Recomiéndate a ti misma, tonta! «Ha trabajado para lady Victoria Georgiana, hermana del duque de Glen Garry y Rannoch».

Me eché a reír.

—¡Belinda, eres brillante!

—Lo sé —dijo con modestia.

El almuerzo fue maravilloso: una deliciosa pierna de cordero, patatas asadas crujientes y repollo del huerto que el abuelo tenía en el patio, seguido de manzana al horno y natillas. Sentí la ya recurrente punzada de culpa al pensar si en verdad podía permitirse comer tan bien, pero su regocijo al verme disfrutar de los platos era tan evidente que me obligué a deleitarme con cada bocado.

—Después de almorzar tienes que enseñarme bien a encender un fuego —le pedí—. No bromeo. Mi hermano llega mañana y me han pedido que prenda una lumbre en su habitación.

—¡Pero bueno, que me aspen! ¡Menudo morro! —exclamó—. ¿Qué creen que eres, una fregona? Voy a ir a cantarle las cuarenta a ese hermano tuyo.

—Ah, no ha sido Binky —contesté—. Él es muy dulce. Y distraído, eso sí; nunca se da cuenta de nada; y no muy listo, pero en esencia es buena persona. Y en parte ha sido culpa mía, supongo. Mi cuñada dio por hecho que contrataría a personal en cuanto llegara a Londres. Debería haberle dejado claro que no puedo costearlo. Estúpido orgullo...

Mi abuelo negó con la cabeza.

—Ya te lo expliqué, cariño. Para encender un fuego, tendrás que bajar antes a la carbonera.

—Si no queda más remedio... Estoy segura de que muchos sirvientes han bajado a la carbonera y han sobrevivido. ¿Y después?

Me dio más instrucciones, desde el papel de periódico hasta la forma correcta de colocar las astillas y después el carbón encima, y todo lo referente a abrir los reguladores de tiro. Sonaba abrumador.

—Ojalá pudiera ir a encenderlo —dijo—, pero no creo que tu hermano reaccionara bien al verme allí.

—Ojalá pudieras ir a vivir allí conmigo un tiempo —repuse—. No para cuidarme, sino para hacerme compañía.

Me miró con sus ojos sabios y oscuros.

—Pero eso no funcionaría, ¿no crees? Vivimos en mundos diferentes, cielo. Querrías que durmiera en la planta de arriba y yo no me sentiría bien, pero tampoco me sentiría bien durmiendo abajo, como un sirviente. No, es mejor así. Me gusta mucho que me visites, pero después tú vuelves a tu mundo y yo me quedo en el mío.

Sentí nostalgia al volver la mirada mientras pasaba junto a los gnomos de Glanville Drive.

CAPÍTULO NUEVE

Casa de Rannoch
Domingo, 24 de abril de 1932

C uando llegué a la casa de Rannoch, me puse el atuendo de sirvienta, me recogí el pelo y me aventuré en el sótano en busca de la temible carbonera. Tal como había predicho el abuelo, era espantosa: una abertura negra de algo más de medio metro de profundidad que daba al patio exterior. No vi ninguna pala y no estaba dispuesta a introducir el brazo en esa penumbra desconocida. ¡A saber lo que acecharía ahí! Volví a la cocina y encontré un cucharón y una toalla en un colgador. Utilicé el cucharón para ir raspando trocitos de carbón, que salieron de uno en uno; luego los recogí en la toalla para trasladarlos al cubo. Con este método tardé una media hora en llenarlo, pero al menos no toqué ninguna araña ni me ensucié las manos. Por último, subí la escalera a trompicones con el cubo y sintiendo una admiración y un respeto renovados por mi doncella, Maggie, que obviamente tenía que llevar a cabo esa tarea todas las mañanas.

Probé primero con la chimenea de mi habitación, y al caer la tarde tenía una habitación llena de humo, pero también una lumbre esplendida. Me sentí orgullosa de mí misma. El dormitorio de Binky estaba preparado, con sábanas limpias y las ventanas abiertas. Prendí otra lumbre allí y me acosté satisfecha.

El lunes por la mañana fui a las oficinas de *The Times* y pedí que el anuncio saliera publicado en la primera plana. Incluí un apartado de correos al que responder, pues no creía que a Binky le hiciera gracia que a la casa de Rannoch llegaran ofertas para una asistenta. Después fui a la sede del *Tatler* e hice lo propio. Acababa de volver cuando alguien llamó a la puerta. Salí a abrir y me encontré a un desconocido en el umbral. Era una figura de aspecto siniestro, vestida de negro de pies a cabeza: abrigo largo y negro, y sombrero negro de ala ancha un poco ladeado, lo que impedía verle los ojos. No me gustó lo poco que alcanzaba a atisbar de su cara. Tal vez hubiera sido atractiva en un tiempo, pero era de esas que se descolgaban con los años. Y su palidez demacrada era la de alguien que no suele respirar aire puro. Nadie en el castillo de Rannoch había tenido ese aspecto nunca. Al menos el viento mordaz mantenía las mejillas muy rosadas.

—He venido a *veg* al duque —dijo con lo que parecía acento francés—. *Infógmele* de inmediato de que Gaston de Mauxville está aquí.

—Lo lamento, pero el duque aún no ha llegado —contesté—. No se le espera hasta la tarde.

—¡Qué *tgastogno*! —exclamó, restallando un guante de cuero negro contra la palma de la otra mano.

—¿Tiene previsto encontrarse con usted?

—*Pog* supuesto. Le *espegagué dentgo*. —Hizo el ademán de apartarme y entrar.

—Lo lamento, pero no —dije con una aversión instantánea hacia los modales arrogantes del hombre—. No lo conozco. Le sugiero que vuelva más tarde.

—¡Ah, muchacha insolente! *Hagué* que la despidan. —Alzó el guante, y por un momento creí que me atizaría con él—. ¿Sabes con quién estás hablando?

—Más bien... ¿sabe usted con quién está hablando? —repliqué con una mirada gélida—. Soy la hermana del duque, lady Georgiana.

En este punto su bravata se aplacó, pero el hombre siguió farfullando.

—*Pego abgue* usted la *puegta* como una *cguiada*. ¡Qué *vulgaguidad*! ¡Qué *bochognoso*!

—Lo siento, pero el servicio se encuentra aún en Escocia. No hay nadie más en la casa y estoy segura de que convendrá conmigo en que mi hermano no querría que recibiera visitas de extraños sin estar acompañada.

—Muy bien —accedió—. *Infogme* a su *hegmano* de que *espego vegle* en cuanto llegue. Me alojo en el *Claguidge*.

—Le informaré, aunque desconozco sus planes —repuse—. ¿Tiene tarjeta de visita?

—En alguna *pagte* —contestó mientras se tanteaba varios bolsillos—, *pego cgueo* que en este caso no *segá nesesaguia* una *tagjeta*.

Se giró como para marcharse, y de pronto se volvió.

—¿Esta es la única finca de la que son *pgopietaguios apagte* del castillo de *Gannoch*?

—Sí —contesté—. Y no soy yo la propietaria, sino mi hermano.

—*Pog* supuesto. Y el castillo de *Gannoch*... ¿cómo es?

—Frío y ventoso.

—¡Qué *tgastogno*! *Pego* eso es inevitable. Y la finca... ¿*pgoduce* algún beneficio?

—No tengo ni idea de los beneficios que produce la finca —respondí—, y si lo supiera, no es algo de lo que hablaría con un desconocido. Disculpeme, pero debo atender ciertas obligaciones.

Dicho lo cual, cerré la puerta. ¡Qué hombre tan horrendo! Pero ¿quién se creía que era?

Binky llegó sobre las cuatro, también algo nervioso por haber tenido que viajar sin sirvientes.

—No conseguí encontrar a ningún mozo y tuve que cargar con la maleta por la estación —dijo, malhumorado—. Me alegro mucho de encontrarte aquí. Creía que estarías ayudando con los preparativos de la boda.

—Eso será dentro de un par de semanas —repliqué, contenta de que me hubiera recordado la historia que había inventado para facilitar mi huida—. Al parecer, la casa de la novia está repleta de familiares, así que me quedaré aquí, si no tienes inconveniente.

Binky asintió con gesto ausente.

—Estoy agotado, Georgie. Creo que un buen baño y después un té y unos *crumpets* me reanimarían.

—¿Sigues bañándote en agua fría? —pregunté.

—¿En agua fría? Eso lo hice por obligación en la escuela, claro, y a diario, pero últimamente lo evito si hay otra opción.

—Pues es la única opción ahora mismo —le informé, confieso que con un ligero regocijo—. La caldera sigue apagada.

—¿Cómo? ¿Y por qué demonios sigue apagada?

—Porque he estado aquí sola, querido hermano, y tu esposa no me dio permiso para encenderla, claro que tampoco habría sabido llevar a cabo esa proeza. Caliento agua en una cazuela para asearme por la mañana, y me temo que tú vas a tener que hacer lo mismo.

—Qué golpe tan duro y desagradable para alguien que acaba de venir desde Escocia en un tren gélido. —Se interrumpió cuando lo que acababa de decirle caló en él—. ¿Sola, dices? ¿Sin doncella ni nada?

—Sola —confirmé—. Fig no quiso enviar a ninguno de vuestros sirvientes y yo no tengo dinero para contratar a nadie, como bien deberías saber, ya que fuiste tú quien canceló mi asignación por mi vigésimo primer cumpleaños.

Se ruborizó.

—Escucha, Georgie, acabas de hacerme parecer un ogro. Yo no quería, pero, ¡condenada vida!, mis ingresos no alcanzan para mantenerte. Ya sabes que lo que se espera de ti es que te cases y que otro pobre desgraciado te cuide.

—Gracias por tus amables palabras.

—Entonces, ¿me estás diciendo que, en efecto, aquí no hay nadie que me prepare el baño? ¿Nadie que me sirva té y *crumpets*? ¿Nada?

—Yo puedo hacer té y tostadas, que están casi tan buenas como los *crumpets,* según señaló tu mujer.

—Pero ¿tú sabes hacer cosas? ¡Georgie..., eres un puñetero genio!

Tuve que reírme.

—Me cuesta creer que se necesite ser un genio para hacer té y tostadas, pero la semana pasada aprendí bastante. Encontrarás la chimenea de tu habitación encendida... por mí.

Di media vuelta, subí la escalera delante de él y abrí su puerta con una reverencia.

—¿Cómo demonios te las has apañado?

—Mi abuelo me ha enseñado.

—¿Tu abuelo? ¿Ha estado aquí?

—No, no te preocupes. Fui a verle.

—¿A Essex? —Lo preguntó como si hubiera hecho una travesía en camello por el desierto de Gobi.

Binky, contrariamente a la creencia popular, la gente va a Essex, vuelve y vive para contarlo —contesté.

Lo empujé al interior de su dormitorio y esperé a que me halagara por el fuego y por la limpieza reluciente. Como hombre que era, no le impresionó ni lo uno ni lo otro, y se puso a deshacer la maleta.

—Por cierto, has tenido visita esta mañana —dije—. Un francés gordo de lo más desagradable llamado Gaston Nosequé. Muy arrogante. ¿Dónde diablos lo has conocido?

El rostro de Binky palideció.

—En realidad, aún no lo conozco. Solo nos hemos carteado, pero él es el motivo por el que he venido a Londres con la esperanza de arreglar este asunto.

—¿Qué asunto?

Binky se había quedado completamente inmóvil con el pijama en la mano.

—Supongo que tienes derecho a saberlo. Ni siquiera se lo he contado aún a Fig, no me atrevo. No sé cómo llegaré a decírselo, pero al final tendrá que saberlo.

—Saber ¿qué?

Se sentó en la cama.

—Al parecer, ese hombre, Gaston de Mauxville, es una especie de jugador profesional, y al parecer jugaba a las cartas con nuestro padre en Montecarlo. Supongo que ya habrás deducido que a nuestro padre no se le daba muy bien. Al parecer perdió en esas mesas lo que quedaba de la fortuna familiar. Y al parecer perdió incluso más que la fortuna familiar.

—¿Podrías dejar de decir «al parecer»? —le espeté—. Si esto es solo un rumor, no me interesa.

—Oh, es más que un rumor. —Binky soltó un largo suspiro—. Al parecer..., no, en verdad, ese granuja de De Mauxville asegura que nuestro padre se apostó el castillo de Rannoch en una partida, y que perdió.

—¿¿Nuestro padre perdió nuestra residencia familiar?! ¿¿A manos de ese desconocido fofo y grosero?! —me oí vociferar con un tono nada propio de una dama.

—Al parecer, sí.

—No me lo creo. Ese hombre es un timador.

—Asegura que tiene en su haber un documento irrefutable. Me lo va a mostrar hoy.

—Ningún tribunal británico lo aceptará como prueba, Binky.

—Tengo previsto reunirme mañana con nuestros abogados, pero De Mauxville asegura que el documento se ha atestiguado y notarizado en Francia, y que cualquier tribunal del mundo lo aceptaría como prueba.

—Qué horror, Binky. —Nos miramos, aterrados—. No me extraña que esta mañana me preguntara por el castillo de Rannoch. Me alegro de haberle dicho que era frío y ventoso. Si hubiera sabido esto, le habría dicho que además está encantado. ¿Crees que quiere vivir allí?

—Creo que lo que en realidad quiere es que se lo recompre.

—¿Podrías permitírtelo?

—En absoluto. Ya sabes que estamos arruinados, Georgie. Entre lo que nuestro padre perdió en Montecarlo y el impuesto de sucesión cuando se pegó un tiro... —Me miró esperanzado—. Eso es: podría retarle a un duelo. Si es un hombre de honor, aceptará. Lucharemos por el castillo de Rannoch, de hombre a hombre.

Me acerqué a él y le puse una mano en el hombro.

—Binky, cielo, detesto tener que recordártelo, pero, después de nuestro padre, eres sin duda el peor tirador del mundo civilizado. Nunca has conseguido acertar a un urogallo, a un ciervo, a un pato ni a nada que se moviera.

De Mauxville no se moverá, se quedará paralizado. Y es un blanco grande. Imposible fallar.

—Está claro que él disparará primero, y es probable que sea el mejor tirador de toda Francia. No quiero perder a un hermano además de la residencia familiar.

Binky hundió la cara entre las manos.

—¿Qué vamos a hacer, Georgie?

Le di unas palmadas en el hombro.

—Lo solucionaremos, encontraremos la manera. En el peor de los casos, llevaremos a ese hombre a Escocia para enseñarle su nuevo hogar y en una semana contraerá una pulmonía. Y si no enferma, ¡lo llevaré al peñasco a contemplar las vistas y lo empujaré!

—¡Georgie! —Binky parecía conmocionado, y luego se echó a reír.

—Todo vale en el amor y en la guerra —dije—, y esto es la guerra.

Binky volvió a casa muy tarde. Lo había estado esperando, impaciente por saber cómo le había ido con el detestable Gaston de Mauxville. Cuando oí cerrarse la puerta principal, corrí escalera abajo a tiempo para ver a Binky caminar pesadamente hacia mí.

—¿Y bien? —pregunté.

Binky suspiró.

—Me he reunido con ese tipo. Es un canalla redomado, estoy seguro, pero me temo que el documento es auténtico. La letra en verdad parecía la de nuestro padre, y está atestiguado, y también sellado. El sinvergüenza me ha dado una copia para que se la muestre a nuestro abogado mañana. Si te soy sincero, no tengo muchas esperanzas.

—¿Y si vas de farol como él, Binky? Dile que puede quedarse con el castillo de Rannoch. Dile que te alegras de librarte de él. No aguantaría allí ni una semana.

—No funcionaría —contestó—. No está interesado en vivir en el castillo. Quiere venderlo..., transformarlo en una escuela o en un hotel con campo de golf.

—Una escuela, puede. Habría que hacer muchas reformas antes de que alguien estuviera dispuesto a pagar por alojarse allí.

—No es un asunto para bromear, Georgie —me espetó Binky—. ¡Es nuestro hogar, maldita sea! Es propiedad de la familia desde hace ochocientos años. No pienso regalárselo a un jugador del continente.

—Entonces, ¿qué vamos a hacer?

Se encogió de hombros.

—Tú eres la inteligente. Confiaba en que tendrías una idea brillante para salvarnos.

—Ya he pensado en empujarle montaña abajo. ¿Tal vez empujarle fuera del tren en el viaje al norte? —Sonreí—. Lo siento, Binky. Ojalá se me ocurriera algo. Confiemos en que mañana los abogados den con una solución legal para este embrollo.

Asintió con la cabeza.

—Me voy directo a la cama —dijo—. Estoy exhausto. Ah, mañana, un desayuno frugal. Riñones, y quizá un poco de beicon, y las tostadas como siempre, con mermelada, y café.

—¡Binky! —lo atajé—. Te he dicho que no tenemos sirvientes. Lo máximo que puedo hacer es un huevo duro, tostadas y té. Eso es todo.

Su semblante se entristeció.

—¡Condenada vida, Georgie! No se puede esperar que un hombre se enfrente al mundo con la energía de un triste huevo duro.

En cuanto encuentre trabajo, contrataré a una sirvienta que te prepare todos los riñones y el beicon que quieras, pero mientras tanto deberías estar agradecido por tener una hermana dispuesta a cocinar para ti.

Binky me miró muy serio.

—¿Qué acabas de decir? ¿Encontrar trabajo? ¿Un trabajo?

—Tengo previsto quedarme en Londres y labrarme una carrera. ¿Cómo esperas que subsista, si no?

—A ver, Georgie, la gente como nosotros no busca trabajo. Sencillamente, no lo hace.

—Si el castillo de Rannoch acaba en manos de De Mauxville, es probable que tú también tengas que enfrentarte al dilema de buscar trabajo o morir de hambre.

Dio la impresión de estar horrorizado hasta la médula.

—No digas eso. ¿Qué demonios podría hacer yo? Sería un desastre. Se me da bien entretenerme en la finca y esas cosas. Soy bastante hábil con la equitación. Pero, aparte de eso, soy un cero a la izquierda.

—Encontrarás algo si al final tienes que mantener a tu familia —dije—. Siempre podrías ser mayordomo de un estadounidense rico. Les deleitaría tener a un duque a su servicio.

—¡No digas eso ni en broma! —bramó—. Es demasiado espantoso para considerarlo siquiera.

Le cogí de un brazo.

—Acuéstate. Por la mañana lo verás todo con mejores ojos.

—Eso espero. Eres una joya, Georgie. Y muy buena. Cuento contigo.

«Vine a Londres huyendo de mi familia», pensé de camino a mi habitación. Pero parecía que huir no era tan fácil como había creído. Por un instante, casarme con el príncipe Siegfried no me pareció una opción tan mala, después de todo.

CAPÍTULO DIEZ

Casa de Rannoch
Martes, 26 de abril de 1932

Por la mañana insistí en acompañar a Binky a ver a nuestros abogados. Al fin y al cabo, también era mi hogar. No estaba dispuesta a cederlo sin presentar una batalla feroz. El bufete Prendergast, Prendergast, Prendergast y Soapes se encontraba justo enfrente de la Lincoln's Inn. Binky y yo nos adelantamos un poco para hablar con ellos antes de que el temible Gaston llegara. Nos informaron de que el joven señor Prendergast estaría encantado de recibirnos y nos condujeron a una estancia revestida de madera en la que encontramos sentado a un hombre de al menos ochenta años. Me sorprendí pensando que si aquel era el joven señor Prendergast, cómo sería el viejo señor Prendergast. Estaba ya tan tensa que se me escapó una risilla. Binky se volvió y me fulminó con la mirada, pero yo no conseguía parar.

—Lo siento —le dijo Binky al joven señor Prendergast—, la conmoción ha sido excesiva para ella.

—Lo comprendo —repuso el anciano con amabilidad—. Nosotros también estamos conmocionados. Prendergast, Prendergast, Prendergast y Soapes hemos representado a su familia durante los últimos dos siglos. Me parecería abominable que el castillo de Rannoch acabara en las manos equivocadas. ¿Podría ver el documento de la discordia?

—Es solo una copia. El muy canalla no está dispuesto a soltar el original. —Binky se lo tendió.

El hombre chasqueó la lengua mientras lo leía.

—Santo cielo. Santo cielo —musitó—. El primer paso tendrá que ser, por descontado, llevar el original a un grafólogo para que lo analice y confirme que no es falso; conservamos aquí el testamento de su padre, manuscrito y firmado. Luego tendré que consultar con un experto en legislación internacional, pero mucho me temo que esto habrá que impugnarlo en los tribunales franceses, un adversario costoso y frustrante.

—¿No existen más vías? —pregunté—. ¿Ninguna otra opción?

—Podríamos demostrar que su padre no estaba en sus cabales cuando firmó este documento. Esa sería, lamento decirlo, la mejor de las alternativas. Tendríamos que encontrar a alguien que testificara que su padre se había comportado de forma extraña e irracional en los últimos tiempos, y tal vez a un médico que declarase que en la familia ha habido casos de demencia...

—Un momento —le interrumpí—. No voy a permitir que se ridiculice a mi padre en un tribunal de justicia. Y tampoco que se afirme que en la familia hay trazas de demencia.

El señor Prendergast suspiró.

—Se podría llegar al punto de tener que elegir entre eso y perder su hogar —repuso.

Binky y yo salimos hundidos en la miseria tras la reunión de una hora aproximada con el abogado. De Mauxville había accedido a contratar a un grafólogo. Parecía tan seguro de su baza que acabé creyendo en la autenticidad del documento y que el castillo de Rannoch iba camino de convertirse en un hotel con campo de golf para estadounidenses ricos.

Solo cuando Binky se puso a leer *The Times* en el taxi en el trayecto de vuelta a casa recordé mi anuncio. Miré con disimulo la portada y ahí estaba. Ahora, lo único que tenía que hacer era esperar la primera llamada. Pese a la tremenda gravedad de nuestra situación, no pude evitar sentir una pizquita de emoción. No tuve que esperar mucho. El primer reclamo llegó al día siguiente. Lo remitía la señora Bantry-Bynge, que tenía una casa junto a Regent's Park. Se veía obligada a ir a Londres el jueves de forma imprevista para que le retocaran un vestido y mi anuncio había sido una bendición, ya que la salud de su servicio empezaba a flaquear por la edad y ya no le sentaba bien viajar. Iría sola a la ciudad y cenaría con amigos. Tan solo necesitaba una habitación donde descansar esa noche.

En esencia, simplemente quería tener sábanas limpias en la cama, los muebles desempolvados y la chimenea preparada en el dormitorio. Parecía fácil. Fui a una cabina telefónica y marqué el número que me proporcionaba para confirmarle que a su llegada, esa misma noche, lo tendría todo en perfecto estado. Estaba encantada y me dijo que el ama de llaves de la casa vecina me daría la de la suya. Me pidió que al día siguiente, cuando ella ya se hubiera marchado, se la devolviera junto con las sábanas sucias en una bolsa de lavandería. A continuación me preguntó cuánto le cobraría. A decir verdad, no le había dedicado a eso ni medio pensamiento.

—La agencia cobra dos guineas —contesté.

—¿Dos guineas? —Parecía perpleja.

—Es un servicio especializado, señora; contamos con el mejor personal y tratamos de fidelizarlo.

—Sí, por supuesto.

—Y es muy probable que le resulte más económico que traer a su servicio desde Hampshire.

—Sí, por supuesto. De acuerdo, dejaré el dinero en un sobre que encontrarás cuando vengas a deshacer la cama por la mañana.

Colgué con una enorme sonrisa de satisfacción. Ahora solo quedaba un pequeño detalle por solucionar: qué iba a ponerme. Bajé al sótano y rebusqué en el armario del servicio hasta que encontré un vestido negro de doncella y un delantal blanco de lo más pertinentes. Incluso añadí una garbosa cofia blanca, aunque nadie podía verme salir de Belgrave Square de esa guisa, claro.

Bajaba la escalera de puntillas ataviada con el uniforme e intentando no despertar a Binky cuando de pronto me llamó desde la biblioteca.

—Georgie, tesoro, ¿te importaría venir un momento? Se me ha ocurrido indagar un poco en la historia del castillo de Rannoch —dijo—. He pensado que podría encontrar algo del pasado de nuestra familia o documentos acreditativos de nuestro linaje noble en los que se estipule que la finca de Glenrannoch jamás podrá pasar a manos de alguien ajeno a él.

—Buena idea —repuse, oculta en la sombra de la escalera para que Binky no se apercibiera de mi atuendo.

—Hace un frío espantoso. Me preguntaba si, siendo una maga en el arte de encender un fuego, podrías prender una pequeña lumbre en esta sala.

—Lo siento, cielo, pero voy a una cita —contesté—. Estaba a punto de salir. Tendrás que apañarte con una bufanda y unos guantes hasta que vuelva.

—¡Demonios, Georgie! ¿Cómo voy a pasar las hojas con guantes? ¿Tan puntual tienes que ser? —Asomó la cabeza por la puerta e impostó una voz petulante—: ¿No se supone que las mujeres siempre llegáis tarde a todo? Fig sí, se pasa horas haciéndose cosas en las cejas, creo, pero tú siempre estás perf... —Se interrumpió al verme—. ¿Por qué llevas esa ropa tan insólita? Parece más propia de una sirvienta.

—Es para una despedida de soltera, Binky —contesté sin aliento—. Tenemos que ir todas vestidas de doncella. Ya sabes, una de esas actividades previas a la boda.

—Ah, cierto. Sí, ya veo. —Asintió con la cabeza—. Bueno, adelante, pues. Que te diviertas y todo eso.

Cogí el abrigo para ocultar el uniforme de doncella y salí volando. Una vez fuera, solté un suspiro de alivio. Por los pelos... No había pensado en los problemas con los que podría toparme mientras intentaba evitar a los conocidos.

De camino a la casa de Regent's Park Crescent donde tenía que recoger la llave supliqué en silencio no encontrarme a nadie. Por suerte, Regent's Park no es tan glamuroso como Belgravia o Mayfair. No era probable que ni mis parientes ni mis conocidos frecuentaran la zona. Aun así, miré alrededor al subir la escalinata y llamar a la puerta principal. La doncella me miró de arriba abajo con una expresión de absoluta reprobación y no me invitó a entrar después de avisar al ama de llaves, que abrió la boca horrorizada cuando me vio.

—¿Qué demonios haces llamando a la puerta principal como si fueras una visita? —me espetó—. En esta casa los sirvientes utilizan la entrada de los proveedores.

—Lo siento —musité—. No la he encontrado.

—Abajo y al lado, como en todas las casas —replicó sin dejar de observarme con desdén—. Saltarte las normas y comportarte como alguien de una condición superior no te hará ningún bien, muchacha, aunque trabajes para una de esas agencias tan modernas. —Me miró con suma condescendencia—. Confío en que aunas con excelencia a la señora Bantry —añadió. Hablaba con ese acento taaan taaan pijo que muchas personas de clase baja adoptan cuando quieren parecer educadas—. Tiene muchos objetos preciosos en casa. Tanto ella como su esposo, el coronel, viajan a menudo por todo el mundo. Me ha parecido entender que te envía una agencia local.

—Así es —confirmé.

—Espero que la señora Bantry haya contrastado tus referencias.

—Nos recomienda encarecidamente lady Georgiana, hermana del duque de Glen Garry y Rannoch —repuse, mirando con aire humilde las botellas de leche que había en el umbral.

—Ah, bien, en tal caso... —Dejó el resto de la frase flotando en el aire—. Eso es casi tan bueno como si os recomendara la monarquía, ¿no? Una vez la vi en una fiesta, ¿sabes? Una joven encantadora. Tan guapa como su madre, que fue actriz, ¿sabes?

—Ah, sí —contesté, y deduje que debía de fallarle la vista.

—Soy de la opinión de que el príncipe de Gales no debería seguir buscando —prosiguió, esta vez con tono confidencial—. Ya va siendo hora de que tenga una prometida, y lo que a todos nos gustaría es que fuera una inglesa agradable. No una de esas extranjeras, y menos aún alemana.

Dado que mis antepasados eran en una cuarta parte escoceses con una considerable dosis de alemanes, guardé silencio.

—Gracias por la llave —dije—. Se la devolveré mañana cuando haya recogido la casa.

—Buena chica. —Esta vez me sonrió casi con amabilidad—. Me gusta que las jovencitas hablen bien. Es muy positivo esforzarse por mejorar, pero no te comportes como alguien de una condición superior.

—No, señora. —Dicho esto, emprendí una rauda retirada.

Subí los escalones de la casa Bantry-Bynge con aire triunfal y la llave en la mano. Primera prueba, superada. Giré la llave y la puerta se abrió. Segunda prueba, ídem. Entré y saboreé la quietud de una casa durmiente. Tras una rápida inspección, concluí que aquel trabajo sería coser y cantar. En las salas de recepción todo estaba enfundado para protegerlo del polvo. Subí la escalera y enseguida localicé el dormitorio de la señora B. B., decorado por entero en rosa y blanco, y empapelado con una miríada de guirnaldas de rosas. En el aire flotaba un perfume caro; era una habitación muy propia de una dama. Me pregunté con qué frecuencia se invitaría al coronel a visitarla y me puse manos a la obra: abrí las ventanas para que entrara un agradable aire fresco, retiré las fundas y las sacudí por la ventana. Había innumerables objetos de decoración y jarrones de cristal por todas partes, así que, conociendo mi tendencia a la torpeza, limpié el polvo con sumo cuidado. Al cabo de un rato descubrí que disponían de una aspiradora. Nunca había utilizado ninguna, pero parecía divertido, y suponía mucho menos trabajo que pasar la escoba mecánica de un lado a otro. La conecté... y al instante salió disparada por la moqueta como si le fuera la vida en ello y empezó a engullir las cortinas de encaje. Por suerte, conseguí apagarla antes de que arrancara la barra, y también rescatar las cortinas, que sobrevivieron con solo una leve mordedura en una esquina. Después de eso, concluí que sería más seguro seguir utilizando la escoba mecánica.

A continuación encontré el armario de la ropa blanca e hice la cama; las sábanas estaban ribeteadas con puntilla y también olían a rosa. Por último bajé a la carbonera, muy bien surtida de tenazas y pala, y preparé la chimenea del dormitorio. Pocas semanas antes, esa tarea habría sobrepasado los límites de mi imaginación.

Me afanaba en dar los últimos retoques al dormitorio cuando sonó el timbre. Tenía la intención de irme antes de que la

señora B. B. llegara..., pero ella no llamaría al timbre de su pro
pia casa, ¿no?

Bajé, abrí y me encontré frente a un hombre muy apuesto y acicalado, con el pelo alisado y la raya al medio, y un bigote pulcro y fino. Llevaba un *blazer* azul y pantalones de franela, y un ramo de fresias en las manos, además de un bastón con pomo de plata sujeto bajo un brazo.

—Hola —saludó con una sonrisa que me mostró un sinfín de dientes blancos y alineados—. ¿Eres la nueva doncella? No sabía que traía sirvientes cuando venía.

—No, señor. Trabajo para una agencia de servicios domésticos. La señora Bantry-Bynge me ha contratado para abrir la casa y preparar su dormitorio.

—Ah, ¿sí? ¡Caramba! Una idea excelente. —Hizo el amago de entrar.

—Lo siento, señor, pero la señora aún no ha llegado —dije, bloqueándole el paso.

—No hay problema, buscaré algo con lo que entretenerme —repuso. Esta vez me apartó, entró y se quitó los guantes en el recibidor—. Por cierto, me llamo Boy. ¿Y tú eres...?

—Maggie, señor —contesté; el nombre de mi propia doncella fue lo primero que me vino a la mente.

—Así que Maggie... —Se me acercó demasiado para mi gusto y puso un dedo bajo mi barbilla—. La pequeña y vivaracha Maggie, ¿eh? Buena fachada... ¿Y dices que has estado preparando el dormitorio?

—Sí, señor. —Había algo en su mirada que no me gustaba; algo rayano en la lascivia, a decir verdad.

—¿Por qué no me enseñas el buen trabajo que has estado haciendo? Porque espero que hayas hecho un buen trabajo. De lo contrario, tendré que darte unos azotes.

Su dedo empezó a bajar por mi cuello desde la barbilla. Por un segundo me sentí demasiado sorprendida para reaccionar, pero antes de que llegara a algún punto crucial me separé de un brinco. Tuve que hacer acopio de todo mi autocontrol para no actuar como lo habría hecho en otras circunstancias y decirle lo que opinaba de él. Me grité mentalmente que las doncellas no dan pisotones ni patadas en las espinillas ni emplean ningún otro método conocido de defensa personal sin ser despedidas en el acto.

—Si me permite, señor, pondré estas flores en un jarrón —dije—. Parecen estar a punto de marchitarse.

Y me alejé a toda prisa en dirección a la cocina. Me habían llegado rumores de que algunos hombres se propasaban con las sirvientas, pero en ningún momento había considerado que mi nueva profesión pudiera entrañar ese peligro. Seguía en la cocina cuando oí unas voces; al volver por el pasillo encontré a una mujer en el vestíbulo. Era rechoncha y llevaba el pelo teñido de rubio y peinado en pulcras y pequeñas ondas, una considerable capa de maquillaje en la cara y unas pieles de aspecto caro alrededor del cuello. También a ella la rodeaba un aura de perfume. La señora Bantry-Bynge había llegado. «Salvada por la campana», pensé.

Saltaba a la vista que la señora Bantry-Bynge estaba ofuscada.

—Oh, sigues aquí, no me había dado cuenta. Creía que...; ya ves, al final he tomado el tren más temprano de lo previsto —farfulló—. Y ya veo que mi... primo... ha llegado para acompañarme en su automóvil. ¿No te parece un detalle encantador? Qué amable por tu parte, Boy.

Hice lo que confiaba en que pasara por una reverencia cortés.

—Ya he acabado, señora —musité—. Estaba a punto de irme.

—Fantástico, maravilloso. Espero que Boy no te haya... estorbado mucho. —Su semblante delataba que había «estorbado» a muchas mujeres.

Oh, no, ... —rupuuc . ... poniendo en un jarrón estas flores que ha traído.

Cogió las flores y hundió la cara en ellas.

—Fresias. ¡Divinas! Sabes que adoro las fresias. Eres tan dulce conmigo...

Le dirigió una mirada seductora por encima del ramo. Y entonces recordó que yo seguía allí.

—Gracias, puedes marcharte. Le dije a tu patrona que dejaré el dinero en la mesilla de noche para que lo encuentres cuando vuelvas mañana a retirar las sábanas y recoger la habitación.

—Sí, señora. Voy a buscar el abrigo.

Me preocupaba que se fijase en que el abrigo era de cachemira, pero tal vez creyera que era una prenda de segunda mano, regalo de algún antiguo y amabilísimo patrón. Sin embargo, Boy y ella solo tenían ojos el uno para el otro cuando pasé de puntillas por su lado. A la mañana siguiente, el gurruño en que se habían convertido las sábanas me hizo pensar que no era una visita a la modista lo que la había llevado a Londres.

CAPÍTULO ONCE

Casa de Rannoch
Jueves, 28 de abril de 1932

El siguiente encargo, que recibí la tarde posterior a ese día, no sería tan sencillo como el de la señora Bantry-Bynge. Procedía, nada más y nada menos, que de lady Featherstonehaugh (que, para los no iniciados, se pronunciaba «Fanshaw»), la madre de Roderick Featherstonehaugh, conocido por casi todos como Whiffy, con quien había compartido algunos bailes de debutante y que había sido padrino en la boda de la semana anterior. Tenían previsto pasar unos días en la ciudad; llegarían el domingo, acompañados de su personal, pero querían encontrar la casa ventilada y limpia, las chimeneas preparadas y bolsas de agua caliente en los dormitorios de sir William y lady Featherstonehaugh. Su hijo, Roderick, iría a verlos si en el regimiento le concedían algún permiso breve, algo poco probable. Me alegré en el alma de que fuera poco probable: no quería toparme con Whiffy en plena operación limpieza. Toparme con Binky ya había sido suficientemente malo, aunque a él era fácil engañarlo. No alcanzaba a imaginar cómo me excusaría ante alguien tan estirado y correcto como Whiffy

Fenfluramine... Regent's Park era una cosa, allí podía pasar inadvertida, pero conocía a la práctica totalidad de los habitantes de Eaton Place.

Binky vagaba por la casa alicaído, sumido en el abatimiento, y no se me ocurría cómo animarlo. Porque, para ser sinceros, las novedades no eran muy halagüeñas: se había verificado la autenticidad del documento, y Binky estaba empezando a plantearse si sería demasiado feo alegar que nuestro padre había estado chiflado los últimos años.

—Siempre tenía ese patito de goma en la bañera, ¿verdad? —preguntó—. No es normal, ¿verdad? Y recuerda cuando empezó a practicar la meditación oriental y a hacer el pino...

—Mucha gente hace el pino —repuse—. Y ya se sabe que los aristócratas son excéntricos.

—Yo no soy excéntrico —replicó él, ofendido.

—Binky, tú te paseas por la finca hablando a los árboles. Te he oído.

—Bueno, eso es solo sentido común. Todo crece mejor cuando se le habla.

—Lo que tú digas, pero tendrás que demostrar que a nuestro padre prácticamente le salía espuma por la boca para que el jurado determine que estaba incapacitado en el momento de firmar ese documento.

—Pues una vez sí que le salió espuma por la boca —recordó Binky, esperanzado.

—Cuando se comió aquel jabón por una apuesta.

Binky suspiró.

Solía ser una persona tan jovial que no soportaba verlo así, pero no había manera: no se me ocurría qué hacer. Incluso se me pasó por la cabeza la posibilidad de pedir prestado a Belinda un vestido de vampiresa, intentar seducir a De Mauxville y birlarle el documento en un momento de despiste pasional. Pero, para ser franca, no creo que hubiera tenido mucho éxito.

El viernes por la mañana me dirigí a Eaton Place con el uniforme de doncella oculto bajo el abrigo de cachemira y la cofia en el bolsillo, que solo sacaría en el último momento. Me apresuré hacia la entrada de los proveedores y me puse la cofia antes de girar la llave que me habían proporcionado.

Entré y me encontré en un recibidor cavernoso, decorado con trofeos de caza en forma de cabezas de bestias africanas y alguna que otra lanza ceremonial. Mi entusiasmo fue desvaneciéndose deprisa: la casa era incluso más grande que la nuestra y rebosaba de objetos recabados a lo largo de décadas y más décadas de destinos militares por todo el planeta. Estoy segura de que algunos eran valiosos e incluso, a su manera, bonitos, pero colmaban todas las superficies: gumías, máscaras de ébano, estatuillas, elefantes de jade, diosas talladas en marfil...; todo muy frágil, a juzgar por su aspecto. Había paredes repletas de cuadros, en su mayoría de grandes batallas. Había también insignias de regimiento, mesas de vidrio llenas de medallas, y espadas de infinitas formas y tamaños colgadas por todas partes. Era evidente que los Featherstonehaugh habían sido una distinguida saga militar desde tiempos inmemoriales, lo que explicaba que Whiffy formara parte de la Guardia Real. Había allí suficientes artefactos para pasarme todo el día limpiando el polvo. Fui de estancia en estancia, todas enormes, pensando para qué necesitarían abrir tantas en la planta baja cuando el pequeño salón de la primera sería más que suficiente para una visita breve.

Vi una chimenea descomunal en el otro extremo de la sala de recepción principal, que tenía la magnitud de un salón de baile y que, gracias al cielo, no me habían pedido que limpiara. Allí todas las paredes estaban decoradas con espadas cruzadas, cscudos e incluso armaduras. Daba la impresión de que los Featherstonehaugh llevaban unas cuantas generaciones matando a gente.

Subí la escalera y me alivió ver que en los dormitorios había menos trastos; de hecho, la decoración era bastante austera. Estaba a punto de empezar a limpiarlos cuando oí un goteo en el cuarto de baño. Miré dentro y lo que encontré no me entusiasmó: la bañera tenía una repulsiva raya negra en todo su perímetro. En el suelo había varias toallas amontonadas, y el inodoro no era precisamente el más limpio del mundo. El goteo del grifo en el lavabo había dejado un rastro de cal. «Si cerraron la casa así —pensé—, no merecen una limpieza concienzuda». Entonces se me ocurrió que alguien podría haber estado viviendo en la casa y que ese alguien podría ser Whiffy. Fui de estancia en estancia hasta que tuve la certeza de estar sola, y entonces mi orgullo y mi conciencia pudieron conmigo. No quería que pensaran que era una chapucera, así que me puse manos a la obra con aquel vomitivo baño. Recogí las toallas y las dejé en un cesto para la ropa sucia. Fregué el lavabo; incluso me arrodillé para abordar la raya negra de la bañera. Pero en lo referente a introducir la mano en un retrete ajeno...; bien, había ciertos límites. Por suerte encontré un cepillo colgado detrás de una puerta; le enrollé un trapo y, guardando una distancia prudencial y sin mirar, di un repaso rápido al interior de la taza. Después me apresuré a tirar el ofensivo trapo en la papelera más próxima y colgué el cepillo de nuevo en su sitio como si no hubiera pasado nada. Fue solo entonces cuando pensé que quizá estaba colgado allí para frotar las zonas más inaccesibles de la espalda de alguien. Oh, cielos. Era de crucial importancia que nunca se enteraran del uso que acababa de darle.

Y, claro, en ese instante caí en la cuenta de que los de clase alta somos vulnerables a las variopintas artimañas diabólicas con las que nuestros sirvientes decidan dar rienda suelta a su enfado y su frustración. Una vez me hablaron de un mayordomo que orinaba en la sopa; me pregunté qué harían los del castillo de Rannoch. La consigna, obviamente, es siempre tratar al servicio como uno desea ser tratado. Esta regla de oro adquirió de pronto mucho sentido.

Algo más satisfecha, empecé por los dormitorios de la parte posterior y retiré con cuidado las fundas protectoras. Barrí. Incluso bajé a la carbonera y preparé las chimeneas. Fue fácil, aunque me quedé sin aliento después de subir la escalera varias veces cargada con un cubo lleno de carbón. Luego seguí con el dormitorio principal, que daba a Eaton Place.

Esa habitación estaba presidida por una enorme cama con dosel, del estilo de la que sin duda la reina Isabel habría utilizado en su camino al norte. Era una cosa horrenda con cortinas de terciopelo desvaído. El resto de la estancia no incitaba mucho más a un sueño placentero. En una pared había una espantosa máscara con colmillos; en otra, un cuadro de una escena bélica. Cuando fui a retirar la colcha de raso que cubría la cama, no calculé bien su peso, por lo que salió volando y arrancó la máscara de la pared. Casi como a cámara lenta, vi la máscara caer y, a su vez, volcar una estatuilla que había en la repisa de la chimenea. Corrí para atraparla en el aire, pero llegué tarde: la figura golpeó el guardafuego con un ruido seco y se rompió en dos. La miré horrorizada. «Tranquila —me dije—. Solo es una pequeña estatua en una casa llena de objetos decorativos».

Cogí los dos trozos. Parecía una especie de diosa china con varios brazos, uno de los cuales se había partido a la altura del hombro. Por suerte, era un corte limpio. Me guardé las dos mitades en el bolsillo del delantal. «Me la llevaré, buscaré a alguien que la repare y después la devolveré a su sitio». Con un poco de que, nadie se daría cuenta. Y podría reemplazarla hasta mi vuelta con alguna similar que hubiera en la planta principal.

Acababa de soltar un suspiro de alivio cuando me quedé petrificada. ¿Me había vuelto hipersensible o acababa de oír unos pasos abajo? Me incorporé conteniendo la respiración hasta que oí el crujido inconfundible de un tablón de la escalera. Estaba claro que había alguien más en la casa. «No hay motivo para asustarse», me dije. Era pleno día y estaba en una plaza de moda de Londres. Solo tenía que abrir la ventana y pedir socorro a gritos, y un montón de doncellas, chóferes y recaderos me oirían. Recordé que la señora Bantry-Bynge y su amigo Boy habían llegado antes de lo previsto, e imaginé que se trataría de un miembro del séquito de los Featherstonehaugh. Solo recé por que no fuera Whiffy.

En el dormitorio había otro armario grande y tuve la tentación de esconderme dentro, pero la voz de la razón ganó. Dado que, y así se les instruye, a los sirvientes se les puede ver pero no oír, decidí que no debía advertir de mi presencia. Una sirvienta siempre sigue con sus labores al margen de lo que ocurra a su alrededor en el hogar.

Los pasos se acercaron. Me costaba seguir haciendo la cama sin girarme. Al final tuve que echar un vistacillo.

Di un brinco hasta el techo cuando vi entrar en el dormitorio a Darcy O'Mara.

—¡Santa madre de Dios, qué cama tan impresionante! —exclamó—. Seguro que rivaliza con la de la princesa y el guisante, ¿verdad?

—¡Darcy! ¿Qué haces aquí? —pregunté—. Has estado a punto de provocarme un infarto.

—Antes me pareció verte cruzando Belgrave Square como si quisieras pasar inadvertida y decidí seguirte. Te vi entrar por el acceso de los proveedores de esta, la casa de los Featherstonehaugh, cuando sé que están en el campo. Eso me intrigó. Siendo curioso por naturaleza, quise saber qué demonios hacías en una casa ajena y vacía. Esperé, pero no aparecías, así que he entrado a verlo. No cerraste la puerta con llave, pillina.

—Muy bien —dije—. Has descubierto mi oscuro secreto.

—¿Tu placer inconfesable es hacer las camas de otros? A Sigmund Freud le interesaría tu caso.

—No, idiota. Estoy estrenando mi nueva iniciativa profesional. Dirijo una agencia de servicios domésticos que se ofrece a acondicionar las casas para cuando sus propietarios quieren venir a Londres; así se ahorran el gasto que supone enviar al servicio con antelación.

—Una idea brillante. ¿Dónde está el resto de tu equipo?

—De momento soy yo sola —contesté.

Darcy estalló en carcajadas.

—¿Te encargas tú de la limpieza?

—No le veo la gracia.

—¿Y cuándo has limpiado tú una casa? Seguro que has pulido el suelo con lo que ellos usan para bruñir la plata.

—Yo no he dicho que me encargue de limpiar a fondo —repliqué—. La empresa ventila y retira el polvo de algunas estancias. Acondiciona la casa, eso es todo. Sé pasar la escoba mecánica, poner sábanas limpias en las camas y limpiar el polvo.

—Estoy fascinado..., pero sospecho que tu familia no lo estaría.

—Pues asegurémonos de que no se entere. Si me va bien, tendré empleados y ellos harán el trabajo.

—Muy emprendedor por tu parte. Te deseo suerte. —Su mirada vagó de nuevo hacia la cama, ahora a medio hacer—. ¡Guau! Es una cama excepcional —dijo, y aplastó el colchón para comprobar su elasticidad. A saber qué personalidades históricas habrán retozado aquí... ¿Enrique VIII, tal vez? ¿Nell Gywnne y el rey Carlos? —Y se volvió para mirarme.

Estaba muy cerca de mí, tanto que me puse nerviosa, más aún con ese tema de conversación y el modo en que me miraba. Me aparté.

—No creo que a los Featherstonehaugh les gustara encontrar en su casa a su llegada a un desconocido molestando al servicio.

Sonrió; el desafío destellaba en su mirada.

—Ah, entonces, ¿te estoy molestando?

—En absoluto —contesté, altanera—. Se me paga por hacer un trabajo y tú estás impidiéndome llevar a cabo mis obligaciones, eso es todo.

Él siguió sonriendo.

—Ya veo —dijo—. De acuerdo, me voy. Sé ver cuándo mi presencia no es bienvenida. Aunque podría referir una larga lista de chicas a las que la oportunidad de estar a solas con un hombre atractivo como yo en semejante entorno les parecería demasiado buena como para rechazarla.

Comprendí con una punzada de arrepentimiento que podía haber dado la impresión de no sentir el menor interés, lo cual no era del todo cierto.

—¿Dijiste algo de llevarme a una fiesta esta semana? —pregunté cuando se dio media vuelta—. ¿En el Café de París? ¿Con estadounidenses?

—Al final resultó que no era una fiesta adecuada para ti. —No me miró, y pensé que quizá había llevado a otra en mi lugar.

—¿Qué eran, drogadictos?

—Periodistas. Y no te quepa la menor duda de que les habría encantado la exclusiva de que un miembro de la familia real se colara en su fiesta.

—Ah, entiendo. —No sabía si de verdad le preocupaba mi bienestar o si acababa de decidir que yo era demasiado puritana y tediosa como para seguir buscando mi compañía. Debió de advertir mi expresión disgustada.

—Tranquila, el mundo está lleno de fiestas. Volverás a verme, te lo prometo.

Puso un dedo bajo mi barbilla, me acercó a él y acarició mis labios con el más leve de los besos. Después se fue.

Me quedé allí, de pie, viendo las motas de polvo danzar en el sol matutino, medio deseando lo que podría haber sido.

Había acabado con los dormitorios y me armé de valor para enfrentarme a la sala de estar. De ninguna manera estaba dispuesta a retirar las alfombras persas y sacudirlas, como habría hecho cualquier sirvienta que se preciara. Pasé la escoba mecánica por encima y luego barrí el polvo del enorme suelo de parqué. Estaba arrodillada cepillando alrededor de la chimenea cuando oí unas voces masculinas. Antes de tener tiempo de hacer algo razonable como esconderme detrás de la primera armadura que viera, las voces se aproximaron. Mantuve la cabeza gacha y seguí cepillando con ahínco y rezando por que los recién llegados no entraran en la sala, o al menos que no reparasen en mí.

—Así que tus padres vienen hoy —dijo una de las voces. El abundante mármol del vestíbulo la hacía resonar, aunque el tono era discreto.

—Hoy o mañana, no estoy seguro. Será mejor que te mantengas alejado o volverán a martirizarme con el tema. Ya conoces a mi madre.

—Entonces, ¿cuándo te veré?

Las voces habían llegado a la puerta, situada en el otro extremo del salón. Reconocí con el rabillo del ojo el porte erguido y envarado del hijo de la familia, el honorable Rodcrick (Whiffy) Featherstonchaugh, y detrás de él, en la sombra, a otro chico alto y desgarbado. Me coloqué de espaldas a ellos y seguí rascando con la esperanza de formar una nube de polvo a mi alrededor. El ruido del cepillo contra el protector de bronce debió de alertarlos. Hubo un silencio.

—*Pas devant la bonne* —dijo Whiffy al cabo.

Era la frase habitual cuando convenía que un asunto en particular no llegara a los oídos de los sirvientes. Para quienes no estén versados en francés, significaba «No en presencia de la doncella».

—¿Qué? —preguntó el otro hombre, y entonces me vio—. Ah, *oui*, ya veo. *Je vois.* —Luego prosiguió en un francés atroz—: *Alors. Lundi soir, comme d'habitude?* —«¿El lunes por la noche, como de costumbre?».

—*Bien sûr, mon ami. Mais croyez vous que vous pouvez vous absenter?* —«Pero ¿crees que podrás escaparte?». El francés de Whiffy era algo mejor, pero, aun así, tenía un acento inglés espantoso. En serio, ¿qué enseñan a estos chicos en Eton?

—*J'espère que oui.* —«Eso espero». Y en ese momento, el desconocido siguió hablando en inglés mientras se marchaban del salón—. Te informaré de cómo va. Creo que podrías ganar una buena suma de *dinego.*

Me quedé petrificada con el cepillo en el aire. El interlocutor era Tristram Hautbois. Oí sus voces desaparecer por el pasillo, pero no tenía ni idea de en qué estancia entraron. Hice acopio de todo mi autocontrol para acabar de barrer, recoger mis bártulos de doncella y guardarlos en el armario de la limpieza antes de escapar por la entrada del servicio.

Crucé Eaton Place con el corazón acelerado. Mi plan era una locura: mi segundo día de trabajo y ya había tenido dos encuentros embarazosos. No podía contar con la misma suerte la siguiente vez y salir indemne. Noté que se me sonrojaban las mejillas por haber pensado en esos términos.

Salir indemne era justo lo que me había pasado en el dormitorio. Si Darcy hubiera optado por «imponerme sus atenciones», según la curiosa manera de expresarlo de las generaciones de mayor edad, no estoy segura de que hubiera tenido suficiente fuerza de voluntad para resistirme.

Mientras cruzaba Eaton Place se levantó un viento furibundo; me arrebujé en el abrigo y apreté el paso de vuelta a casa anhelando una taza de té —no, mejor un *brandy*— que templara mis nervios desbocados. ¡Menuda mañana! Entré y me detuve en el vestíbulo marmolado.

—¡Binky! —llamé—. ¿Estás en casa? Necesito desesperadamente una copa de *brandy*. ¿Tienes la llave del mueble bar?

No hubo respuesta. Sentí aquel vacío como una losa sobre mí. Sí, no era el hogar más acogedor del mundo, pero ese día estaba helado. Subí a quitarme el uniforme de doncella temblando. Al pasar junto al cuarto de baño de la segunda planta oí un goteo. Y después vi que por debajo de la puerta salía un reguero de agua.

Pensé que Binky era incorregible; debía de haber hecho otra tentativa de bañarse y habría olvidado cerrar bien el grifo. Abrí la puerta y me quedé petrificada y boquiabierta. La bañera estaba llena a rebosar... y ocupada. Por un momento creí que era Binky.

—Oh, lo siento muchísimo —musité.

Y en ese instante miré mejor. Un hombre yacía sumergido en la bañera, vestido, inmóvil, con la cara dentro del agua y los ojos abiertos como platos y clavados en el techo. Y lo peor de todo: lo reconocí. Era Gaston de Mauxville.

CAPÍTULO DOCE

Casa de Rannoch
Viernes, 29 de abril de 1932

N unca había visto un cadáver y lo observé fascinada. «No puede estar muerto —me dije—. Seguro que es una de esas bromas macabras de los franceses, o quizá intenta asustarme. O quizá esté durmiendo». Pero tenía los ojos abiertos y miraba inexpresivo el techo. Tiré tentativamente de un dedo del pie, forrado en un cuero negro de diseño y que asomaba del agua. El hombre se desplazó un poco y derramó más agua al suelo, pero su semblante no varió. Ahí fue cuando tuve que reconocer lo que ya sabía desde el principio: Gaston de Mauxville yacía muerto en mi bañera.

Un pavor gélido se apoderó de mí. Binky estaba en casa cuando me había marchado. ¿Lo habría asesinado también a él el mismo loco?

—¡Binky! —grité mientras salía a toda prisa del baño—. ¡Binky! ¿Estás bien?

Inspeccioné su dormitorio, el despacho, la sala matinal. Ni rastro. Entonces el pánico me atenazó de verdad e imaginé su cuerpo sin vida escondido debajo de alguna funda para el polvo, por lo que corrí de estancia en estancia y vi que su ropa había desaparecido. Una sospecha horrible empezó a cobrar forma. Recordé la valerosa intención de Binky de retarlo en duelo. ¿Era posible que fuera él quien había matado a De Mauxville? Sacudí la cabeza con firmeza. A Binky lo habían educado como a un honorable, por eso había hablado de retar en duelo a De Mauxville. Vale, podía imaginar cualquier clase de juego limpio y que ganara el mejor, aunque me parecía poco probable que Binky fuera el mejor en ninguna modalidad de combate, pero ¿ahogar a alguien en una bañera? Binky nunca cometería un acto tan degradante, ni siquiera con su peor enemigo, ni siquiera de haber sido lo bastante fuerte como para mantener a un tipo corpulento como De Mauxville bajo el agua el tiempo suficiente.

Volví al cuarto de baño casi con la esperanza de que el cadáver hubiera desaparecido. Sin embargo, allí seguía, mirando al techo, con el abrigo negro flotando en el agua. No sabía qué debía hacer, pero se me ocurrió una idea extraordinaria: el documento. Tal vez lo llevara encima. A pesar de la repulsión, alargué una mano hacia un bolsillo y saqué un sobre empapado. Tuve suerte: dentro estaba el documento. Procedí a romperlo en pedacitos diminutos que hice desaparecer por el desagüe del inodoro. Al instante me espeluznó lo que acababa de hacer, claro, pero era demasiado tarde para recuperarlo. Bueno, al menos la policía no encontraría en él pruebas incriminatorias cuando llegara.

Caminé de un lado al otro por el rellano de la segunda planta intentando ordenar mis pensamientos. Sabía que tenía que avisar a la policía, pero estaba hecha un mar de dudas. Nuestra némesis yacía muerto en un cuarto de baño de nuestra casa y la policía enseguida deduciría que uno de nosotros debía de haberlo matado. Era muy poco probable que lograra convencerlos de que un desconocido había elegido nuestra bañera, de todas las de Londres, para suicidarse.

Pero acababa de destruir la prueba incriminatoria, ¿no? Entonces, ¿quién sabía, además de nosotros, que él era nuestra némesis? ¡Oh, maldición! Nuestros abogados, claro. Ellos incluso tenían una copia del documento, y no me parecían fáciles de persuadir para que nos la entregaran o la destruyeran, ni siquiera teniendo en cuenta sus doscientos años de lealtad a nuestra familia. Y tampoco creía que lograra persuadirlos para que no mencionaran nuestro vínculo con De Mauxville cuando la noticia de su muerte se hiciera pública.

Volví a asomarme al cuarto de baño. Ideas absurdas cruzaban ahora mi cabeza. ¿Podríamos Binky y yo sacar el cadáver de allí y lanzarlo al Támesis cuando no nos viera nadie? Todos los casos de ahogados se parecen. Aunque esa opción se me antojaba bastante desalentadora: por una parte, De Mauxville ya pesaba mucho en vida, y por otra, en Londres no teníamos sirvientes leales ni ningún medio de locomoción. No nos imaginaba pidiendo un taxi, cargando con el cuerpo entre los dos y diciendo: «A la zona del embarcadero, mi buen señor, y procure elegir un rincón desierto del río». Y aunque esto hubiera sido factible, en cierto modo habría supuesto decepcionar a generaciones de gallardos escoceses cuyo lema había sido «La muerte antes que la deshonra». No estaba tan segura de mis antepasados por parte de los Hanover, aunque tengo entendido que podían ser bastante arteros si se lo proponían.

Rumiaba sobre todo ello cuando sonó el timbre. Casi se me paró el corazón. ¿Debía abrir? ¿Y si solo era Binky, que con toda probabilidad había olvidado la llave? Quienquiera que fuera volvería al cabo de un rato si no abría en ese momento. Tenía que el do mundo de la visita. Me estremecí ante la elección de esta palabra; no era la más adecuada, dadas las circunstancias. Bajé los dos tramos de escalera y estaba a punto de abrir la puerta cuando de pronto caí en la cuenta de que seguía vestida con el uniforme de doncella. Cogí el abrigo del colgador del vestíbulo, me lo puse a toda prisa y me lo ceñí bien.

—Ah, hola. ¿Podría hablar con lady...? ¡Oh, Dios mío, Georgie! ¡Eres tú!

Tristram Hautbois esbozó una amplia sonrisa. El pelo castaño oscuro le caía sobre la frente y le confería un aire infantil.

—Tristram, qué sorpresa —farfullé.

—Siento presentarme así, sin avisar —dijo, aún con la sonrisa expectante en los labios—, pero el viejo del bufete para el que trabajo me ha enviado a entregar unos documentos muy cerca de aquí y no he podido resistir la tentación de venir a ver si seguías viva y saludarte. Tengo la sensación de que hace siglos que no te veo.

Como yo lo había visto hacía menos de una hora, no supe qué contestar. Era evidente que no me asociaba a la doncella que cepillaba la chimenea arrodillada y uniformada de negro. Me ceñí más el abrigo.

—¿Estabas a punto de salir? —preguntó.

—No, acabo de llegar. Aún no he tenido tiempo ni de quitarme el abrigo —contesté.

—¿Te encuentras bien?

—Sí. ¿Por qué?

—Hoy no hace tanto frío —contestó—. En realidad, la temperatura es agradable. Yo ni siquiera llevo capa y tú, mírate, tan abrigada...

—Con estos techos tan altos, la casa siempre está muy fría —me oí balbucir, y me esforcé por recuperar la compostura.

—Qué gran suerte este cúmulo de casualidades, ¿verdad? —prosiguió—. Espero que no te importe que me haya plantado ante tu puerta de este modo. Así que esta es la casa de Rannoch; debo reconocer que es ciertamente impresionante. Me encantaría que me la enseñaras. Tengo entendido que tu padre era aficionado al coleccionismo y que tenéis cuadros excelentes...

—Me complacería mostrártela, Tristram, pero no es el mejor momento —contesté, atajando el final de su frase.

Se le cayó el alma a los pies. Tenía una irrefutable cara de colegial que delataba sin remedio la dicha o la desesperación.

—Pensé que quizá te alegrarías de verme —dijo con un hilo de voz.

—Me alegro de verte, y en cualquier otro momento me deleitará invitarte a entrar, pero ahora estoy sola en la casa, y ya sabes lo que mi regia familia diría si recibiera en casa a un hombre en estas condiciones, incluso en pleno día, así que me temo que...

Lo comprendo. —Asintió con vehemencia—. Pero ¿los sirvientes no cuentan como compañía?

—Tampoco hay sirvientes. De momento vivo aquí sola, hasta que pueda contratar a una doncella.

—Cielos, eso es muy osado por tu parte —exclamó—. Muy moderno.

—No estoy intentando ser osada ni moderna. Sencillamente, es por falta de recursos. Tengo que encontrar un medio de subsistencia.

—Entonces estamos en el mismo barco. —Volvió a sonreír. Había que reconocer que tenía una sonrisa de lo más atractiva—. Abandonados y pugnando en este mundo cruel.

—No tanto —le corregí—. No podemos compararnos con esos pobres desdichados de los comedores sociales.

—No, por supuesto —convino.

Y al menos tú cuentas con un trabajo remunerado. Cuando hayas acabado con las prácticas, tendrás una profesión. Yo solo estoy cualificada para el matrimonio, y solo por mi ascendencia.

Mi familia está decidida a casarme con un desagradable príncipe extranjero con muchas probabilidades de morir asesinado antes de un año.

—Siempre podrías casarte conmigo —dijo, pronunciándolo, claro, como «*siempgue podguías casagte* conmigo».

Solté una carcajada.

—¿Qué? ¿Y cambiar una casa gélida y vacía por una habitación de alquiler en Bromley? Te agradezco la oferta, Tristram, pero, para serte sincera, no creo que estés en posición de mantener a una esposa ni que vayas a estarlo en un tiempo.

—Lo estaría —replicó— si heredara la fortuna de mi tutor...

—¡Qué comentario tan feo! —le espeté, ya al borde de un ataque de nervios—. Casi da la impresión de que estés deseando que sir Hubert muera.

—¡No! Por Dios, no —balbució—. Nada más lejos de mi intención. Venero a ese hombre maravilloso. No podría haber sido más gentil conmigo. Pero solo me baso en lo que dicen esos matasanos, y me han insistido en que es muy posible que el desenlace no sea bueno. Como ya sabrás, tiene lesiones graves en la cabeza. Está en coma.

—Es tan triste... Si tiene lesiones en la cabeza, tal vez es preferible que muera. Un hombre tan vital sería incapaz de vivir como un impedido.

—Opino lo mismo —coincidió Tristram—. Así que intento confiar en que ocurrirá lo mejor, pero estoy preparado para aceptar lo peor.

De pronto me sentí incapaz de seguir charlando allí de pie ni un segundo más sin explotar.

—Mira, Tristram, me ha encantado verte, pero debo dejarte ya. Estoy... esperando a alguien para tomar el té y tengo que cambiarme.

—¿En otra ocasión, quizá? ¿El fin de semana? Te prometí que te enseñaría Londres.

—Sí, en efecto. Y estoy impaciente por que llegue el día, pero aún no sé a ciencia cierta qué haré el sábado y el domingo. —Soy incapaz de emplear la expresión *fin de semana,* ni siquiera en momentos estresantes—. Mi hermano está en la ciudad, ¿sabes? Es posible que deba atender compromisos familiares.

—¿Tu hermano? Creo que no lo conozco.

—Es comprensible. En realidad, solo es mi medio hermano, y debía de estar en la escuela cuando mi madre y yo fuimos a vivir a casa de sir Hubert.

—¿En qué escuela estudió?

—En Gairlachan, un exquisito centro de las Highlands.

—¿La de las carreras matutinas a campo abierto y las duchas frías al amanecer? Como los espartanos: los débiles mueren y los fuertes acaban construyendo imperios.

—Exacto.

—Sir Hubert me amenazó con enviarme a esa escuela si no me ponía las pilas, pero al final se decantó por Downside, ya que mamá era católica y él quería honrar sus deseos. Debo decir que fue un gran consuelo. A los monjes les gusta vivir con comodidades.

—¿Fue en esa escuela donde coincidiste con Darcy?

—¿Te refieres a O'Mara? —Su rostro se ensombreció—. Sí, iba un par de cursos por delante de mí, pero nos alojábamos en la misma residencia. —Se me acercó un poco, aunque no había ni un alma más en la acera—. Mira, Georgie, lo que te dije el otro día es cierto: es una manzana podrida, ¿sabes? No es de fiar, algo muy común entre los irlandeses. Te estrecha la mano y luego te clava un puñal en la espalda en cuanto te das la vuelta. —Hizo una pausa y me miró—. Espero que tu relación con él no sea ya..., eh..., demasiado estrecha...

—Solo es un conocido —contesté con una ligera tentación de mentir y ver la cara que ponía al decirle que éramos amantes—. Al parecer coincidimos en un baile, y tiempo después nos encontramos en aquella boda. A eso se ha limitado nuestra relación hasta ahora. —No mencioné la inquietante escenita en el dormitorio de los Featherstonehaugh.

El alivio inundó sus rasgos infantiles.

—Me alegra saberlo. No quisiera ver a una chica agradable como tú con el corazón roto, o algo peor.

—Gracias, pero no tengo intención de que nadie me rompa el corazón —repliqué; el ansia por cerrar la puerta me provocaba ya comezón en las manos—. Debo irme, Tristram. Discúlpame, por favor.

—Entonces, ¿te veré pronto? Tal vez podría invitarte a almorzar fuera. Tendría que ser en algún restaurante no demasiado elegante, lamento decir, pero conozco algunos italianos buenos y asequibles. Ya sabes, espaguetis a la boloñesa y una copa de vino tinto peleón por una libra y seis peniques.

—Gracias —contesté—. Lo siento mucho, pero de verdad que debo irme ya.

Y dicho esto di media vuelta y entré volando en la casa. Cuando hube cerrado la puerta, me quedé un buen rato apoyada contra la recia frialdad de la madera de roble mientras mi corazón recuperaba su ritmo normal.

CAPÍTULO TRECE

Casa de Rannoch
Viernes, 29 de abril de 1932

Al menos ese breve paréntesis me había ayudado a ordenar mis pensamientos. Decidí que lo primero que debía hacer era buscar a Binky. Antes de avisar a la policía, tenía que asegurarme de que no había participado en el asesinato de De Mauxville, y el lugar donde era más probable que estuviera era su club. Había almorzado y cenado allí desde su llegada a Londres; era donde se sentía a gusto. Intenté pensar en positivo: quizá su desaparición no tuviera nada que ver con el cadáver. Tal vez le había parecido más práctico alquilar una habitación en el club y ahorrarse el trayecto a casa después de la cena y de unos cuantos *brandys*.

«Podría habérmelo dicho», pensé, malhumorada. Típico de Binky.

Descolgué el teléfono, marqué el número de la centralita y pedí que me pusieran con el Brooks, que había sido el club de mi abuelo y de mi padre y ahora era el de Binky.

—¿En qué puedo ayudarle? —preguntó una voz trémula entrada en años.

¿Podría decirme por favor si lord Rannoch se aloja en el club?

—Me temo que no, señora.

—¿Se refiere a que no está alojado en el club o a que no puede decirme si se aloja en él?

—Exactamente, señora.

—Soy lady Georgiana Rannoch, hermana del duque, y deseo hablar con él por un asunto de suma urgencia. Bien, ¿podría decirme si lord Rannoch se aloja en el club?

—Me temo que no, milady.

La voz era imperturbable, y parecía evidente que el anciano estaba dispuesto a morir antes que revelarle el paradero de un miembro del club a alguien del sexo opuesto. No me quedaba más opción que presentarme allí en persona.

Subí para cambiarme el uniforme de doncella e intenté no mirar la puerta del cuarto de baño al pasar junto a ella. El hecho de que la ropa de Binky no estuviera allí podía significar que mi hermano no tenía intención de regresar. Y solo pude concluir lo peor: que había visto el cadáver y había entrado en pánico. En lo único que podía confiar era en que no estuviera por ahí destapando la liebre.

Tomé una pluma y papel y le escribí una nota, por si regresaba antes que yo: «Binky, en la bañera de arriba hay un cadáver. No hagas nada hasta que esté de vuelta. Sobre todo no llames a la policía. Tenemos que hablar sobre cómo proceder. Con cariño, Georgie».

Enfilé a paso ligero por Piccadilly en dirección a St. James's Street, hogar de los clubes más antiguos de Londres; al llegar al Brooks, subí la austera escalera y llamé a la puerta principal. La abrió un conserje extremadamente vetusto con los ojos de un azul acuoso, pelusa blanca de bebé en la cabeza y un temblor perpetuo.

—Lo siento, señora. Esto es un club de hombres —dijo con una mirada cargada de tal horror que cualquiera habría pensado que me encontraba ante él vestida como lady Godiva.

—Ya sé que es un club de hombres —repuse con serenidad—. Soy lady Georgiana Rannoch y he llamado por teléfono hace un momento. Necesito saber de inmediato si mi hermano, el duque, se encuentra en las instalaciones del club. En caso afirmativo, deseo hablar con él sobre una cuestión de extrema urgencia.

He de decir que estaba imitando bastante bien a mi estimada bisabuela, la emperatriz de la India, no la que se había dedicado a vender pescado en el East End, aunque tengo entendido que tenía un físico imponente y que fue muy capaz de salir adelante por sí misma.

El conserje seguía temblando, pero no cedió.

—Va en contra de la política del club revelar qué miembros se alojan en él, milady. Si desea dejar un mensaje para su excelencia, me encargaré de que le sea entregado, en caso de que se persone aquí en algún momento.

Me quedé mirándolo y sopesé qué ocurriría si lo empujaba, entraba y echaba un vistazo al libro de registro de huéspedes; el anciano era mucho más menudo y frágil que yo. Pero enseguida supe que una conducta tan grosera e imperdonable no tardaría ni una hora en llegar a oídos de Su Majestad, y en apenas un par de días me habría convertido en una dama de compañía en el Gloucestershire profundo. Escribí una nota para Binky y el conserje me miró engreído al cogerla.

No tenía ni idea de qué hacer a continuación. Era nefasto que Binky se hubiera desvanecido en un momento como aquel. Me detuve junto a Green Park, bajo un cálido sol primaveral, y contemplé a las niñeras que empujaban a sus pequeñas cargas para respirar un poco de aire fresco; me costaba creer que a mi alrededor la vida prosiguiera como siempre. Caí en la cuenta de que nunca había sentido una soledad tan abrumadora y me invadió una sensación de absoluto desconsuelo. Estaba indefensa, desprotegida, abandonada en la gran ciudad. Para mi horror, noté que las lágrimas afloraban a mis ojos. ¿Qué demonios me había llevado a fugarme a Londres sin la menor previsión ni sensatez? Si me hubiese quedado en Escocia, nunca me habría encontrado en semejante aprieto. Sentí un impulso irresistible de hacer la maleta y subir al primer tren de vuelta a Escocia, lo cual, comprendí de pronto, era justo lo que Binky debía de haber hecho. Era ese instinto hogareño innato y común a generaciones de Rannoch, el instinto que los había hecho volver al castillo heridos y exhaustos tras la última batalla contra los ingleses/vikingos/daneses/romanos/pictos o quienquiera que fuera su contrincante. En ese momento tenía ya la certeza absoluta de que Binky se había ido a su castillo, y poco podía hacer yo al respecto. Aunque hubiese huido nada más encontrar el cadáver, pasaría bastantes horas en un tren en dirección al norte, y después tendría que ir hasta Glenrannoch, lo que significaba que seguramente no llegaría hasta la noche.

Saqué el pañuelo y me enjugué los ojos con disimulo, abochornada por esa conducta tan débil. Según mi institutriz, una dama nunca muestra sus sentimientos en público. Y una Rannoch no se desmoronaba ante el primer obstáculo que encontraba en la vida. Me obligué a recordar a mi antepasado Robert Bruce Rannoch, a quien arrancaron el brazo derecho en la batalla de Bannockburn y, sin pensárselo, cogió la espada con la mano izquierda y siguió luchando. Nosotros, los Rannoch, no nos rendimos. Huyendo, Binky había fallado a la familia, pero yo no pensaba hacerlo. Pasaría a la acción, y lo haría ya.

Eché a andar de vuelta a la casa de Rannoch, intentando elucubrar cuál debía ser el siguiente paso. No podía dejar el cuerpo en el cuarto de baño de forma indefinida; aunque ignoraba por completo cuándo empezaría a descomponerse, tampoco deseaba averiguarlo. Y desde luego no tenía la menor intención de dormir en una casa con un cadáver flotando a unos metros de distancia. Oí que un reloj daba las cuatro y mi estómago me recordó que era la hora del té y que ni siquiera había almorzado aún. Entonces caí en la cuenta de que siempre había vivido guiada, protegida, arropada por niñeras, institutrices, sirvientas y carabinas. Mientras que muchas personas de mi edad habían aprendido a pensar por sí mismas, yo nunca había tenido que tomar ninguna decisión importante. De hecho, la primera que había tomado en la vida había sido fugarme del castillo de Rannoch. Y hasta el momento no había resultado demasiado brillante.

Necesitaba ayuda, y urgente, pero no sabía a quién recurrir en ese trance de necesidad. Estaba claro que a mis parientes de palacio no. El apetito repentino me hizo pensar en mi abuelo, el vivo, no el fantasma que tocaba la gaita. Era una opción tan obvia que una enorme sensación de alivio me invadió al instante. Él sabría qué hacer. Estaba a punto de buscar la estación de metro más cercana cuando me detuve en seco. En realidad, habiendo trabajado para la policía, le horrorizaría que no la hubiera avisado de inmediato y me obligaría a hacerlo. Y después, claro, tendría que explicar por qué me había ido corriendo a Essex en lugar de informar del asesinato.

Así que mi abuelo tampoco. Lo que necesitaba en ese momento era alguien con quien hablar. Sabía que era crucial que tomara la decisión adecuada. Un problema compartido es medio problema, como solía decir mi niñera. Casi deseaba haber dejado entrar a Tristram cuando se presentó en casa y haberle llevado al cuarto de baño para mostrarle el cadáver. Al fin y al cabo, era prácticamente un pariente. No creía que él hubiese tenido idea de qué hacer en mi tesitura (de hecho, es muy probable que se hubiera desmayado en el acto), pero al menos habría compartido mi problema con alguien.

Además de Tristram, ¿a quién conocía en Londres? Estaba Darcy, que bien podía saber cómo hacer desaparecer un cadáver, pero aún dudaba de confiar en él del todo y, en cualquier caso, no sabía dónde vivía. Luego me acordé de Belinda y de su genialidad en momentos críticos en la escuela, como aquella vez que prendimos fuego al cobertizo del semillero.

Belinda era justo la persona que necesitaba en esos momentos. Me encaminé hacia su pequeña casa a toda velocidad, rezando en silencio por que estuviera allí. Llegué sin aliento y sofocada dentro del vestido de *tweed;* ese día había acabado haciendo más calor del que se esperaba. (Huelga decir que nunca habría reconocido que tenía calor. Otra cosa que mi institutriz solía decir era que las palabras *calor, hedor* y *sopor* no tenían lugar en el vocabulario de una dama). Di unos golpecitos en la puerta, que abrió su doncella.

—La señorita Belinda está descansando y no se la puede molestar —dijo.

—Se trata de una emergencia. Tengo que hablar con tu señora ahora mismo. Por favor, ve a despertarla.

—No puedo hacerlo, señorita —replicó, tan imperturbable como el ajado conserje del Brooks—. Me ha dado instrucciones estrictas de que no se la moleste así caigan chuzos de punta.

Ya había recibido suficientes desaires de criados leales por esa tarde.

—Pues, aunque no los veas, están cayendo chuzos de punta —repliqué—. De hecho, es un asunto de vida o muerte. Si no estás dispuesta a despertarla, yo misma lo haré. Sé tan amable de decirle que lady Georgiana está aquí por un motivo perentorio. La chica pareció asustarse, aunque no habría sabido decir si de mí o de su señora.

—Muy bien, señorita..., disculpe, su señoría —balbució—. Aunque se va a poner furiosa porque ha llegado a las tres de la madrugada y tiene previsto volver a salir esta noche.

Se dio media vuelta y arrastró los pies hacia la escalera. Pero justo en ese instante una figura teatral apareció en lo alto de la escalera. Llevaba un kimono japonés de color escarlata y un antifaz por encima de los ojos, y había adoptado una pose dramática de estrella de cine, con el dorso de una mano contra la sien.

—¿Qué es todo ese barullo, Florrie? —preguntó—. ¿No te dije que no quería que se me molestase?

—Soy yo, Belinda —le informé—. Tengo que hablar contigo.

Se subió el antifaz un poco más. Sus ojos somnolientos me enfocaron.

—Georgie.

—Siento despertarte, pero me encuentro en un verdadero apuro y eres la única persona a la que puedo recurrir. —Para mi espanto, me tembló la voz al final de la frase.

Belinda empezó a bajar la escalera a tientas, una buena imitación de lady Macbeth en la escena de sonambulismo.

—Florrie, haznos un poco de té, por favor —dijo—. Supongo que será mejor que te sientes, Georgie. —Se dejó caer en el sofá—. Dios, me encuentro fatal —añadió en voz baja—. Esos cócteles debían de ser letales, y me temo que me tomé unos cuantos...

—Siento importunarte así —repetí—. De verdad que lo siento. No habría venido si hubiese tenido otro sitio adonde ir.

—Siéntate y cuéntaselo todo a la tía Belinda. —Dio unas palmadas en el sofá a su lado.

—No puede oírnos, ¿verdad? —murmuré—. Esto es estrictamente confidencial.

—La cocina está en la parte trasera, así que adelante. Dispara.

—Estoy en un aprieto horrible, Belinda —solté.

Sus cejas, depiladas a la perfección, se arquearon por la sorpresa.

—Solo hace una semana que mostraste interés por perder la virginidad. ¡No puedes estar embarazada ya!

—No, no es nada de eso. Hay un cuerpo en mi bañera.

—¿Quieres decir un cuerpo muerto?

—Sí, eso es justo lo que quiero decir.

Belinda estaba ahora muy despierta. Se desplazó al borde del sofá y se acercó a mí.

—Cielo santo, es fascinante. ¿Lo conocías?

—En realidad, sí. Era un francés horrendo. Se llamaba Gaston De Mauxville y estaba intentando reclamar la propiedad del castillo de Rannoch.

—¿Un pariente lejano del que hacía mucho que no sabías?

—¡No, por Dios! No tenía ninguna relación con nosotros. Ganó el castillo en una partida de cartas con mi padre, o eso aseguraba.

—Y ahora está en tu bañera. ¿Ya has avisado a la policía?

—No, no quería llamar hasta encontrar a Binky, pero ha desaparecido, así que no sé si tuvo algo que ver con esto o no.

—No pinta bien... A fin de cuentas, los dos tenéis un muy buen motivo para matarlo.

—Lo sé.

—¿Y qué has pensado hacer? ¿Deshacerte del cuerpo? ¿La casa de Rannoch tiene jardín trasero? ¿Bancales de flores?

—¡Belinda! No podría enterrarlo en el jardín. Sencillamente, es algo que no se hace.

—Sería la solución más sencilla, Georgie.

—No, en absoluto. Para empezar, es un tipo corpulento, y creo que ni entre las dos conseguiríamos arrastrarlo hasta el jardín. Además, alguien podría asomarse a una ventana y vernos, y entonces el aprieto sería aún peor. Ahora al menos podría presentarme ante la policía siendo inocente. Y no olvides que el lema de la familia Rannoch es «La muerte antes que la deshonra».

—Me apuesto algo a que lo habrías hecho si hubiese sido un hombre menudo y detrás de tu casa hubiese habido un bosque —dijo Belinda con una sonrisa maliciosa.

Yo también tuve que sonreír.

—Es posible.

—¿Quién más sabe que el tal De Mauxville os reclamaba el castillo de Rannoch?

—Nuestros abogados, por desgracia. Aparte de ellos, no lo sé.

Belinda guardó silencio unos instantes con expresión ceñuda.

—Creo que lo que más te conviene es utilizar tu baza.

—¿Mi baza?

—Tu vínculo con la realeza, querida. Llamas a la policía haciendo gala de una indignación bien justificada: acabas de encontrar un cadáver en tu bañera. No tienes ni idea de quién es ni de cómo llegó allí. Ellos son tan amables de retirarlo enseguida. Piensa en tu bisabuela. Las clases bajas siempre sienten un respeto reverencial por la monarquía.

—¿Y si me preguntan si estoy segura de que no lo conozco? No puedo mentir.

—Respondes con una conveniente vaguedad. Crees que en una ocasión había ido a tu casa a ver a tu hermano. Por supuesto, nunca te lo presentaron, así que oficialmente no lo conocías.

—Eso es cierto, nunca me lo presentaron. —Suspiré.

Me dio unas palmaditas en la rodilla.

Tienes una buena coartada, ¿verdad?

—¿Yo? Ninguna que pueda revelarles: estaba limpiando una casa. No puedo consentir que nadie lo sepa.

—No, por descontado. Oh, cielos, en tal caso será mejor que ideemos una. Veamos. Tú y yo hemos estado de compras en Harrods por la mañana; después hemos almorzado en mi casa y a continuación hemos ido juntas a la casa de Rannoch. Tú has subido para cambiarte y has encontrado el cuerpo, tras lo cual hemos llamado a la policía.

La miré con admiración.

—Belinda..., ¿harías eso por mí?

—Por supuesto. Recuerda todo lo que vivimos juntas en Les Oiseaux. Nunca olvidaré la cantidad de apuros en los que me cubriste, como el día en que volví cuando ya habían cerrado las puertas y tuve que trepar por la hiedra...

Sonreí.

—Sí, lo recuerdo.

—Pues no se hable más. Ahora nos tomamos un té y después subiré a cambiarme e iremos a dar la cara como dos valientes.

CAPÍTULO CATORCE

Casa de Rannoch
Mismo viernes por la tarde

—Está ahí dentro. —Abrí la puerta del cuarto de baño y señalé con gesto dramático hacia el cadáver, que no se había movido desde la última vez que lo había visto.

Belinda se acercó a él y lo miró con aire grave.

—Qué hombre más repulsivo... ¿Era igual de desagradable en vida?

—Peor —contesté.

—Entonces no cabe duda de que has hecho un favor a la sociedad. Ahora hay una persona horrible menos en el mundo.

—Yo no he tenido nada que ver con su muerte, Belinda, y estoy segura de que Binky tampoco. Solo hemos aportado la bañera.

Lo escrutó con más detenimiento, impertérrita ante el ominoso espectáculo.

—¿Y cómo crees que llegó a vuestra bañera?

—No tengo ni idea. Salí a hacer las tareas domésticas y dejé a Binky en casa. Después volví y vi que la llave no estaba echada, y agua por todo el suelo, y a este hombre ahí.

¿Y qué dice Binky al respecto?

—Me temo que ha huido de vuelta a Escocia.

—Qué poco caballeroso por su parte, dejar que te enfrentes tú sola a todo esto. Entonces, ¿no crees que sea obra suya?

Sopesé la pregunta un momento.

—De verdad que no —contesté al cabo—. Soy incapaz de imaginar a Binky ahogando a alguien en una bañera. Para empezar, es demasiado torpe; habría resbalado con el jabón o algo. Y si tenía intención de liquidar a De Mauxville, me parece imposible que decidiese dejarlo aquí, ¿no?

—Desde luego, no sería la opción más brillante —convino—, aunque tu hermano nunca ha destacado por su intelecto, ¿verdad?

—Ni siquiera Binky sería tan estúpido, no. —Percibí una nota de duda en mi voz—. En cualquier caso, sospecho que ahora mismo se encuentra en un tren rumbo al norte. Estoy esperando a que llegue a Escocia para poder llamarle y averiguar la verdad. Pero, mientras tanto, ¿qué debería hacer? No podemos dejar a De Mauxville aquí.

Belinda se encogió de hombros.

—Si no quieres intentar enterrarlo en el jardín, lo cual me parece una idea excelente, deberías llamar a la policía.

—Sí, supongo que sí. A fin de cuentas, ¿qué podría temer? Soy inocente, no tengo nada que esconder...

—Aparte del pequeño detalle de que te vistes de doncella y te dedicas a fregar inodoros ajenos —me recordó Belinda.

—Bueno, sí, aparte de eso.

—No te preocupes, estoy contigo. Y juntas no nos vencerá ni el más astuto de los agentes.

Conseguí esbozar una sonrisa débil.

—De acuerdo, lo haré.

Bajé a llamar a la policía y luego nos pusimos a esperar una junto a la otra en la escalera, mirando la puerta principal, mientras oíamos el tictac de un reloj en algún rincón de la casa vacía.

—¿Quién crees que lo habrá hecho? —preguntó Belinda—. Y, para empezar, ¿qué hacía aquí?

—Supongo que vino a ver a Binky.

—Pero si Binky no lo mató, ¿quién lo hizo?

Me encogí de hombros.

—Algún otro. Un extraño, supongo.

Negó con la cabeza.

—¿Pretendes que la policía se crea que un completo extraño entró en tu casa cuando tú no estabas y ahogó a alguien en tu bañera? Eso requeriría mucho coraje y planificación, Georgiana, además de mucha suerte.

—Lo sé. No parece muy factible, ¿verdad? Quiero decir que... ¿quién podía saber que De Mauxville tenía previsto venir? Casi nadie sabía siquiera que estábamos en Londres. Y sospecho que De Mauxville no conocía a mucha gente aquí.

Belinda se quedó mirando la araña de luces.

—Ese De Mauxville, ¿es uno de los nuestros o estrictamente NDNC? —Por si no lo sabéis, son las siglas de «no de nuestra clase».

—No estoy segura. Era bastante tosco, pero he visto a muchos nobles toscos; imagino que tú también.

—¿Sabes dónde se alojaba?

—En el Claridge's.

—Eso es sinónimo de dinero, pero no de un club.

—Es francés, Belinda. ¿Ingresaría un francés en un club londinense?

—Si tenía amigos en Londres y cruzaba el canal con frecuencia, es posible. Así que si se alojaba en el Claridge's, ni tenía muchos conocidos aquí ni venía a menudo.

—Lo cual no ayuda mucho —dije.

—Tienes que investigar sobre él. Si era tan desagradable, podría haber molestado a unas cuantas personas que estarían deseando ahogarlo en una bañera. Así que averigua qué hacía durante sus visitas a Inglaterra..., cuando no estaba intentando apropiarse de tu castillo, quiero decir.

—De acuerdo, pero ¿cómo?

—Conozco a infinidad de personas —contestó—, entre ellas, algunas que pasan la mitad del año en el continente. Personas que frecuentan los casinos de Niza y Montecarlo. Podría indagar.

—Belinda..., ¿de verdad harías eso? Eres un amor.

—En realidad, puede que sea divertido. Belinda Warburton-Stoke, investigadora privada.

A pesar de la tensión, tuve que reírme.

—Investigadora privada.

—Estoy segura de que se me dará mejor que al agente triste y obtuso que enviará la policía para hacer las pesquisas.

Como si las palabras de Belinda hubieran sido el pie en una obra de teatro, en ese momento se oyeron unos golpes tremendos en la puerta principal. Le dirigí una mirada a Belinda y bajé a abrir. Varios uniformes azules aguardaban ante la puerta; en el centro, una gabardina y un sombrero beis de fieltro y ala estrecha. Bajo el sombrero había un rostro de aspecto cansado, un rostro también de color beis con una expresión que transmitía que la vida era un horror indescriptible, y un bigote beis a juego con la gabardina. El dueño del sombrero lo alzó con desgana.

—Buenas noches, señorita. Inspector Harry Sugg. Tengo entendido que alguien ha llamado desde esta casa para informar de la presencia de un cadáver.

—Es correcto. ¿Quiere entrar, inspector?

Me miraba con recelo.

—Doy por hecho que es cierto que hay un cadáver y que no se trata de una de esas travesuras que ustedes, los jóvenes prometedores, encuentran tan graciosas..., como robar cascos a la policía...

—Puedo asegurarle que hay un cadáver y que no es nada gracioso —repuse.

Me di media vuelta y los precedí al vestíbulo. Belinda se encontraba en mitad de la escalera. El sombrero se alzó de nuevo en su presencia.

—Buenas noches, señora. ¿Es usted la propietaria de esta casa?

—No —me apresuré a contestar—. Esta es la casa de Rannoch, propiedad del duque.

—¿De qué duque estaríamos hablando, señorita? —preguntó el inspector al tiempo que sacaba un bloc de notas y un lápiz.

—El duque de Glen Garry y Rannoch —le informé—, mi hermano. Soy lady Georgiana Rannoch, biznieta de la difunta reina Victoria y prima de Su Majestad. Esta es mi amiga Belinda Warburton-Stoke.

No pareció especialmente impresionado; ni reverencias ni obsequiosidad, como había predicho Belinda.

—Encantado, señorita. —Hizo un gesto afirmativo hacia ella—. De acuerdo. ¿Les importaría mostrarme el cadáver?

—Por aquí —indiqué.

Sentí una aversión instantánea e irracional hacia él. Lo acompañé por el primer tramo de escalera, luego por el rellano y después seguimos subiendo. Advertí que resoplaba un poco cuando llegamos arriba. Era evidente que no estaba acostumbrado a subir riscos escoceses.

—Está en la bañera —dije.

El hombre seguía dando la impresión de no tomarme en serio y estar deseando dejarme como a una idiota.

—En la bañera, ¿eh? ¿Está segura de que alguno de sus amigos no ha empinado el codo un poco y ahora duerme la mona?

—Lo dudo. Para empezar, está sumergido en agua. Véalo usted mismo. —Abrí la puerta del baño.

El inspector entró y reculó al instante.

—Ajá —dijo—. Sí, definitivamente está muerto, tiene usted razón. ¡Rogers! ¡Aquí! Llame a la jefatura y dígales que necesitamos el equipo para tomar huellas dactilares, la cámara con *flash*, todo.

Salió del baño y se volvió hacia mí.

—Esto pinta mal. Muy mal, de hecho. A menos que decidiera quitarse la vida, todo parece indicar que se la quitó alguien.

—¿Por qué iba a decidir quitarse la vida en la bañera de lady Georgiana? —preguntó Belinda.

—Y si pretendía hacerlo, no se habría dejado puesto el abrigo —añadí.

—Tal vez le pareciera que el agua estaba un pelín fría, o quisiera que el peso del abrigo lo ayudara a hundirse —sugirió Belinda con un discretísimo guiño.

Vi que se estaba divirtiendo con todo aquello, pero, claro, ella no era la principal sospechosa. Me pregunté si los miembros de la realeza seguiríamos teniendo el privilegio de ser ahorcados con un dogal de seda, y luego pensé que tener el cuello irritado por un cáñamo áspero sería la menor de mis preocupaciones.

El inspector Sugg miró alrededor como en busca de inspiración.

—¿Hay algún sitio donde podamos hablar con tranquilidad mientras esperamos a que lleguen mis hombres?

—La sala matinal está abierta y preparada —contesté—. Es por aquí.

—La sala matinal —repitió.

¿Era una impresión mía o había puesto énfasis en las tres primeras letras? «Mat»... ¿Como el verbo *matar*?

Me siguió de vuelta por la escalera y nos sentamos en la sala. Desconocía el protocolo en semejante coyuntura y no sabía si debía ofrecerles té. Dado que no tenía sirvientes y no quería adoptar ese rol en presencia del inspector, descarté la idea.

—Bien, vayamos al grano —dijo—. ¿Quién encontró el cuerpo?

—Yo —contesté.

—Yo estaba justo detrás de ella en ese momento —informó Belinda.

—¿A qué hora fue eso, señorita?

Era evidente que para él seguiría siendo «señorita» aunque ya le hubiera dicho que era hermana del duque. Quizá nunca había aprendido a usar «milady» ni «su señoría». Quizá fuera un socialista de la vertiente más igualitaria. Quizá sencillamente fuera lerdo. Preferí no ofenderme.

—Belinda y yo habíamos pasado toda la mañana de compras juntas; luego comimos algo y vinimos a casa hará unos quince minutos —contesté, siguiendo con meticulosidad nuestro ardid—. Subí a cambiarme, vi agua en el suelo, abrí la puerta del cuarto de baño y encontré el cadáver.

—¿Tocó algo?

—Tuve la intención de rescatarlo hasta que comprendí que estaba muerto —contesté—. Nunca había visto un cadáver, así que fue toda una conmoción.

—¿Y quién es el difunto?

—No estoy segura. —Era incapaz de decir una mentira absoluta—. Creo que le había visto en alguna ocasión, pero no llegaron a presentármelo, de eso no me cabe duda. Es posible que mi hermano lo conociera.

—¿Su hermano, el duque?

En efecto.

—¿Y dónde está?

—Creo que en Escocia, en la residencia familiar.

—En tal caso, ¿qué hacía su amigo aquí?

Esa pregunta sí sabía contestarla.

—No era amigo de mi hermano, puedo asegurárselo. Y no tengo la menor idea de qué hacía aquí. No estaba cuando salí de casa esta mañana, y cuando volví yacía muerto en nuestra bañera.

—¿Quién más había en la casa? —El inspector mordisqueó el lápiz, un hábito detestable del que mi niñera me curó cuando tenía cuatro años.

Vacilé un segundo.

—Nadie —confesé, pero fui incapaz de dejarlo ahí—. Mi hermano había venido a Londres por negocios, pero pasó casi todo el tiempo en su club.

—¿Cuándo se marchó de Londres?

—No sabría decirle. Es una persona bastante imprecisa y no suele comunicarme sus planes.

—¿Y el servicio? ¿Dónde está?

—No tenemos servicio aquí —contesté—. La residencia familiar está en Escocia. Vine sola. Mi doncella escocesa no quiso dejar a su madre, que está impedida, y aún no he tenido tiempo de contratar a otra. En realidad, solo me he instalado aquí de forma provisional hasta que concrete mis planes futuros.

—Entonces, en esencia, ¿vive sola en esta casa?

—Así es.

—A ver si lo entiendo: usted salió esta mañana, pasó el día con su amiga, aquí presente, volvió por la tarde y encontró un cadáver en la bañera..., alguien a quien casi ni reconoce. ¿Y no tiene idea de quién le dejó entrar ni de qué hacía aquí?

—Correcto.

—Y un poco difícil de creer, ¿no le parece?

—Convengo con usted: parece del todo imposible, inspector —contesté—, pero es la verdad. Solo puedo concluir que hay un demente abominable suelto en la ciudad.

—No puedes quedarte sola en esta casa, Georgie —nos interrumpió Belinda—. Coge algunas cosas y ven a la mía; puedes dormir en el sofá.

El inspector dirigió su atención hacia Belinda, algo que, tal vez, era lo que ella quería.

—¿Señorita Warburton-Stoke ha dicho?

—En efecto. —Belinda le dedicó una sonrisa deslumbrante.

—¿Y su dirección es...?

—Vivo en una antigua caballeriza, una casita pequeña pero cuca en Three Seville Mews, muy cerca de Knightsbridge.

—¿Y estaba usted con su amiga cuando encontró el cuerpo?

—Sí, estaba con lady Georgiana —respondió—. Bueno, ella fue a cambiarse y yo me quedé aquí abajo a esperarla. Subí cuando la oí gritar.

—¿Ha visto usted el cadáver, señorita?

—Sí. Un hombre de aspecto execrable, diría. Parece que ni siquiera se había afeitado hoy.

—¿Y lo había visto alguna vez?

—En absoluto, jamás lo había visto. Y créame, inspector, recordaría una cara tan repugnante.

El inspector se puso en pie.

—Muy bien, supongo que es todo por ahora. Pero necesito hablar con su hermano, el duque, ya sabe. ¿Cómo puedo contactar con él en Escocia?

No quería que la policía hablara con Binky antes de tener la oportunidad de hacerlo yo.

—Como le he dicho, no estoy segura de dónde se encuentra en estos momentos. Siempre podría probar en su club, por si aún no se ha marchado.

—Creía que acababa de decir que está en Escocia.

—He dicho que no estaba segura de su paradero y que deducía que había vuelto a su casa. Si le parece bien, intentaré contactar con la familia y los amigos de Escocia, aunque allí el teléfono aún se utiliza poco, está tan lejos...

—No se preocupe, señorita. Daremos con él, no lo dude.

Belinda me tomó del brazo.

—Inspector, deberíamos dejar que Georgiana tome una taza de té. Es evidente que sigue conmocionada. Claro que ¿quién no lo estaría después de encontrar a un hombre muerto en su casa?

El inspector asintió con la cabeza.

—Supongo que las dos se encuentran un poco conmocionadas. Pueden ir a tomar un té y a descansar un rato. Sé dónde encontrarlas si las necesito. Y mientras tanto, si su hermano aparece, dígale que queremos hablar con él cuanto antes, ¿queda claro?

—Desde luego, inspector —contesté.

—Pueden irse. Los hombres aún trabajarán un buen rato en la casa, me temo. —Intentó atosigarnos hacia la puerta.

—Confío en que los supervisará como es debido —dije—. En esta casa hay numerosos objetos de valor. Preferiría evitar todo riesgo de que alguien los robe o los rompa.

—Descuide, señorita. Su casa queda en buenas manos. Habrá un agente de guardia en la puerta hasta que este asunto se aclare. Ahora, pueden irse.

—Su señoría precisa coger ciertas pertenencias antes. No puede ausentarse sin siquiera un cepillo de dientes.

—Muy bien —accedió el inspector—. Rogers, acompañe a la dama y vigílela. Procure que no toquetee sin querer alguna prueba valiosa.

Subí la escalera furibunda, echaba humo de indignación; metí varios artículos absurdos en una bolsa y luego caí en la cuenta de algo.

—El cepillo de dientes, el jabón y la manopla están en ese cuarto de baño.

—Lo lamento, no puede tocar nada de lo que hay ahí dentro —contestó el agente con aire consternado.

—Bueno, en realidad no creo que quiera volver a usarlo después de esto.

—Querida, estoy segura de que podremos visitar a mi farmacéutico y comprar un cepillo de dientes nuevo —me consoló Belinda—. Vámonos, este sitio está empezando a deprimirme.

—¿Ya tiene lo que necesita? —El inspector se alzó el sombrero con desgana cuando salíamos.

—Qué hombre tan espantoso —dijo Belinda en cuanto la puerta se cerró—. No me importaría verle flotando en una bañera.

CAPÍTULO QUINCE

Casa de Belinda Warburton-Stoke
3 Seville Mews
Knightsbridge, Londres
Todavía viernes

E n cuanto llegamos a la casa de Belinda, le pedí usar su teléfono y llamé al castillo de Rannoch. Contestó, como de costumbre, Hamilton, el mayordomo.

—¿Sí? Aquí el castillo de Rannoch. El mayordomo de su excelencia al habla. —Nuestro anciano sirviente nunca había conseguido familiarizarse con el teléfono.

—¡Hola, Hamilton! ¡Soy lady Georgiana! —voceé; la conexión era especialmente mala y Hamilton había ido perdiendo oído con el tiempo.

—Lamento decirle que su señoría lady Georgiana no se encuentra en la residencia en estos momentos —contestó la tenue voz escocesa.

—¡Hamilton, yo soy lady Georgiana! ¡Llamo desde Londres! —Esta vez gritaba—. ¡Quiero dejar un mensaje para su excelencia!

—Creo que en estos momentos su excelencia se encuentra en algún otro lugar de la finca —contestó sin inmutarse.

—No seas ridículo, Hamilton. Sabes muy bien que no está en la finca. Es imposible que ya haya llegado a Escocia a menos que le hayan salido alas. Por favor, dile que me llame en cuanto llegue. Es de vital importancia, y tendrá un problema grave si no lo hace. Ahora anota el número en el que podrá encontrarme, por favor.

Tras un buen rato gritando y deletreando, Hamilton consiguió anotar bien el número, tras lo cual colgué el teléfono irritada.

—Ya ha ordenado a nuestro mayordomo que mienta.

—Querida, creo que deberías considerar la hipótesis de que tu hermano sea culpable —dijo Belinda—. Ven a tomar un té, te sentirás mejor.

Cuando cogí la taza, vi horrorizada que me temblaba la mano. Había sido un día desquiciante como pocos.

Y le siguió una noche agitada en el sofá de Belinda. Ella desapareció rumbo a otra fiesta. Tuvo la generosidad de invitarme a ir con ella, pero yo no estaba de humor para jolgorios y tampoco tenía nada que ponerme. Además, esperaba la llamada de Binky. La doncella se marchó y yo intenté dormir. El sofá era moderno, aerodinámico y endemoniadamente incómodo, así que, incapaz de conciliar el sueño, permanecí tendida mirando la oscuridad con una sensación de miedo y vacío. No podía creer que Binky fuera culpable, pero tampoco podía imaginar cómo un desconocido había acabado muerto en nuestra bañera a menos que Binky hubiese intervenido. Estaba ansiosa por hablar con él, por saber que se encontraba bien y que no era culpable. Si al menos me hubiera dejado una nota antes de desaparecer. Si al menos...

Me incorporé de un brinco y muy despierta. Una nota. Yo había dejado una nota para Binky en su cama, en la que mencionaba el cadáver en la bañera y le decía que no llamara a la policía. No podía haber dejado nada más incriminatorio, y para entonces los agentes ya debían de haberla encontrado. Me pregunté si harían guardia en la puerta toda la noche o si tendría alguna posibilidad de colarme dentro y recuperarla, en el improbable caso de que aún no la hubiera visto nadie. Sabía que me volvería aún más sospechosa para la policía si me sorprendían entrando en la casa en plena la noche, pero era un riesgo que debía asumir. Existía una ínfima probabilidad de que aún no la hubiesen registrado a conciencia y de que la nota siguiera allí. Me levanté, me puse el vestido y el abrigo encima del pijama, embutí un trozo de papel en la cerradura para asegurarme de que se abriera a mi regreso (una de las pocas cosas útiles que había aprendido en Les Oiseaux) y salí a hurtadillas a la calle, ya de noche.

La ciudad parecía desierta, salvo por un agente de ronda que me miró con recelo.

—¿Todo bien, señorita? —preguntó.

—Ah, sí, gracias —contesté—. Estoy volviendo a casa de una fiesta.

—No debería andar por ahí sola tan tarde.

—Vivo a la vuelta de la esquina —mentí.

Me dejó ir, pero vi que no se quedó tranquilo. Cuanto más me alejaba, más de acuerdo estaba con él. Oí que el Big Ben daba las doce; la brisa propagó el sonido por toda la ciudad. Hacía frío y me arrebujé en el abrigo. Belgrave Square dormía en la penumbra; también la casa de Rannoch. Ni rastro de ningún agente. Subí la escalinata e introduje la llave en la cerradura. La puerta se abrió. Entré y busqué a tientas el interruptor de la luz. La lámpara del vestíbulo arrojó sombras alargadas en la escalera y, por primera vez, pensé que el cadáver seguramente seguiría en la bañera. Suelo vanagloriarme de mi sangre fría; cuando tenía tres años, mi hermano y varios amigos que pasaban las vacaciones escolares en casa me bajaron al pozo en desuso del patio del castillo de Rannoch en un intento de comprobar si era verdad que no tenía fondo, como todos decían. Por suerte para mí, sí lo tenía. Y en otra ocasión pasé toda una noche sentada en las almenas con la esperanza de encontrarme al fantasma de mi abuelo tocando la gaita. Pero la idea de ver a De Mauxville levantarse de la bañera para clamar venganza me resultaba tan aterradora que me costó horrores obligar a mis pies a llegar a la escalera.

Subí el primer tramo, encendí la luz y enfilé el segundo. Dejé escapar un leve chillido y estuve a punto de caerme cuando una sombra ominosa se alzó sobre mí con un brazo en alto. Mi corazón tardó unos segundos en volver a palpitar antes de comprender que no era sino la estatua de un ángel vengador que había sido desterrado al rellano de la segunda planta después de que Binky le hubiera desportillado la nariz con un bate de críquet. Me sentí muy tonta y me reprendí mientras seguía subiendo. Alguien había recogido el agua del suelo. La puerta del cuarto de baño estaba cerrada. Avancé de puntillas por el rellano hasta el dormitorio de Binky, en la parte frontal de la casa: la nota ya no estaba en la cama. Confiando en que hubiera caído al suelo, me arrodillé para mirar debajo..., pero reculé espeluznada cuando mi rodilla tocó algo húmedo y me puse de pie de un salto con el corazón desbocado. Me obligué a agacharme y examiné la mancha: solo era agua. Y tenía una explicación fácil: Binky había entrado en la habitación empapado después de bañarse y había dejado la toalla en el suelo. Aunque miré con cuidado por toda la estancia en busca de pistas, no encontré ninguna.

Estaba a punto de marcharme cuando tuve la certeza de oír unas pisadas fuertes en la escalera. Recordé de pronto que alguien había cometido un asesinato en esa casa ese mismo día. Si Binky no tenía ninguna implicación en el crimen, algún desconocido había encontrado el modo de entrar en nuestra casa y engatusado a De Mauxville para matarlo dentro. Quizá hubiera regresado. Recorrí la habitación con la mirada, dudando de si esconderme en un armario. Luego concluí que nada sería peor que esperar a que me descubrieran indefensa y atrapada. Donde estaba, al menos contaría con el elemento sorpresa y tendría la oportunidad de empujarlo y correr escalera abajo. Salí al rellano y contuve el aliento horrorizada cuando una figura alta apareció frente a mí.

La figura alta también contuvo el aliento y estuvo a punto de caer de espaldas por la escalera. En ese instante me fijé en el uniforme azul.

—¿Está usted bien, agente? —le pregunté al tiempo que lo ayudaba a estabilizarse.

—¡Santo Dios, señorita! Me ha dado un susto de muerte —dijo, ya lo bastante recuperado como para llevarse una mano al pecho— Creía que no había nadie en la casa. ¿Qué demonios hace aquí?

—Vivo aquí, agente. Es mi casa —contesté.

—Pero ahora es la escena de un crimen. No debería entrar nadie.

—Lo comprendo. Estaba pasando la velada con unos amigos, pero he recordado que me había olvidado aquí los polvos para la jaqueca y cuando me sobreviene no consigo dormir. —Me sentí muy complacida con la genial excusa que acababa de improvisar.

—¿Y para eso ha vuelto sola y de noche? —preguntó, incrédulo—. ¿No tenía aspirinas su anfitriona?

—Mi médico me elabora unos polvos para la jaqueca muy especiales —repliqué—. Son lo único que me hace efecto, y la verdad es que me veía incapaz de soportar una noche de insomnio después de todo lo que he vivido hoy.

El agente asintió con la cabeza.

—¿Y los ha encontrado?

Me percaté de que la luz del dormitorio de Binky iluminaba el rellano.

—Creía recordar habérselos prestado a mi hermano la última vez que coincidimos en casa, pero no están aquí.

—Se los habrán llevado como prueba —dedujo el agente con aire de entendido en la materia.

—¿Como prueba? El hombre murió ahogado.

—Ah, pero ¿quién sabe si antes no lo dejaron inconsciente con algún medicamento y lo metieron después en la bañera? —Me pareció petulante.

—Puedo asegurarle que mis inofensivos polvos para la jaqueca no matarían ni a un ratón. Y ahora, si no le importa, voy a acostarme. Tendré que conformarme con una aspirina. Imagino que usted se quedará aquí y lo vigilará todo, ¿verdad? Me ha sorprendido mucho encontrar la casa desatendida cuando he llegado.

Era evidente que había tocado una fibra sensible: el hombre se sonrojó.

—Lo siento, señorita. He tenido que acercarme a la comisaría más cercana para aliviar la llamada de la naturaleza.

Estuve a punto de decir: «Bien, espero que no vuelva a ocurrir». Preferí que se lo dijera mi mirada antes de emprender un descenso majestuoso por la escalera, digno de mi bisabuela.

Volví a toda prisa a casa de Belinda, entré e intenté dormir..., sin más éxito que un rato antes. La policía tenía en su poder la nota que le había dejado a Binky. Con toda probabilidad, habrían reparado en la mancha de humedad en el suelo y concluido que mi hermano se había mojado la ropa al intentar ahogar a la víctima. Y entonces me asaltó otro pensamiento: la voluntad del asesino no había sido solo matar a De Mauxville, sino también castigarnos.

Supongo que al final me quedé dormida, porque me desperté sobresaltada por el ruido de una puerta al cerrarse. Belinda intentaba, solo lo intentaba, cruzar con sigilo el salón con su suelo de parqué. Me miró y vio que tenía los ojos abiertos.

—Ah, estás despierta —dijo—. Lo siento. No hay manera de cerrar esa puerta sin hacer ruido. —Se acercó y se sentó en el sofá a mi lado—. Dios, menuda noche. Te juro que en cada fiesta hay cócteles más letales que en la anterior. En esta había corceles negros; no sé lo que llevan, pero, ¡cielos!, son capaces de tumbarte. Mañana voy a tener una resaca espantosa.

—¿Quieres que te ayude a hacer café? —pregunté sin tener la menor idea de cómo se hacía café.

—No, gracias. Lo que necesito ahora es una cama. Una cama solo para mí, quiero decir. He tenido infinidad de propuestas para compartir otras, pero las he rechazado todas. No quería que te despertaras sola por la mañana.

—Eres muy amable. Y muy generosa.

—Para ser sincera, tampoco eran tan atractivos —reconoció con una sonrisa pícara—. Saltaba a la vista que eran de los de «¿Te apetece un ñaca-ñaca rapidito?». Ya sabes, un polvo de cinco segundos. La verdad, las escuelas públicas están haciendo un flaco favor a los ingleses al no impartirles lecciones elementales de sexo. Si de mí dependiera, contrataría a una maestra prostituta, preferiblemente francesa, para que enseñara a los chicos a hacer el amor como es debido.

—Belinda, eres un caso. —No pude contener la risa—. ¿Y qué hay de un equivalente masculino para las escuelas femeninas?

—Lo tuvimos, querida: aquellos bombones de instructores de esquí con los que nos encontrábamos en la taberna.

—Pero ellos no..., ¿no? A lo máximo que yo llegué fue un beso rápido detrás de la leñera. Ni siquiera un magreo inocente.

—Es de dominio público que Primrose Asquey d'Asquey lo hacía con regularidad con Stefan. ¿Te acuerdas de aquel rubio alto?

—¿La misma Primrose que el otro día iba vestida de blanco en su boda?

Belinda se rio.

—Querida, si solo se permitiera casarse de blanco a las vírgenes, los organistas de las iglesias morirían de hambre. Voy a ver si doy con algún extranjero ideal para ti. Un francés, a poder ser. Por lo visto son capaces de tenerte en éxtasis durante horas.

—Ahora mismo no me apetece mucho conocer a más franceses, tengo suficiente con el muerto de mi bañera.

—Ah, hablando del muerto, he hecho algunas preguntillas discretas, y resulta que varias personas vieron a tu execrable De Mauxville en Montecarlo. Ninguna de ellas tenía nada bueno que decir de él. Al parecer era un bicho raro, un marginal: tenía contactos, pero nadie sabe quiénes son. Siempre jugaba en las mesas de apuestas altas. ¡Ah!, y uno de mis interlocutores me insinuó que flirteaba con el chantaje.

—¿Chantaje?

Belinda asintió con la cabeza. Me incorporé hasta sentarme.

—Si eso es verdad y una de sus víctimas se hartó de que lo chantajeara, matarlo habría sido una solución.

—Justo lo que pensé yo.

—Pero ¿por qué en nuestra bañera?

—Por dos motivos: uno, el asesino no sería el sospechoso más evidente; y dos, alguien os guarda rencor a ti o a tu hermano.

—Eso es ridículo —dije—. A mí no me conoce nadie, ¿y quién podría guardar rencor a Binky? Es el tipo más inofensivo del mundo, no hay ni un ápice de maldad en él.

—¿A tu familia, entonces? ¿Una enemistad del pasado? ¿Incluso alguien contrario a la monarquía que crea que atacándote está perjudicando de algún modo a la familia real?

—Eso también es ridículo —repliqué—. Estamos tan abajo en la línea de sucesión que si morimos sepultados por un alud en Escocia no le importaría a nadie.

Belinda se encogió de hombros.

—Estoy deseando oír lo que tu hermano te cuente. Me temo que es él quien sigue teniendo, con diferencia, el mejor móvil.

—Sí, yo también lo creo. Espero que sea verdad que está camino de Escocia y que el asesino no se haya deshecho también de él.

Belinda bostezó.

—Lo siento, tesoro, pero tengo que acostarme. No me aguanto de pie. —Me dio unas palmadas en la mano—. Estoy segura de que todo irá bien. Esto es Inglaterra, hogar del juego limpio y la justicia universal..., ¿o eso era Estados Unidos? —Volvió a encogerse de hombros y luego subió animosa la escalera.

Intenté volver a dormir, pero solo conseguí cabecear a ratos. El agudo timbre del teléfono me despertó al amanecer. Me levanté a toda prisa para descolgarlo antes de que también despertase a Belinda.

—Llamada de larga distancia desde Escocia para lady Georgiana Rannoch —anunció una voz femenina entre mucho chisporroteo.

—¿Binky? —pregunté.

—¡Ah, hola, Georgie, cielo! Espero no haberte despertado. —Parecía de lo más alegre.

—Esperaba que me llamaras anoche, Binky. No he dormido nada.

—Llegué sobre las doce. No me pareció apropiado molestarte a esas horas.

Su tono era el de alguien tranquilo y sereno, y mi ansiedad explotó.

—¡Eres imposible, Binky! Te vas y me dejas aquí sola y ahora me hablas como si no tuvieras la menor preocupación en la vida. Supongo que verías el cadáver en la bañera antes de tu precipitada marcha, ¿no?

—Cuidado, tesoro. *Pas devant la opérateur.* —Su francés seguía siendo igual de atroz. *Operadora* era femenino.

—¿Qué? Ah, sí, de acuerdo. ¿Viste cierto objeto en la *salle de bain?* ¿Y lo reconociste?

—Por supuesto que sí. ¿Por qué crees que decidí largarme cuanto antes?

—Y dejar que cargara yo sola con las consecuencias.

—No seas tonta, nadie sospecharía de ti. Es imposible que una chiquilla como tú pueda arrastrar a un *grand homme* hasta *le bain.*

—¿Y en qué lugar crees que quedarás tú si se enteran de que huiste? Esto no está bien, Binky —le espeté al borde de las lágrimas—. No es así como se comporta un Rannoch. Piensa en aquel antepasado nuestro que cabalgó sin miedo hacia los cañones en la carga de la Brigada Ligera. Ni siquiera se le pasó por la cabeza huir estando rodeado de cañones. No permitiré que mancilles nuestro apellido de este modo. Te espero de vuelta en Londres ya. Si te das prisa, podrás tomar el tren de las diez en Edimburgo.

—Oh, espera... Oye..., ¿no puedes decirles simplemente que...?

—¡No, no puedo! —grité a la línea hueca y chisporroteante, que me devolvió el eco de mi voz—. Y aún más: si no vuelves ahora mismo, les diré que fuiste tú.

Colgué el teléfono con cierta satisfacción. Al menos estaba aprendiendo a reafirmarme. Era un buen entreno para decir no a la reina y al príncipe Siegfried.

CAPÍTULO DIECISÉIS

Sofá del salón de Belinda Warburton-Stoke
Sábado, 30 de abril de 1932

Ahora que Binky presumiblemente estaba emprendiendo el camino de vuelta a Londres, me sentía un poco mejor. La doncella de Belinda llegó sobre las siete y empezó a corretear afanosa de un lado a otro haciendo tanto ruido que tuve que levantarme para defenderme. Belinda no apareció hasta pasadas las diez, pálida y lánguida con su kimono de seda.

—Ni un solo corcel negro más en toda mi vida —gruñó mientras se acercaba a la mesa a tientas y alargaba la mano para coger la taza de té que la doncella le había puesto delante—. Me ha parecido oír el teléfono. ¿Era tu hermano?

—Sí, y le he dicho que vuelva a Londres cuanto antes. He sido muy firme.

—Bien por ti. Pero, mientras tanto, deberíamos comenzar con nuestras pesquisas.

—¿Sí? ¿Cómo?

—Querida, si tu hermano no ahogó a De Mauxville, algún otro lo hizo. Tenemos que averiguar quién.

—Pero ¿de eso no se encarga la policía?

—Todo el mundo sabe que la policía es corta de entendederas. Es muy probable que ese inspector ya haya llegado a la conclusión de que tu hermano es culpable y no investigue más.

—Pero eso sería horrible.

—Así que todo dependerá de ti, Georgie.

—Pero ¿qué puedo hacer yo?

Belinda se encogió de hombros.

—Empieza por preguntar a la gente de la plaza. Alguien podría haber visto llegar a De Mauxville, tal vez con un extraño. O a un extraño intentando entrar en tu casa.

—Sí, es verdad.

—Y podríamos llamar al Claridge's y preguntar quién fue a ver a De Mauxville o le dejó un mensaje.

—No creo que me faciliten esa información —contesté.

—Finge ser una pariente de Francia. Angustiada. Desesperada por encontrarlo. Crisis familiar, ya sabes. Utiliza tus dotes femeninas.

—Sí, supongo —dije, vacilante.

—Hazlo ahora. Vamos. —Señaló el teléfono—. Con un poco de suerte, la policía aún no habrá interrogado a todo el mundo.

—De acuerdo. —Me levanté, me acerqué al teléfono y descolgué con cautela.

—*Allo* —saludé en un presunto francés cuando me pusieron con el telefonista del Claridge's—. Soy mademoiselle De Mauxville. *Cgueo* que mi *hegmano* se aloja aquí, *n'est-ce pas?* ¿De Mauxville?

—Sí, en efecto. Monsieur De Mauxville se ha alojado aquí.

—¿Podría ponerme con él, por favor? —pregunté, olvidando impostar el acento francés.

—Me temo que..., que...; verá, anoche no volvió a su habitación, mademoiselle De Mauxville.

—*Oh là là! Terrible!* Imagino que salió *pog* la *siudad.* ¿Le *impogtaguía desigme, pog favog,* si ha dejado algún mensaje? —Intenté que sonara como «masaje»—. ¿Le *hiso llegag* alguien el mío *ayeg?* Estoy *desespegada pog contactagle* y él no me llama *pas.*

—Ayer se entregó un mensaje en su habitación, pero desconozco quién era el remitente. Aquí no veo ninguno suyo, mademoiselle.

—*Pego* ¿cómo es posible? —exclamé—. Llamé desde *Paguís pog* la mañana.

—Quizá se le transmitió su mensaje en persona —terció la operadora de la centralita.

—¿Y ha *guesibido* visitas? *Nesesito sabeg* si mi *pgimo* se ha *gueunido* con él *pog* un asunto de *negosios familiagues.*

—Lamento decirle que lo ignoro. Deberá preguntar en recepción, pero no creo que tengan licencia para decírselo. Si es tan amable de propoicionarme su dirección y su número de teléfono, mademoiselle, se los comunicaría a quien desee contactar con usted en relación con su hermano en los próximos días, si se da el caso.

—¿Mi *diguecsión?* —Me estrujé el cerebro lo más deprisa que pude—. *Pog desgasia,* en estos momentos me *encuentgo* de viaje con unos amigos. *Volvegué* a *llamag* mañana; *pego, mientgas* tanto, *pog favog,* dígale a mi *hegmano* que *nesesito hablag* con él.

Colgué.

—Creo que ya lo saben. Quería mi dirección de Francia. Pero ayer le transmitieron un mensaje, y es posible que tuviera una visita.

—¿Ha descrito a la persona que fue a verlo?

—No ha querido.

—Deberías ir y preguntar al personal. Puede que ellos te den más información.

Llamar por teléfono era una cosa; interrogar a los empleados del Claridge's era otra muy distinta. Además, tenía muchos números de que alguien me reconociera, lo que solo empeoraría las cosas para Binky y para mí.

—Sí, supongo que podría ir a preguntar a los vecinos de la plaza —dije—. ¿Me acompañarías?

—Suena divertido —contestó—, pero a las dos viene una clienta a mi salón de moda. Hacemos un trato: yo haré de sabuesa contigo si tú vienes conmigo al salón y haces de modelo para la clienta.

—¿Yo? ¿Hacer de modelo? —Me eché a reír.

—Oh, vamos, Georgie. Normalmente soy yo quien tiene que probarse los vestidos y sería mucho más fácil, y mucho más beneficioso para mi prestigio, sentarme y charlar con la clienta mientras otra los luce. Eso es lo que hacen las grandes firmas..., y la verdad es que necesito esta venta. Creo que la clienta pagaría en efectivo, para variar.

—Pero, Belinda, creo que sería más un estorbo que una ayuda. Recuerda mi desastre como debutante. Acuérdate de cuando hice de Julieta en la obra de la escuela y me caí por el balcón. El garbo no es una de mis cualidades.

—Tampoco es que vayas a caminar por una pasarela, querida. Solo se trata de abrir las cortinas y quedarte ahí. Cualquiera podría hacerlo, y eres alta y delgada. Y tu melena pelirroja entonará muy bien con el violeta.

—Oh, cielos. De acuerdo —accedí.

Belinda tardó dos horas largas en desayunar, bañarse y vestirse, así que cuando nos encaminamos hacia Belgrave Square ya era mediodía. En esta ocasión había dos coches de la policía aparcados frente a la casa de Rannoch, un agente de guardia y —horror de los horrores— caballeros de la prensa pertrechados con cámaras. Me agarré del brazo de Belinda.

—No pueden verme aquí. Mi fotografía aparecería en todos los periódicos.

—Cierto —convino Belinda—. Vuelve a mi casa; yo me encargo.

—Pero podrían abordarte.

—Me arriesgaré —contestó con una sonrisa enigmática—. «Valiente diseñadora de moda lucha por limpiar el nombre de su amiga». —La sonrisa se amplió—. Un poco de publicidad podría ser justo lo que mi negocio necesita.

—Belinda, tendrás cuidado, ¿verdad? No digas que conocíamos a De Mauxville ni que estás preguntando por ahí para intentar demostrar nuestra inocencia.

—Querida, seré la discreción personificada, como siempre. Te veo en un santiamén.

Reticente, dejé que fuera a preguntar —mientras recordaba que en la escuela no siempre había sido la discreción personificada— y volví a la antigua caballeriza a esperar nerviosa sus novedades. El tiempo pasó despacio hasta que, por fin, a la una y media volvió con aire petulante.

—Un periodista me ha acosado. He fingido que acababa de oír la noticia y que había ido a sostener tu mano en este momento tan duro. Me ha dejado totalmente desolada ver que no estabas ahí. Lo he hecho de maravilla.

—Pero ¿has averiguado algo?

—Uno de los jardineros de la plaza vio llegar a tu hermano a pie y luego marcharse en taxi. No ha sabido decirme a qué hora, pero calcula que la del almuerzo porque él estaba comiendo unos sándwiches de queso y pepinillos. Un chófer de la casa de la esquina vio a un hombre moreno y con abrigo subir la escalera de la casa de Rannoch.

—Ese podría ser De Mauxville. Entonces, ¿llegó solo?

—Eso parece.

—Así que sabemos que mi hermano y De Mauxville no llegaron juntos y que De Mauxville no coincidió con nadie en la puerta. Eso significa que debía de haber alguien dentro que le abriera. ¿Algo más?

—Aparte de él, el chófer solo recordaba haber visto a los limpiacristales que trabajaban por la plaza.

—¡Limpiacristales! —exclamé, emocionada—. ¡Es perfecto! Un operario podría colarse en una casa por una ventana abierta y luego salir sin llamar la atención por ir mojado o empapado.

Belinda asintió con la cabeza.

—Por casualidad no sabrás qué empresa de limpiacristales trabaja en la plaza, ¿verdad? —me preguntó.

—No. En los limpiacristales no te fijas, a menos que husmeen en tu dormitorio cuando aún no te has levantado.

—Volveré a acercarme a la plaza de camino al salón. Estoy segura de que encontraré a algún sirviente que lo sepa. Luego llamaremos a la empresa y averiguaremos quién trabajó allí ayer por la mañana.

—Buena idea. —Me sentí muy esperanzada.

Sin embargo, cuando llegamos a la plaza ya había más prensa y ningún sirviente a la vista. Muy a nuestro pesar, teníamos que ir enseguida al salón de Belinda, que consultó su reloj al alcanzar Hyde Park Corner.

—Maldición, llegaremos tarde si no nos damos prisa.

—¿Tomamos un taxi? —propuse.

—No hace falta. Está justo enfrente de Curzon Street.

—¿Mayfair? ¿Tienes un taller en Mayfair?

—Bueno, no es exactamente un taller —contestó Belinda mientras esquivaba un autobús, un taxi y un Rolls viejo—. Una mujer cose para mí en Whitechapel, pero es en Mayfair donde recibo a las clientas.

—¿Los alquileres no son carísimos en esa zona?

—Querida, las clientas que me interesan para mi negocio no vendrían si estuviera en Fulham o en Putney —dijo con desenfado—. Además, mi tío es el propietario de casi todo el edificio. Es un local muy cuco, pequeño pero suficiente para *moi*. Te encantará.

Belinda no exageraba. El salón consistía en un único espacio enmoquetado, un sofá y una mesa de vidrio baja, y lo presidía un gran espejo de marco dorado. De las paredes colgaban fotografías de las creaciones de Belinda y de personajes famosos luciéndolas. En un rincón había un par de rollos de seda desmadejados y el fondo estaba aislado por unas cortinas de terciopelo.

—Ve detrás de las cortinas, querida, y ponte el vestido de noche violeta. La clienta es una dama estadounidense; ya sabes cuánto les impresiona la realeza, y el vestido tiene un encantador aire de coronación. Además, estoy segura de que conseguiré que traiga efectivo y pague por adelantado. Solo espero que no sea muy corpulenta: con ese vestido, una mujer entrada en carnes parecería una ballena varada.

Descorrí las cortinas y encontré un vestido violeta largo.

—Tengo la impresión de haber visto este vestido antes —dije—. ¿No lo llevaba Marisa en la boda de Primrose?

—Era parecido, pero no igual —replicó Belinda con voz gélida—. Lo vi y copié la idea. Espero que Marisa pagara una fortuna en París por el suyo. Sí, no se me caen los anillos por robar ideas de otros diseñadores.

—¡Belinda!

—No tiene por qué saberlo nadie —replicó—. La boda ya pasó. Aquellos vestidos no volverán a usarse y tengo la certeza de que allí no había ninguna americana.

—Puede que se colaran, como nosotros —sugerí.

Jl se colaron, es que no pueden permitirse mis creaciones —sentenció Belinda con suficiencia—. Date prisa, está a punto de llegar.

Me retiré tras las cortinas y empecé a desvestirme. El rincón estaba oscuro y apenas me dejaba espacio para mover los brazos. Oí un toque en la puerta cuando estaba en ropa interior, dudando entre pasarme el vestido por la cabeza o meterme en él por los pies. Me decanté por la segunda opción y me apresuré a ponérmelo al oír una voz con acento americano resonar en la pequeña sala.

—He oído hablar de usted y me apetecía venir porque necesito un vestido despampanante para unas recepciones. Ah, y tiene que ser el último grito. Acudirán personalidades importantes.

—Tengo uno que creo que le encantará —contestó Belinda con su estilo británico más condescendiente—. Debo decirle que la realeza se cuenta entre mi clientela.

—Oh, cielos, no me cabe la menor duda, pero, por favor, no vuelva a utilizar eso como un argumento de venta. Acabo de imaginarme a la trasnochada duquesa como un budín de Navidad coronado con una tiara, y a esa reina suya tan horrible y estirada que parece llevar un corsé de acero armado y de dos tallas menos de la que necesita.

Reprimí el impulso irrefrenable de salir de detrás de las cortinas. La trasnochada duquesa a la que se refería tenía que ser Elizabeth de York, una escocesa encantadora y divertida a la que yo adoraba con toda el alma; y la reina era..., bueno, la reina. Nada más que decir.

—Le explicaré lo que quiero, cielo —prosiguió la clienta—. Quiero un conjunto que pueda llevar a un cóctel en un club nocturno elegante, donde quizá acabemos bailando. Algo vanguardista que haga que todos se giren para mirarme.

—Tengo justo lo que necesita —contestó Belinda—. Espere un momento mientras mi chica se lo prueba para usted.

Se acercó corriendo.

—Deprisa, deja el violeta y ponte este blanco y negro. —Casi me lo lanzó y volvió a desaparecer.

Me quité el vestido como pude e intenté ponerme el modelo blanco y negro. En aquella penumbra confinada resultaba difícil saber cómo iba. Opté por meter los pies dentro y tirar de él hacia arriba.

—Vamos, apúrate. No podemos hacer esperar a la clienta —voceó Belinda.

Seguí forcejeando con todo mi coraje. Era un vestido de raso negro con una falda larga y muy ceñida, tanto que apenas conseguía hacerla pasar por los muslos y la cadera. La parte superior era blanca y recordaba un poco a una pechera postiza de camarero, abotonada hasta la garganta y escotada en la espalda.

—¿Aún no estás lista? —preguntó Belinda.

Dejé un botón sin abrochar con la esperanza de que algún mechón de pelo lo tapara y salí. Casi no podía andar y tuve que hacerlo con pasos diminutos y vacilantes. Estaba claro que aquello no sería nada práctico para bailes y clubes nocturnos. De hecho, ni siquiera conseguiría bajar la escalera. Mientras caminaba observé algo ondeando junto a mí, como una cola, pero a un lado, no detrás. Era, sin duda, la prenda más extraña que había visto nunca. Y, a todas luces, la clienta opinaba lo mismo.

—¡¿Qué demonios...?! —exclamó—. Cielo, tengo más trasero que ella. Nunca cabría dentro de algo así. Y da la impresión de que esta chica se caerá en cualquier momento. —Dijo esto mientras yo intentaba agarrarme a la cortina y estaba a punto de volcar una palmera.

Belinda se levantó de un brinco.

— Espere, ha habido un error —dijo, y luego chilló—. ¡Son unos pantalones, Georgie! Has metido las dos piernas en una pernera.

La mujer soltó una carcajada aguda.

—¡Qué torpe! Lo que usted necesita es otra modelo, preferiblemente francesa.

Se había puesto en pie. Belinda corrió a su lado.

—Verá, no la había avisado. Ella nunca había visto...

La clienta la interrumpió.

—Encanto, si es incapaz siquiera de contratar a una buena ayudante, comprenderá que no pueda confiar demasiado en el producto final. —Y se marchó dando un portazo.

—Qué mujer tan maleducada —dije—. ¿Tienes que soportar esto siempre?

Belinda asintió con la cabeza.

—Es el precio que hay que pagar —contestó—. Pero, la verdad, Georgie, ¿quién además de ti habría intentado embutirse en una pernera?

—No he tenido tiempo —me excusé—. Y ya te avisé de que soy propensa a los accidentes.

Belinda se echó a reír.

—Sí, me avisaste, y lo eres. Oh, pobrecita mía, mírate. Tengo que confesar que no podrías estar más ridícula.

Me reí por primera vez en días.

CAPÍTULO DIECISIETE

Salón de moda de Belinda Warburton-Stoke
Mayfair, Londres
Sábado, 30 de abril de 1932

A Belinda le costó lo suyo sacarme de la pernera sin rasgar las costuras.

—De todos modos, le habría quedado fatal —dijo, echando un vistazo a la puerta—. Demasiado vieja y demasiado baja.

—¿Quién era, por cierto? —pregunté.

—Se apellida Simpson, creo.

—¿Era la señora Simpson?

—¿La conoces?

—Santo cielo, es el último capricho del príncipe de Gales. Me han encargado que la espíe en la recepción del próximo fin de semana.

—¿Espiarla? ¿Quién te lo ha encargado?

—La reina. Cree que David empieza a mostrar demasiado interés por ella.

—Entonces, ¿ya se ha divorciado? Tengo entendido que hace poco aún llevaba a un marido a remolque.

—No. El pobre va a rastras con ella a todas partes para conservar su respetabilidad.

—Debo decir que tu familia tiene un gusto pésimo con las mujeres —comentó—. Mira el difunto rey, y tu madre seguramente tampoco fue una elección muy apropiada.

—Mi madre era mil veces más apropiada que esa bruja —repliqué—. He estado a punto de salir de detrás de las cortinas y atizarla cuando ha empezado a insultar a mi familia. —Alcé la mirada hacia el reloj que había en la acera de enfrente—. Oh, madre mía, ¿ya es esa hora? Tengo que ir a la estación a recoger a Binky. Quiero asegurarme de hablar con él antes de que la policía lo interrogue.

—Muy bien —dijo Belinda—. Yo recogeré esto; esta noche tengo otra fiesta. Hoy vuelves a dormir en mi sofá, ¿verdad?

—Eres muy amable, pero si Binky quiere instalarse en la casa de Rannoch y nos lo permiten, debería hacerle compañía. No quiero que se sienta solo.

Nos separamos. Por el camino paré a tomar un té y un bollo con pasas tostado, y cuando enfilé por King's Cross tuve que batallar con el tráfico de la hora punta para llegar a la misma hora que el tren de Binky. Al salir del metro, oí vocear al chico de los periódicos: «¡Lean todo sobre el caso! ¡Un cadáver en la bañera de un duque!».

¡Dios! A Binky le daría un ataque. Tendría que arrastrarlo por la estación a toda prisa para que no se diese cuenta de nada. El expreso llegó a y cuarenta y cinco, puntual. Esperé detrás de la barrera, buscando ansiosa a mi hermano con la mirada. Por un momento pensé en la posibilidad de que no hubiera tomado el tren, pero entonces lo vi, caminando a grandes zancadas delante de un mozo que cargaba con su ridículamente pequeña bolsa de día no sin cierta aversión.

—Deprisa, busquemos un taxi.

Lo cogí del brazo en cuanto cruzó la barrera.

—Georgie, no me agarres. ¿A qué viene tanta prisa?

—¡Ahí está! ¡Es el duque! ¡Es él! —gritó de pronto una voz.

La gente empezó a apiñarse a nuestro alrededor. Un *flash* destelló. Binky me miró con expresión de pánico. Le arrebaté la bolsa al mozo, cogí a Binky de la mano, tiré de él a través de la muchedumbre y lo empujé al interior de un taxi que acababa de parar, para irritación de los que esperaban pacientes en la cola.

—¿Qué demonios era eso? —preguntó Binky enjugándose el sudor de la frente con un pañuelo con sus iniciales bordadas.

—Eso, querido hermano, era la prensa londinense. Se han enterado de lo del cadáver y se han pasado el día delante de casa.

—Oh, Dios santo. Bien, entonces está claro: me voy al club. No voy a soportar esa basura. —Dio unos toques en la pantalla de vidrio—. Chófer, llévenos al Brooks.

—¿Y yo? —pregunté—. ¿Recuerdas que no puedo ir a tu club?

—¿Qué? Ah, sí, claro. No permiten la entrada a las mujeres.

—Estoy durmiendo en el sofá de una amiga, pero es muy incómodo.

—Oye, Georgie, quizá deberías ir a casa.

—Ya te lo he dicho: hay un montón de periodistas instalados en la plaza.

—No, me refería a Escocia, lejos de este engorro. Sería lo más prudente. Reserva un coche cama en el Flying Scotsman de esta noche.

—No pienso dejarte en la estacada —repliqué, pensando que prefería enfrentarme a todos los agentes de la ciudad a estar sola y aislada con Fig—. Y creo que la policía sospecharía mucho si desapareciera de pronto, igual que ahora sospecha de ti por haber desaparecido.

—Oh, no puede ser, ¿de verdad? Cuando vi quién flotaba en la bañera, pensé que enseguida deducirían que había sido yo, y después pensé que si estaba en Escocia, no podrían sospechar de mí; por eso me fui directo a King's Cross y me marché.

—¡Y dejaste que yo me convirtiera en su principal sospechosa! —le espeté, indignada.

—No seas tonta, es imposible que sospechen de ti. Solo eres una chiquilla. No tendrías suficiente fuerza para ahogar a un hombre corpulento como De Mauxville.

—Sola no, pero podría haber tenido un cómplice.

—Oh, sí, supongo que sí. No se me había ocurrido. Tengo que reconocer que se me pasó por la cabeza la posibilidad de que tú hubieras planificado su muerte. A fin de cuentas, dijiste algo sobre empujarlo desde un peñasco. —Hizo una pausa y luego preguntó—: No se lo has contado a la policía, ¿verdad?

—No tengo nada que contar, Binky. No sé qué ocurrió. Lo único que sé es que por la mañana estabas allí y cuando volví por la tarde había un cadáver en nuestra bañera y tú te habías esfumado. Es más, ya que, me guste o no, parece que estoy implicada en esto, no me importaría saber la verdad.

—Yo tampoco tengo ni idea, tesoro.

—Entonces, ¿no habías quedado en encontrarte con De Mauxville en casa?

—En absoluto. De hecho, eso es lo más extraño: me llamaron del club para decirme que un tipo quería verme cuanto antes. Fui, pero allí nadie mostró el menor interés por mí. Volví a casa, subí, me pregunté dónde había puesto el peine, fui al cuarto de baño y vi a alguien en la bañera. Intenté sacarlo; acabé empapado y me di cuenta de que estaba muerto. También me di cuenta de quién era y, aunque no sea el hombre más inteligente del mundo, de que el asunto tenía ramificaciones.

—Así que alguien te hizo salir de casa recurriendo a una mentira, llevó a De Mauxville a nuestra casa y lo mató —concluí.

—Eso debió de pasar, sí.

—¿Cómo era la voz de quien te llamó?

—No sé..., llegaba un poco amortiguada. Dijo que llamaba desde el club y di por hecho que sería uno de los conserjes. Solo conservan la mitad de los dientes y no siempre es fácil entenderlos.

—Entonces, ¿era una voz inglesa?

—¿Qué? Ah, sí, sin duda, sí. Oh, ya veo. Te refieres a que en realidad quien me llamó no era un empleado del club, sino un impostor. ¡Qué treta tan infame! De modo que alguien quería ver muerto a De Mauxville, pero... ¿por qué matarlo en nuestra casa?

—Para implicarte, o para implicarnos a los dos.

—¿Quién demonios querría hacer eso?

Miró por la ventanilla mientras esperábamos en la esquina de Baker Street. Yo miré hacia el otro lado de la calle, donde debería estar el número 221B, y deseé que hubiera sido real. Un buen detective era justo lo que necesitaba en esos momentos.

—¿Crees que ya habrán encontrado el documento? —preguntó Binky con un hilo de voz.

—Pues es que... destruí el original. Fue lo primero en lo que pensé. Le registré los bolsillos, lo encontré y lo tiré al inodoro.

—¡Georgie, eres genial!

—No tan genial: olvidé que nuestros abogados tienen una copia y que podría haber más en otros sitios.

—¡Oh, cáspita! No había caído en eso. Las cosas se pondrán feas para los dos si la policía encuentra una copia, ¿verdad?

—Se pondrán feas para ti, Binky. Tú eres el que huyó de la escena del crimen. Eres el que tiene suficiente fuerza como para haberlo ahogado.

—Oh, vamos, tesoro. Sabes que no voy por ahí ahogando a gente, ni siquiera a canallas como De Mauxville. ¿No crees que puedo decirle a la policía que me fui de la ciudad antes de que pasara todo esto?

—No. No voy a mentir por ti, Binky. Además, muchas personas sabrán con exactitud cuándo te fuiste: conserjes, taxistas, revisores. La gente se fija en un conde de viaje, ¿sabes?

—¿En serio? ¡Oh, maldición! ¿Qué crees que debería hacer?

—Por desgracia, te vieron volver a la casa de Rannoch y después salir y marcharte en un taxi, así que no podrás alegar que estabas en el club ni que ya te habías ido. Supongo que podrías decir que no subiste a la segunda planta (porque tenías previsto tomar el tren del mediodía a Escocia) y que solo volviste para coger la maleta, que habías dejado en el vestíbulo. Eso podría funcionar.

—No me creerán, ¿verdad? —Suspiró—. Y descubrirán la existencia del documento y estaré sentenciado.

Le di unas palmadas en la mano.

—Solucionaremos esto de un modo u otro. Todos los que te conocemos testificaremos que no eres un hombre violento.

—Lástima que sea sábado. Tendremos que esperar hasta el lunes para hablar con nuestros abogados.

—¿Crees que conseguiremos convencerlos para que no hablen del documento?

—No lo sé. —Binky se pasó las manos por su rebelde cabellera—. Esto es una pesadilla, Georgie. No le veo salida.

—Tendremos que encontrar a quien lo hizo. Ahora piensa, Binky. Cuando saliste de casa, ¿cerraste con llave?

—No estoy seguro. Nunca me fijo en si cierro con llave o no porque siempre hay sirvientes cerca.

—De modo que el asesino podría haber subido la escalinata de la entrada y accedido a la casa sin mayor problema. ¿Te fijaste en si había alguien en la plaza cuando te marchaste?

—No sabría decirlo. Los habituales..., chóferes esperando, niñeras con carritos... Creo que di los buenos días a ese viejo coronel de la casa de la esquina.

—¿Y limpiacristales? —pregunté—. ¿Había alguien limpiando ventanas cuando fuiste a casa?

—Nunca me fijo en los limpiacristales. Quiero decir que... nadie se fija en ellos, ¿no?

—¿Tienes idea de qué empresa de limpieza trabaja en la plaza?

—No... Es la señora McGregor quien se encarga de las facturas. Lo tendrá anotado en el diario doméstico, pero es probable que se lo llevara a Escocia.

—Debemos averiguarlo —dije—. Podría ser importante.

—¿Importantes los limpiacristales? ¿Crees que vieron algo?

—Quiero decir que el asesino podría haberse disfrazado de limpiacristales para acceder a la casa.

—Ah, ya veo. ¿Sabes?, eres un hacha, Georgie. Qué lástima que seas tú la inteligente, estoy seguro de que habrías gobernado de maravilla el castillo de Rannoch.

—Me temo que me va a hacer falta toda la inteligencia del mundo para sacarnos de este lío.

Binky asintió con aire lúgubre.

El taxi se detuvo frente a la imponente entrada del Brooks. El achacoso conserje bajó renqueante la escalinata para coger la bolsa de Binky.

—Bienvenido de nuevo, su señoría —saludó—. Permítame ofrecerle mi conmiseración en un momento tan perturbador. Hemos estado muy preocupados por su integridad. La policía ha venido a preguntar por usted en más de una ocasión.

—Gracias, Tomlinson. No se preocupe, pronto se aclarará todo.

Me dirigió una sonrisa valerosa y siguió al anciano hacia el edificio. Y me dejó sola en la acera.

CAPÍTULO DIECIOCHO

De nuevo en el sofá de Belinda Warburton-Stoke
De nuevo sábado, 30 de abril de 1932

Esperé a que Binky reapareciera, pero no lo hizo. De verdad, los hombres son incorregibles, viven absortos en sí mismos desde que nacen. Yo lo atribuyo a la educación de un colegio privado. Si lo detenían, le estaría bien empleado, pensé, y al instante me desdije: no podía esperarse más de nadie que hubiera pasado directamente de los rigores de la escuela Gairlachan al Brooks.

Me quedé allí, frente a la entrada del club, viendo un desfile de taxis y Rolls-Royce que llevaban a gente distinguida a recepciones nocturnas, y traté de elucubrar qué me convenía hacer a continuación. Belinda tenía previsto salir. La casa de Rannoch estaba abarrotada de policía y periodistas. Empezaba a sentirme bastante perdida y abandonada cuando oí una sirena y un coche de la policía se detuvo a mi lado. De él se apeó el inspector Sugg, que se llevó una mano al sombrero.

—Buenas noches, señorita. Tengo entendido que su hermano acaba de regresar a la ciudad.

—Así es, inspector. Ha entrado en el club hace un instante.

—Quisiera hablar un momento con él, si es posible, antes de que se instale y se prepare para pasar la velada —dijo, y se encaminó hacia la puerta.

«Buena suerte», pensé, y confié en que lo despacharan de ese bastión como habían hecho conmigo. Sin embargo, Binky reapareció enseguida con el inspector Sugg pisándole los talones.

—Vamos a Scotland Yard para charlar un rato —informó el inspector—. Por aquí, señor, por favor.

—Es «su excelencia» —lo corrigió Binky.

—¿Perdón?

—El tratamiento correcto para un duque es «su excelencia».

—Ah, ¿sí? —El inspector Sugg no estaba nada impresionado—. No he tenido el placer de detener a muchos duques en mi trayectoria profesional. En el asiento trasero, si no le importa.

Binky me miró aterrado.

—¿Tú no vienes?

—Creía que no me necesitabas —contesté, aún resentida por su falta de sensibilidad.

—¡Santo Dios, sí! ¡Claro que te necesito!

—Su presencia también podría resultar de ayuda, señorita —dijo Sugg—. Han salido a la luz ciertos hechos...

«Sabe lo del documento», pensé. Binky se apartó un poco para hacerme sitio en el coche.

—Ah, y para su información, sargento, mi hermana es «su señoría».

—Ah, ¿sí? Y yo soy «inspector», no «sargento».

—Oh, ¿en serio? —Binky esbozó una sonrisa ínfima—. Asombroso.

A veces creo que no es tan obtuso como aparenta. Nos pusimos en camino, con la sirena apagada, gracias al cielo. Pero fue una sensación muy extraña cruzar las puertas de New Scotland

Yard. A mi mente acudieron imágenes de mis antepasados dirigiéndose a la Torre, aunque sabía que en Scotland Yard no había mazmorras ni potros de tortura. Nos escoltaron por una escalera hasta una sala pequeña y lúgubre que daba a un patio y olía a humo rancio. El inspector me ofreció una silla en un extremo de la mesa. Me senté, y Binky hizo lo propio. El inspector nos observó con un aire bastante complacido, o eso me pareció.

—Hemos estado buscándolo, su excelencia —dijo enfatizando las dos últimas palabras—. Por todas partes.

—No era difícil encontrarme —repuso Binky—. Estaba en casa, en Escocia. Me fui ayer y me ha supuesto un considerable trastorno tener que volver porque un hombre decidiera ahogarse en mi bañera.

—No se ahogó él solo, señor. Creemos que alguien lo ayudó. ¿Era amigo suyo?

—En realidad, no puedo afirmar eso, inspector, ya que no he tenido la oportunidad de ver al canalla en cuestión.

Miré a Binky. La regia y antigua sangre de los Rannoch ciertamente aflora en momentos de crisis. Sus palabras equivalían a: «No le encuentro la gracia».

—¿Me está diciendo que en realidad no vio el cuerpo en su bañera?

—En efecto. Así es. Eso es justo lo que estoy diciendo.

Volví a mirarlo. Quizá se estaba excediendo un poco con la vehemencia. El policía parecía opinar lo mismo.

—Si no lo vio en la bañera, señor, ¿cómo sabe que era un canalla?

—Cualquiera que tenga el valor de morir en mi bañera sin mi permiso por fuerza ha de ser un canalla, inspector —contestó Binky—. Para su información, solo he sabido de este asunto cuando mi hermana me ha llamado para comunicarme la noticia.

—Si le digo que el nombre del caballero es Gaston de Mauxville, ¿le suena?

—¿De Mauxville? Sí, conozco ese nombre. —Volvía a parecer demasiado acalorado.

—Creo que nuestro difunto padre también lo conocía, ¿verdad? —intervine.

—De Mauxville. Sí. Coincidí con él en una o dos ocasiones.

—¿En fechas recientes?

—No mucho.

—Ya veo. Entonces, ¿le sorprendería saber que en la habitación del hotel donde se alojaba el caballero encontramos una nota en la que usted lo invitaba a personarse a las diez y media en su domicilio de Londres para tratar un asunto de suma urgencia?

—No solo me sorprende, sino que además puedo asegurarle que yo no escribí tal nota —replicó Binky con su mejor tono ducal. Nuestra bisabuela habría vuelto a sentirse orgullosa.

—Casualmente, tengo la nota aquí. —El inspector abrió una carpeta, sacó un papel y lo colocó frente a nosotros—. Alguien dejó esto en persona en el Claridge's ayer por la mañana, y después se lo llevaron a monsieur a su habitación.

Binky y yo miramos la nota.

—Es falsa, no cabe duda —dijo él.

—¿Y cómo puede saberlo, señor?

—Para empezar, yo solo escribo en papel de correspondencia oficial, el que lleva estampado el blasón de la familia. Este es barato, del que venden en Woolworths.

—Y por otra parte —tercié yo—, al pie pone «Hamish, duque de Rannoch». Cuando remite cartas a personas de nuestra categoría social, mi hermano firma con un simple «Rannoch», y si tuviera que incluir su título completo, sería «Duque de Glen Garry y Rannoch».

—Y aún más, no es mi letra —añadió Binky—. Se parece, lo reconozco. Alguien ha intentado imitarla, pero yo no trazo las eses así.

—Entonces sostiene que no envió usted esta nota.

—En efecto.

—¿Y qué ocurrió cuando el caballero se personó ante su puerta?

—No tengo la menor idea, no me encontraba en casa. Déjeme pensar... ¿Dónde estaba?

—Tenías previsto volver a Escocia, Binky —le recordé.

—Cierto. Tenía preparado el equipaje en el vestíbulo cuando recibí una llamada pidiéndome que fuera al club con carácter de urgencia. Como es lógico, fui de inmediato, y me aseguraron que nadie me había convocado desde allí. Comenté el misterio con un par de amigos y luego volví a la casa de Rannoch a tiempo para coger la maleta y tomar un taxi hacia la estación. —Parecía estar recitando un guion, como en una función escolar.

—Qué contrariedad, señor.

—Es «su excelencia».

—Lo que usted diga, señor. —Nos miró alternativamente a mi hermano y a mí—. ¿Saben lo que creo?, creo que los dos están juntos en esto. ¿Por qué iban a venir a Londres un duque y su hermana sin ningún miembro del servicio si no fuera por un asunto turbio?

—Ya le he dicho que dejé en casa a mi doncella y que aún no he tenido tiempo de contratar a otra —contesté—, y mi hermano vino por negocios y solo tenía previsto pasar aquí un par de días. Almorzó y cenó en el club.

—Pero ¿quién lo vestía? —El inspector sonreía satisfecho—. ¿Acaso ustedes, los de clase alta, no precisan de un ayuda de cámara para vestirse?

—Cuando uno va a una escuela como Gairlachan, aprende a arreglárselas solo —contestó Binky con voz gélida.

—Además —intervine—, ¿por qué motivo habríamos querido el duque y yo matar a un francés desconocido?

—Se me ocurren muchos, su señoría. —El tono de estas dos últimas palabras rebosaban sarcasmo—. Se sabe que ese hombre era jugador. La semana pasada se le vio en uno de los tugurios de peor reputación de la ciudad. Quizá su hermano había acumulado deudas de juego que no estaba en condiciones de saldar...

—Mi apreciado señor —barboteó Binky al tiempo que se ponía en pie—, apenas si consigo sufragar el mantenimiento de mi hogar en Escocia. Alimentar a mi ganado y a mi personal consume hasta el último penique de mis magros ingresos. No podemos caldear la casa. Vivimos en una frugalidad inconcebible. ¡Le aseguro que jamás he jugado ni apostado!

—De acuerdo, señor. Aún no se ha acusado a nadie de nada, tan solo estamos colocando las piezas del rompecabezas. Creo que esto es todo por el momento, pero volveremos a hablar. ¿Se alojarán en su casa... sin sirvientes?

—Yo me instalaré en el club —contestó Binky—, y lady Georgiana, en casa de una amiga, según tengo entendido.

—Estaremos en contacto, señor. —El inspector se levantó—. Gracias a los dos por venir.

La entrevista concluyó.

—Me parece que ha ido bastante bien, ¿verdad? —dijo Binky cuando salimos de Scotland Yard.

¿«Bastante bien»? Era como si nuestro antepasado el Gentil Príncipe Carlos afirmara que consideraba que la batalla de Culloden había ido bastante bien. Me pregunté si los hombres de nuestro linaje eran optimistas redomados o sencillamente obtusos.

A la mañana siguiente me desperté con una considerable tortícolis y vi a Belinda cruzar el salón de puntillas.

—Has madrugado —dije, adormilada.

—Querida, aún no me he acostado..., aunque sería más correcto decir que aún no me he acostado en mi cama.

—Entonces, ¿el surtido de varones era mejor que el de la otra noche?

—Mucho mejor, cielo.

—¿Vas a darme más detalles?

—Eso sería una indiscreción. Te bastará con saber que ha sido divino.

—¿Y volverás a verlo?

—Nunca se sabe. —De nuevo una sonrisa ensoñadora mientras subía la escalera—. Me voy a dormir. Por favor, no me despiertes ni aunque aparezca un cadáver en mi bañera. —Llegó al último escalón y se volvió hacia mí—. Esta noche hay una fiesta fabulosa en un barco. Un barco auténtico, a motor. Iremos por el Támesis hasta Greenwich y haremos un pícnic. Estás invitada, por supuesto.

—Oh, no creo que...

—Georgie —me interrumpió—, después de todo lo que has tenido que soportar, necesitas divertirte. Desmelénate un poco. Además, hay ciertas personas que se sentirán muy decepcionadas si no apareces.

—¿Qué personas?

Ahora una sonrisa beatífica. Se llevó una uña carmesí a los labios.

—Ah, eso sería chivarme. Tomaremos un taxi a las cinco. Nos vemos entonces. Buenas noches.

Y desapareció, dejándome con la incógnita de quiénes esperaban verme. Seguramente serían fisgones con ansias de conocer detalles morbosos del asesinato, pensé furiosa. No iría. Pero… la idea de navegar por el Támesis y celebrar un pícnic en un parque parecía tan idílica… ¿Cuánto hacía que no me divertía de verdad?

En fin. El caso es que antes de hablar con Belinda ya había decidido qué hacer: acudiría a la única persona que podía serme de verdadera ayuda: mi abuelo. Era un Primero de Mayo glorioso y soleado; los árboles florecían, los pájaros trinaban como posesos y las palomas se arremolinaban en bandadas. De hecho, era uno de esos días en que una se alegra de estar viva. Tomé el tren en dirección a Upminster Bridge y subí la pendiente hasta la casa de mi abuelo. Cuando abrió la puerta y me vio, dio la impresión de estar mitad complacido mitad sorprendido.

—¡Bueno, que me aspen! —exclamó—. Hola, cariño. Me has tenido con el alma en vilo. Lo he leído en el periódico esta mañana. Pensaba ir a llamarte desde el teléfono público.

—No habría servido de mucho. He dejado la casa de Rannoch unos días, aquello está repleto de policía y periodistas.

—Claro, es comprensible, es comprensible —dijo—. Bueno, no te quedes ahí. Pasa, pasa. Qué noticia tan terrible. ¿Cómo ocurrió? ¿Bebió demasiado?

—No, me temo que lo mataron —contesté—. Pero ni Binky ni yo tenemos la menor pista de quién lo hizo. Por eso he venido a verte, tú fuiste policía.

—Ah, sí, pero solo hacía la ronda, cielo. Un humilde poli de ronda arrastrando los pies, eso es lo que fui.

—Pero seguro que participaste en investigaciones policiales, sabrás cómo funcionan estas cosas.

Se encogió de hombros.

—No veo en qué podría ayudar. ¿Te apetece un poco de Rosie Lee? —preguntó. Le gustaba utilizar la variante *cockney* para referirse al té.

—Sí, por favor. —Me senté a la diminuta mesa de la cocina—. Abuelo, estoy preocupada por Binky. Es el sospechoso más evidente, y que se marchara a Escocia después de encontrar el cuerpo no lo ayudará.

—¿Tu hermano tenía algún lazo con el hombre asesinado?

—Por desgracia, sí, tenía uno... bastante prieto. —Y le hablé del documento.

—Oh, cielo santo. Madre mía. No pinta nada bien, ¿eh? ¿Y estás segura de que tu hermano te dice la verdad?

—Completamente. Conozco a Binky. Cuando miente se le ponen las orejas rojas.

El abuelo cogió el sibilante hervidor y vertió agua en la tetera.

—Creo que deberías averiguar quién más sabía que ese tipo iba a venir a Londres, con quién tenía previsto encontrarse durante su estancia aquí.

—¿Y cómo vamos a averiguarlo?

—¿Dónde se alojaba?

—En el Claridge's.

—Bien, eso facilita las cosas, mucho más que si se hubiera alojado en una casa particular. Los hoteles de categoría lo saben todo de sus huéspedes: quién los visita, adónde van en taxi... Podríamos ir a hacer unas cuantas preguntas. Y también a echar un vistazo a su habitación.

—¿De qué serviría eso? ¿Y no la habrá registrado ya a fondo la policía?

—Te sorprendería lo que la policía no considera importante.

—Pero ya hace dos días que lo asesinaron. ¿No se habrán llevado sus cosas y la habrán limpiado?

—Es posible, pero, por experiencia, no suelen darse prisa con eso, sobre todo en fin de semana. Querrán asegurarse de no pasar nada por alto. Y una vez que hayan entregado sus efectos personales en el juzgado, estarán custodiados en algún sitio hasta que se dé la orden de entregarlos a sus herederos.

Negué con la cabeza; tenía la sensación de estar a punto de someterme a un examen difícil.

—Aunque sus cosas sigan en la habitación, ¿quién nos dejaría entrar? Les parecerá muy sospechoso que pida algo así.

El abuelo me miró de medio lado con ese gesto pícaro tan *cockney*.

—¿Quién ha hablado de pedir nada?

—¿Estás insinuando que me cuele en la habitación?

—O que encuentres una manera de entrar en ella...

—Puedo conseguir un uniforme de doncella —dije, cautelosa—. Nadie se fija nunca en las doncellas, ¿verdad?

—Exacto.

—Pero, abuelo, seguirá siendo un allanamiento...

—Mejor eso que acabar colgando de una soga, cariño. Como exmiembro del cuerpo, no debería estar alentándote a hacer esto, pero me parece que tu hermano y tú estáis en un buen aprieto y hay que recurrir a medidas desesperadas. Me acercaré a charlar con el conserje y los botones, quizá alguno aún me recuerde de mis rondas.

—Eso sería genial. Y otra cosa: necesito saber si el viernes había limpiacristales trabajando en la plaza, y, en tal caso, quiénes eran. Lo preguntaría yo misma, pero con todos esos periodistas...

—Olvídate de eso, cariño, yo me encargo. Y te diría que te quedaras a almorzar, pero le prometí a mi vecina viuda que iría a su casa. Me ha invitado muchas veces y siempre he rehusado, pero un día pensé: «¿Por qué no? ¿Qué hay de malo en tener un poco de compañía?».

—Muy bien pensado. —Alargué una mano por encima de la mesa y tomé la suya—. ¿Cocina bien?

—No tan bien como tu abuela, pero no se le da mal. Nada mal.

—Disfruta del almuerzo, abuelo.

Me miró como apocado.

—No puedo interesarle por el dinero —dijo con una risa ronca—, así que debe de ser mi atractivo. ¿Nos vemos mañana, entonces? Investigaré sobre esos limpiacristales y luego iremos al Claridge's.

—Vale —contesté con un nudo en el estómago.

Fingir ser una doncella para acceder a una habitación ajena era un asunto serio. Si me pillaban, en lugar de contribuir a la causa de Binky estaría perjudicándola.

CAPÍTULO DIECINUEVE

Casa de Belinda y, después, casa de Darcy
Domingo, 1 de mayo de 1932

Belinda se levantó poco antes de las cinco y cuando bajó estaba sensacional: pantalones rojos y chaqueta entallada negra. Eso me recordó que yo no tenía nada que ponerme, ni siquiera de haber podido entrar en la casa de Rannoch, algo que parecía improbable. Le transmití mi lamento a Belinda, que en el acto abrió su armario y me asignó un maravilloso conjunto marinero que consistía en una falda blanca y una americana azul con ribete blanco. Cuando me miré en el espejo, el resultado me pareció bastante satisfactorio.

—¿Estás segura de que no quieres ponértelo tú? —pregunté.

—¡Dios, no! No puede decirse que esté de moda, querida. Tú puedes llevarlo, claro, pero si me vieran en Cowes con eso, mi reputación se iría al traste.

Pensé que era muy probable que su reputación ya se hubiera ido al traste.

—Andando, pues —dijo, y me tomó del brazo.

—Belinda, te agradezco mucho todo lo que estás haciendo por mí.

—No hay de qué, querida. Me habrían expulsado varias veces de Les Oiseaux si no me hubieses rescatado. Y ahora necesitas una buena amiga.

No podía estar más de acuerdo. Tomamos un taxi en dirección al muelle del embarcadero de Westminster, aunque sospechaba que a ninguna de las dos le sobraba dinero para desperdiciarlo en taxis. Pero, como dijo Belinda, era importante llegar de la forma adecuada, y así lo hicimos.

El barco/buque/yate amarrado en el muelle era grande y alargado, más que cualquier navío a motor de cuantos había visto hasta entonces, una especie de transatlántico pequeño. Sobre la cubierta posterior (¿se llama «popa»?, no estoy muy versada en terminología náutica) se había tendido un toldo. Un gramófono emitía música y varias parejas bailaban ya alegremente. Me quedé tan embelesada con la escena a bordo que estuve a punto de enredarme un pie con un cabo que había en lo alto de la escalerilla, y me habría despatarrado de no haber sido por los reflejos de Belinda.

—Cuidado —dijo—. Por favor, no llegues con la cabeza por delante... Ahora baja de espaldas y mira bien dónde pisas. No quisiera tener que sacarte del Támesis como si fueras un pez.

—Lo intentaré. ¿Crees que algún día superaré mi torpeza?

—Más bien no —contestó Belinda, sonriente—. Si las clases de buena conducta y de gimnasia en Les Oiseaux y las ascensiones a esos peñascos escoceses no te han curado ya, diría que estás condenada a ser torpe de por vida.

Bajé con cautela. No había llegado al final de la escalera cuando unas manos me tomaron por la cintura y me posaron en el suelo.

—Vaya, vaya, mira quién ha venido —dijo una voz conocida: ahí estaba Darcy con un aspecto abrumador: camisa blanca con el cuello abierto y pantalones de marinero arremangados—. Me alegro de que Belinda te haya convencido.

—Yo también —balbucí, porque sus manos seguían en mi cintura. Para mi irritación, noté que me ruborizaba.

—¿Y a mí no vas a ayudarme, Darcy? —preguntó Belinda.

Darcy me soltó.

—Si así lo deseas..., aunque te creía capaz de hacerlo casi todo a la perfección.

Hubo algo en la rápida mirada que intercambiaron que no supe interpretar. Se me ocurrió que quizá la cama que ella había compartido la noche anterior hubiera sido la de Darcy. Me sorprendió el arrebato de celos que sentí, pero, razoné, ¿por qué habría insistido tanto Belinda en que fuera a esa fiesta si lo quería solo para ella?

—Ven, que conocerás a nuestro anfitrión —dijo, tirando de mí—. Eduardo, esta es mi buena amiga Georgiana Rannoch. Georgie, te presento a Eduardo Carrera, argentino.

Me encontraba ante un caballero en extremo sofisticado, de unos treinta años, con el pelo castaño oscuro y liso, bigote a lo Ronald Colman, y americana y pantalón de franela de impecable estilismo.

—Señor Carrera. —Le tendí la mano, y él se la llevó a los labios.

—Encantado de darle la bienvenida a bordo de mi pequeño carcamán, lady Georgiana —dijo en un perfecto inglés sin un ápice de acento extranjero.

—¡Pequeño carcamán! —Me reí—. ¿Ha venido navegando desde Argentina?

—No, solo desde la isla de Wight, aunque podría cruzar el Atlántico con este barco. No he vuelto a mi país desde que mis padres me enviaron a Eton. Sé que algún día tendré que regresar para hacerme cargo de los negocios familiares, pero hasta entonces intento disfrutar al máximo de los placeres que Europa ofrece a sus visitantes. —Siguió mirándome un momento, y después miró a Belinda con una expresión de lo más sugerente—. Permítanme que les sirva un poco de champán.

Belinda me dio un codazo en cuanto se alejó.

—¿Ves ahora a lo que me refería cuando te hablé de extranjeros encantadores? Cualquier inglés te diría: «Eh, qué hay, tesoro», y se pondría a hablar de críquet o, a lo sumo, de caza.

—Es muy apuesto.

—Su madre es argentina de origen inglés. Entre las dos familias poseen la mitad de su país. No es un mal partido, en absoluto.

—¿Estás intentando pescarlo o me estás insinuando que le tire yo la caña? —susurré.

Belinda sonrió.

—Aún no me he decidido, así que tienes carta blanca. Mi teoría es que en el amor y en la guerra siempre vale todo. —Volví a preguntarme si se referiría a Darcy.

—¿Dónde conociste a Darcy? —pregunté, sin poder evitarlo—. ¿En la fiesta de anoche?

—¿Qué? —Parecía distraída—. ¿Darcy? Ah, sí. Estaba allí. Me parece un poco granuja para ti, Georgie, pero, aun así, puedo asegurarte que le interesas. Me hizo un millón de preguntas.

—¿Qué quería saber?

—Ah, nada en particular. Todo el mundo especulaba sobre el asesinato, por supuesto. Y todos estaban de tu parte, por cierto. Ninguno de los invitados creía capaz a Binky de ahogar a nadie en una bañera.

—¿Sospechaban de alguien en particular?

—No, pero está claro que De Mauxville no era el hombre más popular del mundo. Todos coincidían en que hacía trampas a las cartas y que su conducta no era la de un caballero. Así que no me parece descabellado pensar que tenía unos cuantos enemigos.

—¿Alguna idea de quiénes podrían ser?

—Si te refieres a si alguien confesó ser el autor del crimen, la respuesta es no. Es posible que el asesino no tenga el menor vínculo con nuestro entorno social. Si De Mauxville se relacionaba con delincuentes, podría haberse tratado de una reyerta entre ladrones.

—Cielos, no se me había ocurrido esa posibilidad —dije—. Pero no tendremos modo de espiar a delincuentes.

—¿Todo el mundo tiene una copa en la mano? —voceó Eduardo—. Bien. Siéntense y sujétense, vamos a soltar amarras.

—Sentémonos aquí, en un lateral, para disfrutar de esta brisa celestial —sugirió Belinda; se encaramó a la borda y apoyó los pies en el asiento de teca. La imité al instante—. Por lo poco que conozco a Eduardo, estoy segura de que vamos a ir a mucha velocidad. También pilota coches de carreras, y vuela.

—¿Como Peter Pan?

Belinda se rio.

—En avión, querida. Un avión pequeñito y monísimo. Me ha prometido llevarme con él un día.

El motor cobró vida con un rugido e hizo vibrar toda la embarcación.

—¡Listos para zarpar! —gritó Eduardo mientras alguien se afanaba en desatar los cabos que mantenían el barco amarrado al muelle.

Nos pusimos en movimiento con tal ímpetu y brusquedad que me vi despedida hacia atrás. Intenté en vano sujetarme a la pulida borda mientras salía volando hacia el gélido río. De pronto, el agua se revolvía furiosa a mi alrededor y las potentes hélices bramaban en mis oídos. Contuve el aliento y conseguí abrirme paso hasta la superficie. Sé nadar bien, por lo que no sentí un particular miedo hasta que advertí que estaba siendo arrastrada. Algo se me había enredado con fuerza en un tobillo, y la rapidez a la que me desplazaba me impedía alcanzarlo. Pugné por mantener la cabeza fuera del agua para gritar, pero era imposible hacerlo sin tragar agua. Alguien tenía que haberme visto caer, en el barco había estado rodeada de gente. Belinda iba sentada a mi lado. Sacudí las manos, frenética. Entonces oí un chapuzón y unos brazos fuertes me rodearon, y, gracias al cielo, alguien apagó el motor. Cuando me senté en la cubierta, jadeando y tosiendo como un pez recién pescado, todos corrieron hacia mí.

—¿Estás bien? —preguntó Darcy, y por su ropa empapada deduje que era uno de los que se habían lanzado al agua para salvarme.

—Creo que sí —contesté—. Solo ha sido el susto.

—Tienes suerte de no haberte golpeado la cabeza contra el costado del barco al caer —dijo otra voz, y al levantar la mirada vi la figura envarada de Whiffy Featherstonehaugh—, porque te habrías ido al fondo y es posible que no te hubiéramos encontrado nunca. —Me estremecí. Whiffy me dio unas torpes palmadas en el hombro—. En cualquier caso, mi querida Georgie, lamento informarte de que en el Támesis no hay peces lo bastante grandes como para que sirvas de anzuelo —añadió; la típica forma inglesa de mostrar compasión. Reparé en que su ropa estaba seca.

Eduardo apareció con una manta en una mano y una copa de *brandy* en la otra.

—Lo siento muchísimo —se excusó—. No consigo entender cómo ha podido pasar.

—En fin, así es Georgie —terció Belinda mientras ayudaba a cubrirme los hombros con la manta—. Todo le pasa a ella. Es un poco propensa a los accidentes.

—En tal caso, iré con cuidado con los albatros en la travesía —repuso Eduardo—. Acompáñeme al camarote, le buscaré ropa seca.

—De modo que ahora casi tienes que ahogar a una chica para conseguir llevarla a tu camarote, ¿eh, Eduardo? —bromeó alguien.

Todo el mundo quitó hierro al episodio, como se suele hacer después de un sobresalto, sea cual sea. Belinda bajó conmigo y me ayudó a ponerme un jersey marinero de rayas y unos pantalones holgados de Eduardo unas cinco tallas más grandes que la mía.

—Sinceramente, Georgie —dijo, riéndose y preocupada al mismo tiempo—, ¿quién además de ti se caería de un barco con el pie enredado en un cabo?

—No sé cómo ha ocurrido —contesté—. Tenía esa cosa horrible atada al tobillo, y muy apretada. Intenté quitármela, pero no pude.

—Voy a vigilarte como un halcón el resto de la travesía — concluyó—. Ahora volvamos a cubierta, a ver si conseguimos que se te seque la ropa.

—La ropa es tuya, y, por cierto, creo que no podría ser menos adecuada para bañarse en el Támesis. El agua tenía un sabor asqueroso.

Darcy nos esperaba tras la puerta del camarote.

—¿Seguro que estás bien? —preguntó—. Dios mío, pareces un mocho. ¿No preferirías que te lleve a casa?

Tenía que reconocer que no me encontraba muy bien. Debía de haber tragado litros de agua del Támesis y seguía temblando, quizá por mis efectos retardados.

—Si de verdad no te importa —contesté—, creo que sería lo mejor, pero no quiero estropearte la velada.

—Por si no te has fijado, yo también estoy calado hasta los huesos —dijo—, y Eduardo no se ha ofrecido a traerme a su camarote para que me seque. —Me reí—. Mucho mejor así, hace nada dabas la impresión de estar a punto de palmarla. Vamos a ver si Eduardo sabe cómo retroceder con este trasto.

Minutos después volvíamos a estar amarrados en el muelle.

—Esta vez ten cuidado con los «líos»... —me advirtió Belinda—. Nos vemos esta noche.

Darcy paró un taxi.

—Belgrave Square, ¿verdad? ¿Qué número? —preguntó.

—No puedo ir a casa —contesté, abatida—. Es posible que la policía siga allí y, de todos modos, está rodeada de periodistas y de cotillas morbosos.

—Entonces, ¿adónde vamos?

—Estos días he dormido en el sofá de Belinda —contesté—. En su casa tengo una muda y podré lavar la ropa que me prestó antes de que sea imposible eliminar la suciedad del Támesis.

—¿Quieres volver a casa de Belinda?

—Ahora mismo no se me ocurre ningún otro sitio. —Me flaqueó la voz—. El problema es que su doncella tiene el día libre y yo solo sé cocinar judías con tomate, y me apetecía mucho un pícnic.

—Te propongo algo —dijo Darcy—: ¿por qué no vamos a mi casa? No me mires así, te prometo que me comportaré como un caballero. Tengo vino bueno en el sótano y conozco un sitio ideal para hacer un pícnic. Yo también estoy a punto de contraer una pulmonía y seguro que no quieres eso, ¿verdad?, menos aún después de haberme lanzado a ese apestoso río para rescatarte.

—Imposible rechazar semejante oferta. Suena mucho mejor que unas judías con tomate.

El taxi nos llevó en dirección a Chelsea y se detuvo frente a una casa blanca y azul bastante pequeña y con los postigos cerrados.

—Ya hemos llegado —anunció Darcy.

Abrió la puerta principal y me cedió el paso a un salón diminuto. Ni cabezas ni escudos en las paredes, ningún retrato de antepasados, tan solo dos cuadros modernos y sofás cómodos. «Así es como viven las personas corrientes», pensé con una punzada de envidia, y me imaginé compartiendo con Darcy una casa como aquella, y cocinando y limpiando y...

—Dame un momento, voy a cambiarme —dijo—. Si quieres lavar la ropa, hay un fregadero en la trascocina.

Vivir sola en la casa de Rannoch me había permitido aprender cosas como dónde suele encontrarse la trascocina. Crucé una cocina pequeña y limpia, y allí estaba. Llené de agua el fregadero (¡agua caliente!, ¡oh, qué bendición!; estuve a punto de sumergirme yo también en ella) y metí la ropa. Cuando la saqué, observé que la falda blanca había adquirido un tono azul claro, pero confiaba en que lo perdiera cuando se secara. Abrí la puerta en busca de un sitio donde colgarla y me encontré frente al Támesis. Estaba en un jardín modesto pero bonito, con una parcela de césped diminuta y un árbol al que acababan de brotarle las hojas; detrás había un embarcadero. Me quedé allí extasiada hasta que Darcy me encontró.

—Ahora ya has visto dónde viven los plebeyos. No está mal, ¿eh?

—Es encantadora. ¿Me dijiste que te la habían prestado?

—Sí, yo no puedo permitirme una casa como esta. Es de un primo lejano que pasa los veranos navegando con su yate por el Mediterráneo. Por suerte, y gracias al concepto católico del control de la natalidad, tengo primos por toda Europa. Espérame aquí, voy a buscar vino y a improvisar algo de comer.

Al lado estábamos sentados en unas tumbonas en aquel pequeño jardín con vino blanco fresco, varios quesos curados, pan crujiente y uvas. Era una tarde cálida y el sol de poniente se reflejaba en los viejos ladrillos de las paredes. Comí y bebí un momento en silencio.

—Esto es el paraíso —afirmé—. ¡Un hurra por todos tus primos!

—Hablando de primos, he oído que el pobre Hubert Anstruther no vivirá mucho. Dicen que está en coma.

—¿Lo conoces?

—Fui a escalar con él un par de veces a los Alpes. No me pareció de los que se dejarían arrastrar por un alud.

—Tristram está desolado. Sir Hubert era su tutor, ¿sabes?

Soltó un gruñido por toda respuesta.

—Ni sir Hubert ni Tristram son parientes míos —proseguí—. Mi madre estuvo casada con sir Hubert hace muchos maridos, lo que durante un tiempo hizo que estuviéramos más o menos emparentados, eso es todo.

—Entiendo. —Hubo un silencio largo mientras Darcy servía otras dos copas de vino—. Entonces, ¿ves con frecuencia al idiota de Hautbois?

—Darcy, creo que estás celoso.

—Solo intento protegerte, nada más.

Decidí contraatacar.

—Por lo que sé, anoche coincidiste en una fiesta con Belinda.

—¿Belinda? Sí, estaba allí. Qué genial es..., nos divertimos mucho. Es tan desinhibida...

—Me dijo que tal vez seas demasiado granuja para mí. —Hice una pausa—. Me pregunto cómo lo sabrá.

—¿En serio te lo preguntas? Eso es bastante significativo...

—Sonrió ante mi evidente incomodidad y luego se inclinó un

poco hacia mí—. ¿Vas a dejar que te bese esta noche? ¿Aunque sea un granuja?

—Recuerda que prometiste comportarte como un caballero.

—Sí, cierto. Acércame la copa, te serviré un poco más de vino.

—¿Estás intentando emborracharme para aprovecharte de mí? —pregunté; mis propias inhibiciones se habían derretido milagrosamente con las primeras copas de vino.

—No creo en esas argucias. A mí me gusta que las mujeres estén bien despiertas para que disfruten al máximo de la experiencia. —Sus ojos, por encima de su copa alzada, flirteaban conmigo. Y yo era muy consciente de esas inhibiciones derritiéndose.

Hice el conato de levantarme.

—Empieza a refrescar aquí fuera, ¿verdad? ¿No crees que deberíamos entrar?

—Buena idea.

Cogió las dos copas y la botella de vino, que también milagrosamente estaba vacía, y me precedió hacia la casa. Lo seguí con los restos de la comida. Estaba dejándola en la encimera de la cocina cuando sus brazos rodearon mi cintura.

—¡Darcy!

—Siempre me ha parecido mejor pillaros por sorpresa —susurró, y empezó a besarme el cuello de un modo que hizo que me flaquearan las rodillas.

Me volví hacia él y sus labios se desplazaron hasta los míos. Me habían besado muchas veces antes, detrás de las macetas con palmeras en los bailes de debutante, en los asientos traseros de taxis de camino a casa. Incluso había jugueteado en alguna ocasión con las manos, pero nada me había hecho sentir aquello. Mis brazos rodearon su cuello y le devolví el beso. De alguna forma, mi cuerpo parecía saber cómo corresponderle. El deseo me aturdía.

—¡Ay! — exclamé cuando topé de espaldas contra el mando de un fogón.

—Las cocinas son bastante incómodas, ¿verdad? —Se reía—. Ven, subamos a ver la puesta de sol desde arriba. Las vistas del Támesis son espectaculares.

Me tomó de la mano y me llevó hacia la escalera. Yo flotaba tras él como en un sueño. El ocaso, dorado y glorioso, inundaba el dormitorio y, abajo, las aguas del Támesis centellaban como por efecto de un truco de magia. En ellas se deslizaban cisnes con el plumaje blanco tintado de rosa.

—Esto es el paraíso —repetí.

—Te prometo que lo será aún más —dijo, y empezó a besarme de nuevo.

No sé cómo, estábamos sentados en la cama. Pero ahí fue cuando las campanillas de alarma empezaron a sonar en mi cabeza. Al fin y al cabo, apenas conocía a Darcy. Y era probable que hubiera pasado la noche anterior con Belinda. ¿Era eso lo que quería para mí, un hombre que revoloteaba de chica en chica, de cita en cita? Y otro pensamiento me alarmó aún más: ¿estaba siguiendo los pasos de mi madre? ¿Estaría enfilando ese largo camino que ella había elegido, yendo de un hombre al siguiente, sin hogar, sin estabilidad?

Me incorporé y tomé las manos de Darcy.

—No, Darcy. No estoy preparada para esto —dije—. Yo no soy Belinda.

—Pero te prometo que te gustaría... —replicó.

La forma en que me miraba estuvo a punto de volver a derretir mi determinación. Pensé que sí, que aquello podría gustarme.

—No lo dudo, pero después me arrepentiré. Y con todo lo que está ocurriendo en mi vida ahora mismo, no es el momento adecuado. Además, quiero esperar al hombre que me ame de verdad.

—¿Y cómo sabes que yo no te amo?

—Tal vez hoy sí, pero ¿me garantizas que mañana seguirás amándome?

—Oh, venga, Georgie. Libérate de esa educación regia. La vida está para disfrutar, y da muchas vueltas.

—Lo siento. No debería haberte dejado tomar la iniciativa. Me prometiste que te comportarías como un caballero.

—En cuanto a eso —esbozó una sonrisa perversa—, tu pariente el rey Eduardo fue un perfecto caballero, pero sabe Dios que se acostó con la mitad de las mujeres del reino.

Me miró un instante y se puso en pie con un suspiro.

—De acuerdo, pues. Vamos, llamaré a un taxi para que te lleve a casa.

CAPÍTULO VEINTE

De nuevo en el sofá de Belinda Warburton-Stoke
Lunes, 2 de mayo de 1932

Cuando llegué a casa de Belinda, con más de un atisbo de arrepentimiento, encontré una nota de Binky en la que me pedía que me reuniera con él en el bufete de nuestros abogados a las diez en punto de la mañana siguiente. Si la reunión se alargaba, me complicaría los planes, ya que le había dicho a mi abuelo que almorzaríamos juntos. Para curarme en salud, fui temprano a la casa de Rannoch a coger el uniforme de doncella. Fue una decisión acertada, ya que a esa hora fuera no había ni rastro de policías ni periodistas. Encontré la casa extraña y gélida, aunque ya habían retirado el cadáver del cuarto de baño. Aun así, me sorprendí pasando frente a él de puntillas bajo la vigilante mirada de aquella estatua vengadora.

Al sacar el uniforme del armario, oí una especie de tintineo. Metí la mano en el bolsillo del delantal y allí estaba la figurilla que había roto en casa de los Featherstonehaugh. Habían ocurrido tantas cosas desde entonces que la había olvidado por completo. Oh, cielos, ahora tendría que pensar en un modo de repararla y devolverla a su sitio con discreción. Tan solo esperaba que nadie la hubiera echado en falta entre todas aquellas espadas, dioses y chismes. La guardé en el cajón superior del tocador y metí el uniforme de doncella en una bolsa. Por el camino tendría que buscar unos servicios donde cambiarme.

Estaba a punto de salir cuando sonó el teléfono.

—¿Georgie? —preguntó una voz masculina. Por un segundo creí que era Binky, pero antes de tener tiempo de contestar, la voz prosiguió—: Soy Tristram. Siento llamarte a estas horas. ¿Te he despertado?

—¿Despertarme? Tristram, llevo horas despierta. En realidad, estoy pasando unos días en casa de una amiga; solo he venido un momento para coger unas cosas antes de reunirme con mi hermano y nuestros abogados. Quizá ya hayas oído la noticia...

—La he leído en el periódico. No daba crédito. Qué suceso tan extraño... Tu hermano no es de los que van por ahí liquidando a gente, ¿no?

—En absoluto.

—Entonces, ¿quién habrá sido? Anoche hablé por teléfono con Whiffy y ninguno de los dos conseguíamos imaginar por qué alguien querría dejar un cadáver en la casa de Rannoch. ¿Crees que será una broma macabra?

—No tengo ni idea, Tristram —contesté.

—En cualquier caso, menudo trastorno para ti.

—Sí, está siendo un trastorno considerable.

—Y Whiffy me dijo que ayer sufriste un desagradable accidente, que te caíste de un barco y estuviste a punto de ahogarte, según él.

—Sí, no puede decirse que las cosas estén yendo viento en popa —contesté, intentando dar con la manera de poner fin a la conversación con cortesía.

—Y también me dijo que te marchaste con ese tal O'Mara.

—Sí, Darcy tuvo la amabilidad de acompañarme a casa.

—Confío de todo corazón en que se comportara como un caballero —dijo Tristram.

Mis labios dibujaron una sonrisa.

—Tristram, me parece que estás celoso de Darcy.

—¡Celoso! ¡Dios mío, no! Solo estoy preocupado por ti, tesoro. No me andaré con rodeos: no confío en ese O'Mara. Nunca ha salido nada bueno de Irlanda.

—El *whisky* —repliqué—, y la Guinness.

—¿Qué? Ah, bueno, sí. Pero ya sabes a qué me refiero.

—Tristram, Darcy es un noble del reino y se comportó como tal —repliqué con firmeza, recordando el comportamiento insólito que había visto en ciertos nobles. Antes de que pudiera responder, me apresuré a añadir—: Tristram, lo siento, tengo que darme prisa o llegaré tarde.

—Oh, de acuerdo. Solo quería ofrecerte mis servicios, saber si puedo hacer algo por ti.

—Es todo un detalle por tu parte, de verdad, pero no hay nada que puedas hacer.

—Supongo que tu hermano te estará cuidando bien.

—Mi hermano se aloja en el club.

—¿En *seguio*? Si quieres que vaya y monte guardia por la noche, estaré encantado.

Tuve que reírme con disimulo al imaginar a Tristram montando guardia.

—Gracias, pero seguramente me quedaré unos días más en casa de mi amiga.

—Buena idea. Es un alivio saber que alguien te cuida. Supongo que no querrás quedar conmigo después para invitarte a comer algo y animarte, ¿verdad?

—Gracias. Eres muy amable, pero creo que no estoy de humor para comer y no tengo ni idea de cuánto durará la reunión.

—Muy bien. Te iré llamando para ver cómo sigues. Whiffy y yo queremos ayudarte en lo que necesites. Chao, pues. Mucho ánimo, tesoro.

Colgué y fui corriendo a encontrarme con Binky. Estaba intrigada por saber si veríamos al viejo señor Prendergast y qué aspecto tendría... hasta que me informaron de que llevaba diez años muerto. El joven señor Prendergast chasqueó la lengua y suspiró mientras se sentaba sin dejar de escrutarnos.

—Mal asunto, su excelencia. Un asunto peliagudo, en realidad.

—Le doy mi palabra de que ni mi hermana ni yo tenemos la menor implicación en él —dijo Binky.

—Mi bufete se ha encargado de las cuestiones legales de su familia durante generaciones —repuso el anciano—. Su palabra me basta.

—Pero cree que la situación pinta mal para nosotros.

—En efecto, por desgracia.

—Queríamos saber —añadió Binky— si están obligados a informar a la policía de la existencia del documento..., si es que aún no lo han hecho. Porque..., lo que quiero decir es que eso ciertamente alborotaría el gallinero, ya me entiende.

—Se trata de un dilema ético complicado, su excelencia: nuestra lealtad para con nuestros clientes frente a la ocultación de información en un crimen. Por supuesto, estaré obligado a responder con la verdad a cualquier pregunta de la policía, en caso de que decida interrogarme. Eso implicaría revelar la existencia del documento. Sin embargo, en cuanto a si, en mi opinión, me incumbe ofrecerles por iniciativa propia información que pudiera incriminar a mi cliente (un cliente que me ha dado su palabra de que es inocente), no me considero en tal obligación.

Binky se puso en pie y estrechó la mano del anciano. Oí el crujido de los huesos.

—Creo que ha ido bastante bien —comentó Binky cuando salimos—. ¿Te apetece almorzar conmigo? ¿En el Claridge's, quizá?

—¿El Claridge's? —Mi voz brotó como un chillido—. Me encantaría, pero lamentablemente hoy voy a almorzar con mi abuelo. ¿Recuerdas que trabajó en la policía? Confío en que pueda darnos algún consejo, y quizá aún conozca a alguien en Scotland Yard.

—¡Fantástico! ¡Qué idea tan sensacional!

—Y, de todos modos, he oído que ahora la comida no es muy buena en el Claridge's —añadí, precavida, por si decidía almorzar allí.

—¡No me digas! Creía que era de los mejores. Oh, bueno. Entonces almorzaré en el club y así me ahorraré el gasto extra. ¿Dónde podré encontrarte, Georgie? ¿Y cuánto tiempo crees que tendré que quedarme en Londres? El alojamiento en el club me está costando una fortuna, ¿sabes? Esos *whiskies* con soda no salen baratos.

—Tendrás que preguntárselo a la policía. Yo creo que voy a volver a nuestra casa. He ido esta mañana y ya no hay policía. Ni ningún cadáver.

—Qué valiente eres, tesoro. Me parece que yo no tendría agallas para dormir allí. Y en el club te hacen sentir tan cómodo...

Dicho esto, nuestros caminos se separaron: él fue a buscar un taxi y yo me encaminé hacia la estación de metro de Goodge Street. Me bajé en la siguiente parada para hacer transbordo en Tottenham Court Road. Supongo que podría haber ido andando a Holborn y así ahorrarme el transbordo, pero había empezado a llover y no quería volver a parecer un mocho.

Había viajado tan poco en metro que siempre me apabullaban los pasillos y las escaleras mecánicas que llevaban de una línea a otra. Tottenham Court Road era un hervidero de actividad; la gente corría de un lado a otro y todo el mundo parecía tener mucha prisa. Bajé por la escalera mecánica hasta la Northern Line entre empellones de personas que intentaban adelantarme por la derecha. Cuando encontré el andén correcto, me detuve al principio y esperé. Al rato oí el traqueteo del tren que se acercaba. Detrás de mí, el andén seguía llenándose de más y más gente. Una ráfaga de aire procedente del túnel precedió al convoy. En cuanto apareció, alguien me empujó por la espalda, justo en el centro. Perdí el equilibrio y salí despedida hacia los raíles eléctricos. Todo ocurrió muy deprisa, no tuve tiempo ni de gritar. Unas manos me agarraron y tiraron de mí hacia el andén un segundo antes de que el tren pasara tronando a un palmo de mi cara.

—Uf, ha faltado muy poco, señorita —dijo un obrero corpulento mientras me ayudaba a sostenerme en pie de nuevo—. Creía que no lo contaría. —Desde luego, se había quedado pálido como la cera.

—Yo también. Alguien me ha empujado.

Miré alrededor. Los pasajeros ya subían al tren como si yo no existiera.

—Siempre van con esa condenada prisa, me sorprende que no haya más accidentes —repuso mi amigo obrero—. Ahora hay demasiada gente en Londres, ese es el problema. Y los que tienen coches a motor ya no pueden utilizarlos por el precio de la gasolina.

—Me ha salvado usted la vida. Muchas gracias.

—No hay de qué, señorita. Será mejor que no se acerque tanto al borde la próxima vez —me aconsejó—. Solo con que una persona tropiece o empuje a otros detrás de usted, se caerá y le pasará un tren por encima.

—Lleva razón, iré con más cuidado.

Llegué a mi destino, contenta por primera vez de que Belinda no estuviera conmigo. Sin duda habría tenido algo que decir sobre mi torpeza desmedida. Aunque esta vez no había sido torpeza: había estado en el sitio equivocado en el momento equivocado.

Aún me temblaban las manos mientras me cambiaba y me ponía el uniforme de doncella en los servicios de mujeres de la estación de Charing Cross, pero cuando llegué al Claridge's ya me había calmado. Por suerte, llovía, lo que me permitió ocultar el uniforme bajo el impermeable. Al acercarme al Claridge's vi la conocida figura de mi abuelo esperándome.

—Hola, cielo. ¿Cómo lo llevas?

—Bien... —contesté—, salvo por el detalle de que ha estado a punto de atropellarme un tren.

Advertí cierta preocupación en su cara.

—¿Cuándo ha sido eso?

—Al salir del bufete. Estaba al principio de un andén atestado; supongo que al oír que el tren llegaba, la gente se aglomeró y alguien estuvo a punto de tirarme justo cuando llegaba.

—Vas a tener que ir con más cuidado, cariño. Londres es una ciudad peligrosa.

—Lo haré a partir de ahora.

Me miró un instante con la cabeza ladeada.

—Oh, bueno, será mejor que nos pongamos manos a la obra con lo que hemos venido a hacer.

—¿Has podido hablar ya con alguien?

Se tocó un lado de la nariz.

—Tu viejo abuelo conserva algunas aptitudes; sigue teniendo lo que se necesita y sabe cómo enjabonarlos. Primero fui a la selecta plaza donde está tu casa, y puedo asegurarte que aquel día allí no trabajaron los limpiacristales.

—Entonces, si un chófer vio a uno...

—... no era un limpiacristales, sino un hombre con malas intenciones.

—Justo lo que pensaba. Quizá alguien pueda describirlo..., a él o a ellos.

—Nadie se fija en los operarios, cariño.

—Igual que nadie se fija en las doncellas. Llevo el uniforme, pero tengo que averiguar el número de habitación y no se me ocurre cómo entrar.

—Es la habitación trescientos diecisiete. Y más aún: todavía no la han limpiado. Al parecer, el caballero pagó una semana por adelantado, así que no han querido tocar nada antes de recibir instrucciones.

—¿Cómo has sabido todo eso?

Sonrió con picardía.

—Alf, el conserje, se acuerda de mí.

—¡Eres un genio!

—Ya ves, tu viejo abuelo aún sirve para algo. —Me sonrió, satisfecho.

—¿Algo más que puedas decirme?

—Tu monsieur De Mauxville salió todas las noches a jugar a las cartas, en el Crockford y en otros locales de peor gusto. Y recibió una visita, un joven moreno. Y pijo.

—¿Algo más?

—No, pero he pensado que voy a hablar con los botones, y tú podrías hacer lo mismo con las camareras de la planta.

—De acuerdo —convine. Ahora que estaba a punto de hacerlo, me daba pavor. Allanar una habitación ya era de por sí un acto grave, pero además me haría parecer culpable a ojos del inspector Sugg—. ¿Cómo voy a subir la escalera sin llamar la atención? Alguien podría reconocerme.

—Sube por la escalera de incendios. En todos los hoteles hay una salida de emergencia.

—Pues allá voy. No querrás venir conmigo, ¿verdad?

—Haría muchas cosas por ti, pero esta no. Soy un expolicía insignificante. Si nos sorprendieran, la ley me trataría de una forma muy distinta a ti. No me apetece nada pasar el resto de mis días en Wormwood Scrubs.

—Ya, a mí tampoco me apetece mucho —dije.

Mi abuelo se rio.

—Wormwood Scrubs es una cárcel para hombres, pero a ti te dejarían libre, siendo quien eres y sabiendo que solo intentabas ayudar a tu hermano.

Asentí con la cabeza.

—Eso espero. Deséame suerte —dije—. Nos vemos aquí dentro de una hora.

Subí por la escalera de incendios sin ningún contratiempo, dejé el impermeable en un rincón, me puse la cofia y accedí a la tercera planta. Luego, por supuesto, caí en que no tenía modo de entrar en la habitación. Estaba claro que no había planificado bien aquello. Caminé por el pasillo tanteando las manijas de las puertas hasta que una voz a mi espalda me dio un susto de muerte.

—¡Eh! ¿Qué estás haciendo?

Me volví y vi la cara lozana de una chica irlandesa que llevaba un uniforme de doncella bastante diferente del mío. Decidí cambiar de ardid rápidamente.

—Mi señora se alojó aquí anoche y mientras dormía debió de caérsele uno de los pendientes de diamantes. No tiene por costumbre acostarse con los pendientes puestos, pero volvió muy tarde. Me ha pedido que venga a buscarlo y el caso es que el señor no me abre la puerta; debe de haberse marchado ya.

—¿Qué habitación era?

—La trescientos diecisiete.

Me miró extrañada.

—La trescientos diecisiete era la del francés al que asesinaron —dijo.

—¿Lo asesinaron? ¿Aquí?

—¿Es que no lees el periódico? Aquí no, en la bañera de un duque. De todos modos, la policía vino y la inspeccionó.

—¿Encontraron algo?

—¿Cómo voy a saberlo? A mí no me lo dirían, ¿no?

—Entonces, ¿tuviste que recoger tú sus cosas?

—Aún no. Por lo que sé, siguen ahí, y la policía ha dado la orden de que no entre nadie.

—Asesinado, qué horror... ¿Era un hombre agradable?

—Más bien lo contrario: grosero y desagradecido, por lo que vi. Una vez chasqueó los dedos y me gritó porque había movido los papeles de su mesa.

—¿Qué clase de papeles?

—Nada especial, unas revistas que estaba leyendo. ¡Como si me dedicara a fisgonear! —Se alisó el uniforme—. En fin, no puedo quedarme a charlar, tengo que volver al trabajo.

—Y yo tengo que encontrar el pendiente o me arriesgo a que me corten la cabeza. Mi memoria es desastrosa. ¿Podría ser la doscientos diecisiete? No sabrás en cuál se alojaron el señor y la señora... —Dejé el resto de la frase en el aire con la esperanza de que mordiera el anzuelo. Y lo mordió.

—¿La señora Furness? En la trescientos trece.

—Oh, gracias al cielo. Si volviera a casa sin el pendiente, me lo recordarían eternamente. ¿Crees que podrías dejarme entrar?

—Supongo, pero la verdad es que debería...

—Mira, la señora Furness está almorzando con un amigo en el restaurante de la planta baja. ¿Quieres que vaya a buscarla para que te dé permiso en persona?

Me miró con severidad un momento.

—No —contestó al cabo—, supongo que tampoco perjudicará a nadie que entres, ¿no? Pero ya han retirado las sábanas, y si no lo han encontrado, es poco probable que siga ahí.

—Es un diamante pequeño, quizá se haya caído detrás de la cama y por eso nadie lo ha visto —dije—. En cualquier caso, me han ordenado que lo busque y será mejor que lo haga, porque si no... Deberías verla cuando se pone furiosa.

Por fin sonrió.

—Vale, pues entra y asegúrate de cerrar bien la puerta cuando salgas. No quiero tener problemas por haber dejado una puerta abierta.

—Oh, por supuesto. Me aseguraré de cerrarla bien. Incluso la mantendré cerrada mientras busco.

Me abrió la puerta. Entré y cerré a mi paso. No tenía muy claro de qué me serviría estar en la habitación trescientos trece, pero era mejor que nada. Abrí la ventana y vi una cornisa ancha que recorría la fachada. Si la ventana de la trescientos diecisiete no estaba cerrada con pestillo, tal vez podría colarme por ella. Salí con cuidado y me encaramé a la cornisa. Desde luego, había un buen trecho hasta el suelo. Desde allí vi los autobuses de color rojo intenso que desfilaban por The Strand. Y la ancha cornisa ya no parecía tan ancha. No tuve coraje para incorporarme y caminar por ella, así que empecé a gatear despacio. Dejé atrás con éxito la habitación trescientos quince y llegué a la trescientos diecisiete. Desde mi precaria posición era difícil empujar la ventana, pero al final tuve la impresión de que cedía un poco.

Conseguí levantarla; repté al interior y aterricé, jadeante, en la moqueta de la habitación desierta. Tal como me había dicho la doncella, ya habían retirado las sábanas y las toallas desde que De Mauxville había salido de la habitación por última vez. Aún había papeles en la mesa, pulcramente apilados. Los hojeé, pero solo vi un ejemplar de *The Times* de tres días antes y varias revistas de deportes. Habían vaciado la papelera. En el papel secante no se veían marcas reveladoras. Miré debajo de la cama, pero el suelo estaba impoluto. Abrí la cajonera y vi que solo contenía algo de ropa interior más bien gris y unos calcetines necesitados de un zurcido. Los pañuelos, en cambio, llevaban bordado un emblema. A continuación fui a mirar en el armario. Dentro colgaba un traje de etiqueta y un par de camisas blancas limpias. No encontré nada en los bolsillos de la chaqueta del traje, pero al volver a dejarla en la percha vi que no quedaba bien asentada. Los trajes de caballero son de una factura impecable y no deben colgar más de un lado que de otro, así que volví a palpar los bolsillos y noté un rasgón en el forro de uno de los interiores. Introduje la mano por él y saqué un rollo de papel. Contuve el aliento cuando vi lo que era: un prieto fajo de billetes, billetes de cinco libras, centenares de ellos...; bueno, quizá no centenares, pero sí un buen puñado. Me quedé mirándolo. Para alguien como yo, que había vivido casi siempre en la ruina, aquella cantidad de dinero representaba una fortuna. ¿Quién iba a enterarse si me lo quedaba? Las palabras resonaron en mi cabeza. Ganancias ilícitas de un difunto...; seguro que nadie lo descubriría nunca. Pero mis antepasados, por ambas partes, triunfaron: la muerte antes que la deshonra.

Estaba a punto de dejarlos donde los había hallado cuando caí en la cuenta de que probablemente estaba manipulando una prueba... y dejando una profusión de huellas dactilares en ella,

¡y en toda la habitación! No daba crédito a mi estupidez. No sabía si la policía buscaba huellas en cosas como el dinero, pero prefería no arriesgarme. Me apresuré a limpiar el rollo de dinero con el delantal y a devolverlo a su sitio. Luego recorrí la habitación frotando todas las superficies que había tocado.

Junto al teléfono había un cuaderno de notas. Aunque parecía nuevo, sin estrenar, bajo la luz vi unas marcas en la primera hoja, como si alguien hubiese apretado mucho al escribir en la anterior. Lo acerqué a la ventana. Ponía: «R. ¡10:30!».

Quizá la policía hubiera arrancado esa hoja. Hasta el agente menos astuto sería capaz de deducir que «R.» equivalía a «Rannoch». Todo pintaba mal para Binky, a menos que yo consiguiera averiguar de dónde procedía esa gran cantidad de dinero.

La habitación no me desveló más secretos, así que volví a la cornisa, cerré la ventana con cuidado a mi paso y gateé de vuelta. Acababa de llegar a la ventana de la habitación trescientos quince cuando oí voces dentro. Me quedé petrificada. Para mi horror, alguien dijo: «¿No está un poco cargado el aire?», y después, la ventana se abrió. Me puse en pie como pude y me quedé a un lado, apretada contra el bajante, aferrada a él como una posesa. Un chico de cabello castaño claro se asomó. Preguntó: «Qué, ¿mejor así?», y desapareció. Ahora tendría que decidir entre arriesgarme a pasar frente a una ventana abierta o volver a la trescientos diecisiete y arriesgarme a que me vieran salir de ella.

Opté por lo segundo. Mientras intentaba arrodillarme de nuevo, el bajante se movió conmigo y empezó a separarse de la fachada. Me agarré con los dedos a la mampostería de la pared. Supongo que debí de gritar, porque de pronto oí aquella voz tras de mí.

—¿Qué demonios estás haciendo? —Era el chico de cabello castaño claro, que había vuelto a asomarse a la ventana.

—Lo siento, señor. Se me cayó el plumero en la cornisa cuando lo sacudía —contesté—. Salí para cogerlo y ya no he conseguido volver a entrar.

—Ay, jovencita, no merece la pena jugarse la vida por un plumero. Ven, dame la mano y entra por aquí. —Me ayudó a introducirme en su habitación.

—Gracias, señor. Es usted muy amable —dije en lo que confiaba que pareciera acento irlandés.

Él se llevó una mano al bolsillo del chaleco y sacó un soberano.

—Toma, para que te compres un plumero nuevo y no tengas problemas.

—Oh, no, señor. No puedo aceptarlo.

—Cógelo. Además, he tenido una semana muy exitosa. —Lo apretó contra mi mano.

Saludé con la cabeza a la chica que salió del cuarto de baño y me apresuré a irme. No vi ni rastro de la doncella irlandesa.

Canturreé para mis adentros mientras me ponía el chubasquero y bajaba la escalera. Un soberano por haber perdido un plumero. ¡Tal vez debía plantearme trabajar en un hotel!

CAPÍTULO VEINTIUNO

Casa de Rannoch (sin cadáver)
Lunes, 2 de mayo de 1932

M i abuelo me esperaba bajo el toldo para resguardarse de la lluvia. Por desgracia, no tenía mucho que contarme. Le hablé de los billetes de cinco libras, y me aconsejó que llamara a la policía de forma anónima y les informara de la afición al juego de De Mauxville. Pensé que lo mínimo que podía hacer era invitarlo a almorzar, y casi tuve que arrastrarlo hasta el Lyons Corner House. Intenté mostrarme alegre y animada, pero él pasó todo el almuerzo inquieto y consternado. Cuando nos despedimos, me dirigió una mirada larga y grave.

—Ten cuidado, por favor. Y si prefieres instalarte en mi casa, sabes que serás más que bienvenida.

Le sonreí.

—Muchas gracias, abuelo, pero tengo que estar en la ciudad para vigilar a Binky y averiguar más cosas.

—Sí, supongo que sí. —Suspiró—. Pero cuídate mucho.

—No te preocupes por mí, estaré bien —contesté con más arrojo del que sentía.

Me volví mientras me alejaba y lo vi allí, de pie, mirándome.

Cuando Belinda bajó la escalera de nuevo cual lady Macbeth a las dos del mediodía, le comenté mi decisión de mudarme a la casa de Rannoch.

—Georgie, ¿estás segura? —preguntó.

—He ido esta mañana. No queda ni rastro del cadáver y me parece absurdo seguir durmiendo en tu sofá disponiendo de una cama en condiciones.

—Me parece una decisión muy valiente —dijo, aunque advertí su alivio.

—Eso sí, tengo que pedirte un pequeño favor. ¿Te importaría hacerme compañía esta noche? Puede que sea demasiado duro volver allí y agradecería mucho saber que estás conmigo, al menos esta primera noche.

—¿Quieres que duerma en la casa de Rannoch? —Vi que dudaba un instante—. Por supuesto. ¿Por qué no? Ya va siendo hora de que por un día prescinda de fiestas y me acueste temprano. Al mirarme en el espejo he visto que han empezado a salirme ojeras.

Así que esa tarde, después de que la prensa y los pasmados desaparecieran, nos encaminamos a mi casa.

—Esta casa siempre me ha parecido espeluznante, por no decir algo peor —opinó Belinda—. Siempre está tan fría y húmeda...

—En comparación con el castillo de Rannoch, es un horno —confesé, riéndome inquieta porque también yo la encontraba fría y húmeda.

Estaba a punto de sugerirle que volviéramos a su agradable hogar cuando me obligué a recordar que un Rannoch nunca huye del peligro. Nos cambiamos y nos preparamos para acostarnos, y luego bajé a por dos *whiskies* para animarnos. Nos sentamos en mi cama y charlamos de todo un poco para no tener que apagar la luz.

—Querida, me muero por que me des detalles sobre anoche—dijo Belinda—. Estuve a punto de despertarte cuando llegué a casa. Sonreías con tal placidez que solo pude concluir que ese señor O'Mara te había desvelado los misterios de la vida y el amor.

—Eso quiso.

—¿Y tú no?

—No es que no quisiera. En realidad, sí quería. Mucho.

—Entonces, ¿por qué no lo hiciste?

—No pude seguir. Supe que no sería un buen marido y me sobrevino la horrible visión de acabar como mi madre.

—Pero ella ha tenido muchos maridos.

—Y yo quiero a alguien que me ame y se quede a mi lado para siempre.

—Querida, eso es tremendamente anticuado. Y alguien tiene que librarte de la terrible carga que arrastras. ¿Quién mejor que Darcy?

—Puedes recomendarlo, ¿verdad?

Me miró y estalló en carcajadas.

—¡Así que es eso! Creías que Darcy y yo..., y no quisiste invadir mi territorio. Eres un encanto.

Preferí no replicar que lo que no quería era una mercancía con tara. En ese instante, una fuerte ráfaga de viento penetró por la chimenea. La tormenta que llevaba todo el día gestándose se había desatado, y Belinda y yo nos miramos asustadas.

—No creerás que su fantasma merodea por la casa en busca de venganza, ¿verdad? —preguntó.

—En el castillo de Rannoch hay muchos fantasmas, estoy acostumbrada a ellos.

—¿En serio? ¿Has visto alguno?

—Mas o menos. He tenido esa sensación de atisbar algo con el rabillo del ojo.

—¿Es verdad que se siente un frío intenso antes de que aparezcan?

—Imposible saberlo en el castillo de Rannoch.

Se oyó un traqueteo en la calle.

—¿Qué ha sido eso? —preguntó Belinda, nerviosa.

—No lo veo desde aquí —contesté tras acercarme a la ventana.

—Ha sonado cerca, como en el sótano.

—Seguro que solo es un gato o un cubo de basura volcado, pero podemos bajar a mirar.

—¿Estás loca? En esta casa ha habido un asesino.

—Belinda, somos dos, y cogeremos algo para golpearlo. La casa está llena de armas, puedes elegir.

—De acuerdo. —No parecía en absoluto de acuerdo, pero yo sentía una ira repentina. Mi vida entera se había puesto patas arriba. Mi hermano era sospechoso de un crimen y yo quería que todo aquello acabara de una vez.

Bajé la escalera con determinación y cogí una azagaya que algún miembro de la familia se había llevado de recuerdo de la guerra de los Boer. Bajamos a la cocina sin encender la luz para no alertar a quienquiera que fuera el intruso. Allí vimos la sombra de un hombre que estaba en la calle, frente a la ventana, y nos lanzamos la una a los brazos de la otra.

—¡Basta ya de tanto coraje estúpido! Llama a la policía —susurró Belinda, y solo pude estar de acuerdo con ella.

Fuimos con sigilo hasta el teléfono y llamamos; luego esperamos acurrucadas como si nos encontráramos en mitad de un mar embravecido en plena tempestad. Por fin me pareció oír gritos y refriega, y luego un golpe atronador en la puerta principal. La abrí con precaución y por la rendija vi, para mi alivio, a dos agentes.

—Hemos sorprendido a alguien husmeando alrededor de la casa, milady —dijo uno de ellos. Lo reconocí: era el mismo de la otra noche.

—Buen trabajo, agente. Podría ser el hombre que entró en la casa y mató al francés. ¿Dónde está?

—Acércalo a la luz, Tom —ordenó.

El otro agente apareció empujando a un individuo ataviado con un impermeable.

Lo miré y proferí un grito.

—¡Abuelo! ¿Qué haces aquí?

—¿Conoce a este hombre, milady?

—Es mi abuelo.

El agente lo soltó.

—Lo siento, señor. La dama nos llamó para decirnos que había oído ruidos fuera.

—No se preocupe, mi nieta no sabía que iba a venir.

—Ahora me alegro de que estés aquí —dije.

Los agentes se marcharon y el abuelo entró. Nos servimos otro *whisky* para calmarnos y nos sentamos en la sala matinal.

—¿Cómo es que has venido? —pregunté—. Cuando vimos tu sombra, casi se nos sale el corazón del pecho.

Parecía abochornado.

—Estaba preocupado por ti, así que decidí venir a vigilar. Solo por si acaso.

—¿Crees que corro peligro?

El abuelo asintió con la cabeza.

—Escucha, tesoro. Llevo toda la vida en Londres y solo recuerdo uno o dos accidentes en el metro. La gente no se cae de un andén así como así.

—¿Qué quieres decir?

—Que es probable que alguien esté intentando matarte.

—Matarme... ¿Por qué?

—No tengo ni idea, pero he pensado que la persona que se cargó a ese francés podría haber creído que se estaba cargando a tu hermano.

—Oh, seguro que no —dije, aunque en ese instante caí en la cuenta de que tenían una complexión muy similar.

—Pues yo me alegro un montón de que tu abuelo esté aquí —terció Belinda, y se levantó bostezando—. Vamos a hacer otra cama y a dormir todos un poco.

Ya acostada, escuché la tormenta que seguía descargando fuera; la lluvia acribillaba las ventanas y el viento aullaba en la chimenea. Teniendo en cuenta los vendavales que azotaban el castillo de Rannoch, debería haber sido inmune a una tibia tormenta londinense, pero esa noche estaba tan tensa que cada ruido me hacía dar un respingo. Intenté decirme que, con Belinda durmiendo a mi lado, con mi abuelo allí, todo iba bien. Pero mi abuelo había incorporado un ingrediente nuevo a la pesadilla: que alguien estuviera intentando matarme. Y también la posibilidad de que ese alguien hubiera confundido a De Mauxville con Binky. Me devanaba los sesos, pero no se me ocurría ningún posible asesino ni ningún motivo. No teníamos enemigos, estábamos demasiado alejados del trono como para que a alguien le interesara liquidarnos. Y éramos educados hasta rayar en el sopor.

Reviví aquel momento en el andén del metro, tratando de ver algún rostro siquiera levemente familiar entre la multitud, pero lo recordaba todo borroso. No obstante, una cosa era incuestionable: de no haber sido por el obrero gigante que se encontraba a mi lado, en estos momentos estaría muerta.

Entonces caí en la cuenta de algo. El accidente en el barco la tarde anterior. Me incorporé en la cama con todos los músculos rígidos. No había sido un accidente. Sí, de acuerdo, yo era torpe, pero ¿cómo podía haberse enrollado un cabo en mi tobillo con tanta fuerza que fui incapaz de deshacer el nudo si no lo había atado alguien? Recordé que me había sentado en un lateral del barco, rodeada de infinidad de personas también sentadas y de pie. Nos estábamos divirtiendo, y era muy probable que no me diera cuenta de que alguien pasaba un cabo alrededor de mi tobillo y me empujaba en el momento preciso. Entonces, tenía que ser alguien a quien conocía, alguien de mi entorno social. Un escalofrío me recorrió de la cabeza a los pies.

—Belinda —susurré, y zarandeé la silueta que tenía al lado.

—Mmmm —musitó ella, que ya dormía profundamente.

—Belinda, despierta. Necesito saber quién iba en el barco.

—¿Gué... babco...?

—El barco del que me caí. Belinda, despierta, por favor. Necesito saber con exactitud quién iba a bordo. Tú estuviste allí todo el tiempo.

Belinda se dio la vuelta entre grunidos y entreabrió los ojos.

—Los de siempre —contestó—, y varios amigos de Eduardo. No los conocía a todos.

—Dime a quién conocías. Personas que me conocieran.

—En realidad, no sé quién te conocía. Para empezar, Whiffy Featherstonehaugh. Y Daffy Potts, y Marisa, la chica que se emborrachó en la boda. Aparte de ellos, no estoy segura. Y ahora, ¿puedo seguir durmiendo? —Y se durmió.

Me quedé despierta escuchando su respiración. Whiffy Featherstonehaugh. ¿No era él quien había ayudado a Eduardo con las sogas, quien había subido el último con una en la mano? Pero ¿qué rencilla podía tener contra Binky o contra mí? Recordaba que no llevaba la ropa mojada cuando me habló. No se había lanzado al río para salvarme.

CAPÍTULO VEINTIDÓS

Casa de Rannoch
Martes, 3 de mayo de 1932

M e desperté sobresaltada cuando una mano me tocó.
—No pasa nada, tesoro. Soy yo —dijo la voz serena de mi abuelo—. Te llaman por teléfono.

El sol se colaba por la ventana; la tormenta se había extinguido durante la noche. Me levanté, me puse la bata y bajé al vestíbulo.

—¿Sí?

—Georgie, soy yo, Binky. Estoy en Scotland Yard. Me han detenido.

—¿Cómo? ¿Se han vuelto locos? No tienen pruebas. Se están agarrando a un clavo ardiendo. ¿Qué quieres que haga?

—Para empezar, llama a Prendergast. Yo lo he intentado, pero aún no hay nadie en el bufete.

—No te preocupes, Binky. Ahora mismo voy a Scotland Yard y solucionaré esto. Es el incompetente del inspector Sugg, que no ve un burro a tres pasos. Te sacaremos de ahí enseguida.

—Eso espero. —Binky sonaba desesperado—. Lo espero con toda mi alma. ¡Demonios, Georgie! Nadie debería pasar por esto. Es humillante, eso es lo que es, que te arrastren aquí como a un delincuente común. Me han quitado hasta la pluma Conway-Stewart con plumín de oro que me regalaron por mi vigesimoprimer cumpleaños. Por lo visto creen que podría tener la intención de apuñalarme con él. Y no quiero ni pensar en lo que dirá Fig cuando se entere. En realidad, creo que prefiero que me ahorquen a enfrentarme a ella.

Tuve que sonreír pese a la gravedad de la situación.

—Espera, Binky, no digas nada hasta que veas a nuestro abogado. Yo voy ahora mismo.

Subí corriendo la escalera y escogí un elegante conjunto urbano, de los que me ponía para inaugurar actos benéficos; tenía que estar a la altura de las circunstancias. Luego escribí un mensaje para el joven señor Prendergast y pedí a mi abuelo que llamara al bufete a las nueve y media en punto. Conseguí tomar varios sorbos del té que me ofreció; luego paré al primer taxi que pasó, en el que me metí como un barco a toda vela, y le pedí que me llevara a Scotland Yard.

—Soy lady Georgiana Rannoch. Vengo a ver a mi hermano —anuncié.

—Lamento decirle que no va a ser posible —contestó un fornido sargento—. En estos momentos está siendo interrogado. ¿Le importaría tomar asiento y esperar?

—Quiero hablar de inmediato con el superior del inspector Sugg —insistí—. Es de vital importancia.

—Veré qué puedo hacer, su señoría —repuso el sargento.

Me senté a esperar en un lóbrego pasillo. Después de lo que parecieron horas oí unos pasos briosos y un hombre se acercó a mí. Llevaba un traje de corte elegante, camisa blanca almidonada y corbata de rayas. No supe identificar la escuela a la que había ido, pero de momento no lo juzgaría por eso.

—¿Lady Georgiana? —preguntó. Parecía que había ido a la escuela correcta.

Me puse en pie.

—Sí.

—Soy el inspector jefe Burnall. —Me tendió una mano—. Siento haberla hecho esperar. Si es tan amable de seguirme... —Me precedió por una escalera hasta un despacho austero—. Siéntese, por favor.

—Inspector jefe —dije—, tengo entendido que han detenido a mi hermano. Esto es del todo ridículo. Espero que ordene a sus subordinados que lo pongan en libertad de inmediato.

—Me temo que no puedo hacerlo, milady.

—¿Por qué no?

—Porque disponemos de pruebas suficientes que incriminan a su hermano como principal sospechoso del asesinato del señor De Mauxville.

—Le resumiré lo que opino en una palabra, inspector jefe: paparruchas. Lo único de lo que dispone es una nota presuntamente escrita por mi hermano, que a todas luces es falsa. Debe de contener huellas dactilares. Analicen la caligrafía.

—Eso hemos hecho. No hay más huellas dactilares que las de De Mauxville, y en absoluto está claro que la caligrafía sea impostada. Convengo en que hay diferencias notables en ciertos trazos con respecto a la de su hermano, pero podrían deberse a la voluntad de que la nota pareciera falsa.

—Y mi hermano ya le ha dicho que nunca utilizaría papel de correspondencia que no llevara estampado el blasón familiar, a menos que en ese momento se encontrara en el club, en cuyo caso llevaría el sello de dicho club.

—También podría haber usado de forma deliberada papel de carta vulgar para alegar esto último.

La expresión «papel de carta» hizo que mi opinión sobre él bajara varios puntos: no había ido a la escuela correcta.

—Debo decirle, inspector jefe, que mi hermano nunca ha destacado por su agilidad mental ni por su capacidad intelectual. Sería incapaz de pergeñar detalles tan complejos. Además, ¿qué motivo iba a tener para matar a un hombre al que apenas conocía? Sin un móvil, la acusación no se sostiene.

Me dirigió una mirada larga y severa. Tenía unos ojos azules tan penetrantes que me costaba mantenérsela.

—Se da la circunstancia de que creemos que tenía un móvil nada desdeñable, milady: estaba intentando conservar su residencia. —Debió de advertir el desánimo en mi semblante—. De lo cual estoy convencido de que usted estaba al corriente. Incluso no es descartable que también esté implicada. Lo investigaremos, pero parece tener una coartada para el día del asesinato, si es que debemos creer a su amiga.

—¿Se me permite preguntar cómo ha llegado eso a su conocimiento?

—Por un golpe de suerte. La experta en caligrafía a la que llevamos las muestras manuscritas era la misma a la que se había pedido verificar la caligrafía de su padre. Huelga decir que nos mostró encantada su copia del documento de De Mauxville. Tal vez su hermano, con su vínculo con la realeza, se creyó por encima de la ley, pero le aseguro que la ley es la misma para un duque y para un indigente. Creemos que mató a Gaston De Mauxville, y si lo hizo, será ahorcado por ello.

—Confío en que aún estén considerando otras líneas de investigación, ¿o ya ha concluido que mi hermano es el blanco perfecto?

Intenté parecer serena y centrada, aunque tenía la boca tan seca que me costaba pronunciar las palabras.

—Si damos con otras pistas verosímiles, las seguiremos —repuso con calma.

—He estado preguntando por ahí, y al parecer el tal De Mauxville era conocido por su afición al juego, y también por su afición al chantaje. ¿Ha tenido en cuenta la posibilidad de que alguna de las personas a las que chantajeaba se hubiese hartado?

Asintió con la cabeza.

—Sí, la he tenido en cuenta. Encontramos un fajo de billetes de cinco libras en un bolsillo de su traje y pensamos que quizá estuviera chantajeando a su hermano.

Tuve que reírme.

—Lo siento, inspector jefe, pero si hay alguien en el mundo a quien es imposible chantajear es mi hermano. Hamish ha llevado una vida intachable rayana en el hastío absoluto. Ni aventuras ni deudas ni el menor hábito nocivo, así que encuentre a otro con una vida más interesante y tendrá a su asesino.

—Admiro su lealtad, lady Georgiana. Le aseguro que indagaremos en todas las hipótesis y que su hermano tendrá un juicio justo.

—Antes de que lo ahorquen —añadí con amargura, y me marché con aire histriónico.

Salí de Scotland Yard desolada. ¿Qué podía hacer para salvar a Binky? Apenas sabía desenvolverme en Londres. Tendríamos que confiar en el buen hacer de un abogado que hacía años que debería haberse jubilado y mudado a Worthing o Bournemouth.

Al pasar frente a la oficina de correos, caí en la cuenta de que había olvidado por completo mi nuevo proyecto profesional. En ese momento no me sentía precisamente con ánimo de limpiar casas, pero necesitaría dinero si iba a tener que recorrer la ciudad en taxi por el bien de Binky. Así que entré en la oficina y me entregaron dos cartas. La primera era de una tal señora Baxter de Dullwich, que quería ampliar su servicio para la fiesta del vigesimoprimer cumpleaños de su hija. Dado que yo solo podía aportar a una empleada, veía poco factible ese encargo.

La otra era de la señora Asquey d'Asquey, madre de la novia en la boda del Grosvenor House. Su hija (ahora Primrose Roly Poley) regresaba de su luna de miel en Italia el día siete y quería sorprenderla: que encontrara su casa ventilada, limpia y acogedora, con las ventanas abiertas y flores frescas por todas partes. Estuve tentada de aceptar. La necesidad de ganar dinero era apremiante, pero el riesgo, demasiado grande. No tenía garantías de que la madre de Primrose no apareciera por allí cada poco para llevar ramos y redistribuir el mobiliario de su hija, si mis sospechas eran correctas. Puede que no me reconociera en la boda, un acontecimiento en el que todo el mundo está exaltado, pero seguro que lo haría si me sorprendía limpiando el polvo de su dormitorio. Muy a mi pesar, otros compromisos previos me impedirían satisfacer sus necesidades.

Llegué a casa y la encontré inundada de un delicioso aroma de comida. Mi abuelo estaba cocinando un budín de carne y riñones. Y aún más: la caldera estaba encendida y la temperatura era celestial, algo muy impropio de los Rannoch. Belinda ya había huido a la comodidad de su propia casa tras confesar que una noche de emoción era suficiente para ella, de modo que el abuelo y yo nos sentamos y charlamos sobre qué podíamos hacer por Binky. Ninguno de los dos dimos con ninguna idea brillante.

A las cuatro telefoneó Fig. Iba a viajar a Londres al día siguiente para estar al lado de su marido. ¿Me aseguraría de que su dormitorio y su vestidor estuvieran listos? También agradecería una buena lumbre, pues llegaría cansada. Prosiguió culpándome: ¿cómo había permitido que Binky se metiera en semejante lío? Ahora suponía que sería ella quien tendría que solucionarlo. Por un momento, me compadecí de los agentes de Scotland Yard. Estaba impaciente por presenciar el encuentro de Fig y Harry Sugg. Si la situación no hubiese sido tan funesta, hasta me habría reído por lo bajo.

La mañana siguiente me afanaba en limpiar su vestidor cuando oí unos golpes en la puerta principal. El abuelo, que se había autoproclamado mayordomo además de cocinero, vino a informarme de que un policía quería verme. Un tal inspector jefe Burnall.

—Acompáñalo a la sala matinal —dije con un suspiro, y me apresuré a quitarme el pañuelo que me había puesto en la cabeza para llevar a cabo mis obligaciones de limpieza.

El inspector jefe iba impecablemente peinado y su aspecto era muy distinguido; horrorizada, me di cuenta de que yo llevaba una falda vieja de *tweed* cedida por el uso. Burnall se puso en pie para recibirme y me saludó con una cortés reverencia.

—Su señoría, lamento volver a importunarla. Veo que ahora tiene a un mayordomo en la residencia.

Su mirada petulante sugería que solo habíamos prescindido del servicio mientras matábamos a De Mauxville.

—No es un mayordomo, es mi abuelo. Ha venido a cuidarme porque cree que mi vida corre peligro.

—Su abuelo. Disculpe mi torpeza.

—Y bien, ¿qué le trae por aquí esta mañana? Espero que sean buenas noticias. ¿Ha encontrado al verdadero asesino?

—Siento tener que decepcionarla en ese sentido, milady. De hecho, vengo por un asunto muy distinto. Un asunto ciertamente delicado.

—¿Sí? —No se me ocurría a qué podría estar refiriéndose—. Supongo que será mejor que se siente.

Ambos nos sentamos.

—¿Ha estado usted en casa de sir William Featherstonehaugh, en Eaton Place?

—Por supuesto. Roderick Featherstonehaugh fue una de mis parejas de baile en mi presentación en sociedad.

—Me veo en la obligación de comunicarle que cuando lady Featherstonehaugh llegó a la ciudad, el pasado fin de semana, echó en falta varios objetos de considerable valor.

—Oh, qué terrible. —Noté que el corazón me aporreaba el pecho y confié en que él no alcanzara a oírlo.

—Lady Featherstonehaugh encargó a una agencia de servicios domésticos que acondicionase la casa con antelación. Coronet Domestics, creo que se llama. Y siguiendo el hilo del anuncio en *The Times,* hemos descubierto que la propietaria de Coronet Domestics no es otra sino usted, lady Georgiana. ¿Es correcto?

—Es correcto.

—Interesante. ¿Puedo preguntarle si participa usted en la gestión de la empresa o si meramente es la titular?

—Participo en la gestión.

—Ya veo. En tal caso, le agradecería que me proporcionara los nombres de los empleados que trabajaron aquel día en la casa de lady Featherstonehaugh. Confío en que contrastara a conciencia sus referencias antes de contratarlos, ¿es así?

Tragué saliva intentando idear una mentira plausible, en vano.

—Esto debe quedar entre nosotros, inspector jefe. Le agradecería que no trascendiera más de lo imprescindible.

—Adelante.

—La verdad es que yo soy Coronet Domestics. Aún no tengo ningún empleado.

El inspector jefe no se habría sorprendido más si le hubiera dicho que bailaba desnuda en las mesas del club de estriptís Pink Pussycat.

—¿Usted limpia casas ajenas? ¿En persona?

—Por extraño que le resulte, lo hago por necesidad. Ya no recibo ninguna asignación y tengo que subsistir por mis propios medios. Me pareció una buena forma de empezar.

—Me quito el sombrero —repuso—. Bien, esto simplifica mucho las cosas. Voy a leerle una descripción de los objetos desaparecidos y tal vez pueda decirme si los vio mientras llevaba a cabo sus tareas: una jarra de café georgiana, una bandeja de plata grande, dos miniaturas de la escuela mogol procedentes de la India, una figurilla china de la diosa de la misericordia...

—A esto último sí puedo responderle. Rompí sin querer un brazo de la figura. Me la llevé con la intención de repararla y devolverla. Pensé que nadie se daría cuenta con tantos chismes como tienen.

—Al parecer es del siglo VIII.

—¡Cielos! ¿En serio? —Volví a tragar saliva—. Por lo demás, limpié el polvo de una mesa de vidrio llena de miniaturas, pero creo que no faltaba nada; si no, los huecos me habrían llamado la atención. Y no recuerdo haber visto una jarra de café ni una bandeja de plata.

Vi que paseaba la mirada por la estancia, como esperando ver la cafetera escondida en el reloj de similor.

—Acaba de decir usted que sus recursos son escasos. Tal vez la tentación fuera demasiado irresistible...

Sentí que mi bisabuela me poseía.

—Inspector jefe, ¿ha robado usted algo alguna vez?

Sonrió.

—Unas manzanas sabrosísimas de un huerto que había cerca de donde vivía cuando era niño.

—Cuando yo tenía tres años, cogí una galleta de mantequilla del estante donde la cocinera las había puesto a enfriar.

Acababan de salir del horno y aún estaban calientes. Me quemé la boca. Desde entonces, no he vuelto a hurtar nada. Pero si desea registrar esta casa, adelante.

—Respeto su palabra. Además, si hubiera ido a ver a un prestamista o a un joyero, recordarían a una clienta como usted.

—¿Está seguro de que los objetos aparecerán en el local de un prestamista o un joyero?

—Sí, a no ser que el ladrón sea un profesional y acabaran en manos de un perista. Pero nuestros espías ya están trabajando en eso. No tardará en aparecer alguno de los objetos en alguna parte, ya lo verá.

—Entonces, no cree que se trate de un ladrón profesional.

—En este caso, no necesitaba serlo. Si consiguió acceder a la casa, ¿por qué limitarse a unas cuantas piezas cuando allí había muchas otras más valiosas a su disposición? Fue alguien que aprovechó la oportunidad de hacerse con varias. Así que permítame que le pregunte: ¿estuvo sola en la casa todo el tiempo?

Abrí la boca, pero de ella no salió sonido alguno. No podía hablarle de la visita de Darcy sin meterme en un lío aún mayor. Porque Darcy diría que había ido a visitarme y entonces los Featherstonehaugh sabrían que yo había limpiado su casa y la noticia correría como la pólvora por todo Londres en dos segundos y llegaría al palacio en tres.

—No todo el tiempo —contesté, precavida, intentando evitar una mentira absoluta—. En un momento dado llegó el hijo de los Featherstonehaugh con un amigo.

—¿Y la vieron?

—No me reconocieron. Yo estaba arrodillada en ese momento y me aseguré de no levantar la mirada. Además, nadie se fija en los sirvientes.

—Cuando se marchó, ¿cerró la puerta principal con llave?

Lo medité un momento.

—Sí, creo recordar el ruido de la cerradura. No sé si Roderick Featherstonehaugh seguía en la casa cuando me fui. Tal vez él la dejara después abierta. Como dijo mi hermano, cuando uno está habituado a la presencia de sirvientes en la casa, no piensa en cerrar las puertas con llave.

Burnall se puso en pie.

—Siento haber vuelto a importunarla, milady. Si por un casual recuerda haber visto alguno de esos objetos, póngase en contacto conmigo, por favor. Y la figurilla china..., si la lleva a reparar, la devolveré a la casa de los Featherstonehaugh sin dar detalles de dónde la encontramos.

—Es usted muy amable, inspector jefe.

—Es lo menos que puedo hacer, milady.

Mi abuelo esperaba en el vestíbulo con el sombrero del inspector, que inclinó la cabeza hacia mí y se marchó. Subí para acabar de preparar el dormitorio de Fig; que me recriminara la presencia de motas de polvo era lo último que podría soportar en esos momentos. De hecho, me sentía tan al límite que creía que en cualquier momento explotaría. Sobre todo estaba furiosa conmigo por ser tan ingenua. Darcy me había utilizado. ¿Por qué, si no, había buscado mi compañía después de saber que estaba tan arruinada como él? Yo no era el perfil de chica que le gustaba: divertida, abierta en el amor y aficionada a los clubes nocturnos. Bajé la escalera a toda prisa y me puse el abrigo.

—¡Salgo un momento! —grité a mi abuelo, y tomé un taxi en dirección a Chelsea.

Darcy parecía recién levantado. Iba descalzo y en albornoz, no se había afeitado y llevaba el pelo alborotado. Intenté obviar lo atractivo que estaba así. Sonrió de oreja a oreja cuando me vio ante su puerta.

—Vaya, vaya, menuda sorpresa. Buenos días, preciosa. ¿Has vuelto para seguir con lo que dejamos a medias la otra noche?

—He vuelto para decirte que eres una rata despreciable y que no quiero volver a verte jamás y que tienes suerte de que no le haya dado tu nombre a la policía.

Sus ojos, de un azul inquietante, se abrieron como platos.

—Vaya, vaya. ¿Qué puedo haber hecho para provocar que esos refinados labios pronuncien semejante invectiva?

—Sabes muy bien lo que has hecho —contesté—. He sido una idiota al creer que de verdad te interesaba. Me has utilizado. Fingiste que ibas a casa de los Featherstonehaugh para verme cuando lo que en realidad querías era una excusa para entrar y tener acceso a sus objetos de valor.

Darcy frunció el ceño.

—¿Sus objetos de valor?

—Oh, vamos. No soy tan tonta, Darcy. Entras a hurtadillas en la casa, finges flirtear conmigo y después, como por ensalmo, varios objetos de valor desaparecen.

—¿Y crees que me los llevé yo?

—Me dijiste que no tienes un penique y vives de tu ingenio. Imagino que tu estilo de vida, entre los clubes nocturnos y las mujeres, es caro de mantener. ¿Y quién iba a echar en falta un objeto cualquiera de plata georgiana? Tienes mucha suerte de que no se lo dijera a la policía, pero me he convertido en su principal sospechosa. Ya era bastante malo que creyeran que Binky y yo matamos a De Mauxville; ahora además creen que me dedico a robar. Así que si de verdad tienes algo de caballero, devuelve esos objetos cuanto antes y confiesa.

—Así que eso es lo que piensas de mí..., que soy un ladrón...

—No te hagas el inocente conmigo. He sido tonta e ingenua demasiadas veces. ¿Por qué, si no, fingirías interés por mí después de saber que no tengo dinero? Está claro que yo no podía ofrecerte los mismos placeres que Belinda Warburton-Stoke.

Y dicho esto, me fui a toda prisa antes de romper a llorar. Él no hizo ademán de ir tras de mí.

CAPÍTULO VEINTITRÉS

Casa de Rannoch
Miércoles, 4 de mayo de 1932

El desánimo me había engullido por entero. Fig había llegado y había dejado claro que la presencia de mi abuelo en la casa no era de su agrado. Le encontraba pegas a todo, incluso le parecía que la temperatura era demasiado alta y que encender la caldera para una sola persona era un dispendio intolerable. El abuelo se marchó en el acto, no sin antes decirme que estaría encantado de que me alojara con él, y me quedé sola con mi cuñada y su doncella. Creo que nunca me había sentido tan desgraciada. «¿Qué más puede ir mal?», pensé.

No tuve que esperar mucho para saberlo. La doncella de Fig me llevó una carta que acababan de entregar en mano, procedente de palacio. Su Majestad quería verme de inmediato. Para mi sorpresa, a Fig le molestó bastante la noticia.

—¿Por qué quiere verte Su Majestad? —preguntó.

—Soy un miembro de su familia —contesté, restregándole por la cara el hecho de que ella no lo fuera.

—Debería ir contigo. Su Majestad es de la vieja escuela, y seguro que no le gusta que una mujer soltera vaya por ahí sin carabina.

—Eres muy amable, pero no, gracias —repuse—. Es muy poco probable que alguien me asalte en Constitution Hill.

—¿Qué podrá querer? —insistió Fig—. Si necesitara hablar con alguien sobre la lamentable situación de Binky, hablaría conmigo.

—No tengo ni idea.

En realidad, sí tenía cierta idea. Sospechaba que había descubierto lo de Coronet Domestics y que yo estaba a punto de ser enviada al lóbrego Gloucestershire para sostener ovillos de lana y pasear a perritos pequineses. Me puse el elegante traje blanco y negro para la ocasión y me personé en la entrada de las visitas, la correcta, situada a la izquierda del patio delantero, tras superar con éxito la barrera de los gorros de piel de oso de la Guardia Real. Me escoltaron por la escalera y por el ala posterior del palacio hasta el despacho privado de la reina, con vistas a los jardines. Era una sala sencilla y armoniosa, en perfecta sintonía con la personalidad de Su Majestad. Los únicos ornamentos eran varias piezas encantadoras de porcelana y una mesita de marquetería. Mejor no especular sobre cómo o dónde habían sido adquiridas.

Su Majestad estaba sentada al escritorio, con la espalda erguida, aire severo y los anteojos en la punta de la nariz, y alzó la mirada cuando anunciaron mi presencia.

—Ah, Georgiana, querida. Ven y siéntate. Mal asunto. —Negó con la cabeza y giró la cara para el obligado beso y la reverencia—. Me he quedado muy consternada al saber la noticia.

—Lo siento, señora. —Me senté frente a ella en una silla de estilo regencia.

—No es culpa tuya —replicó con brusquedad—. No puedes pasarte la vida vigilando al insensato de tu hermano. ¿Presumo que es inocente?

Dejé escapar un enorme suspiro de alivio: al parecer no había descubierto mis incursiones como empleada doméstica.

—Por supuesto que es inocente, señora. Conoce a Binky..., ¿puede imaginarlo ahogando a alguien en una bañera?

—Francamente, no. Disparando a alguien por accidente, tal vez. —Volvió a negar con la cabeza—. Quiero saber qué se está haciendo por él.

—Su abogado está al corriente del caso. Su esposa ha venido a Londres y en estos momentos se encuentra reunida con la policía.

—Si ese es su equipo de defensa al completo, no albergo muchas esperanzas de que el resultado sea feliz —dijo—. Quisiera ayudar, pero el rey dice que no debemos interferir. Tenemos que demostrar una fe absoluta en el sistema legal de nuestro país y evitar el menor indicio de partidismo, tratándose de un miembro de la familia.

—Lo comprendo perfectamente, señora.

Me miró por encima de las gafas.

—Cuento contigo, Georgiana. Tu hermano es una persona decente, pero sin muchas luces, me temo. Tú, en cambio, siempre has destacado por tu ingenio y tu inteligencia. Ponlos al servicio de tu hermano o me temo que acabará confesando un crimen que no cometió.

Era una verdad incuestionable.

—Estoy haciendo cuanto puedo, Su Majestad, pero no es fácil.

—No lo dudo. Ese francés que murió ahogado, ¿tienes idea de quién querría matarlo en vuestra bañera?

—Se sabe que era jugador y un chantajista, señora. Sospecho que alguien que tuviera una deuda con él aprovechó la oportunidad para quitársela de encima, pero no sé cómo averiguar quién fue. Tampoco sé nada de tugurios de juego.

—Claro que no, pero tuvo que ser alguien que conoce a tu familia..., un igual, por así decirlo. Un obrero o un empleado de banca no se arriesga a ahogar a alguien en la bañera de un noble.

Asentí con la cabeza.

—Una persona de nuestro círculo social, pues.

—Alguien que tenía alguna idea de las rutinas de la casa de Rannoch, alguien que conocía a tu hermano razonablemente bien, diría. ¿Sabes qué amigos han frecuentado la casa con regularidad?

—Siento decirle que no, señora. He venido muy poco a Londres, salvo en mi temporada, y desde que mi padre murió casi nunca me he alojado en la casa de Rannoch. Pero por lo que sé de mi hermano, no viene a la ciudad a menos que no le quede más remedio. Prefiere entretenerse en su hacienda.

—Igual que su abuelo —comentó la reina—. La anterior reina estuvo a punto de tener que emitir una orden real para obligarle a llevar a su esposa a la corte y visitar a su madre. Así que no sabes qué amigos de tu hermano están ahora mismo en Londres...

—En realidad, ni siquiera conozco a sus amigos. Si se reúne con ellos, debe de hacerlo en el club.

—Entonces podrías hacer indagaciones discretas en el club. Es el Brooks, ¿cierto?

—Es más fácil decirlo que hacerlo, señora. ¿Ha intentado alguna vez convencer a un club de hombres de que informe de quién se aloja en él?

—No puedo decir que me haya visto en semejante tesitura, ya que no tengo un esposo dado a las correrías, aunque estoy segura de que mi predecesora, la reina Alejandra, tuvo que hacerlo con cierta frecuencia. Pero en eso el palacio sí podría ayudar. Pediré al rey que su secretario privado vaya al Brooks, creo que también es socio. Dudo mucho que le denieguen la información, y si lo hacen, siempre podrá echar un vistazo al libro de membresía, ¿no te parece?

—Es una idea fantástica, señora.

—Y mientras tanto, permanece atenta. Al asesino podría interesarle saber cómo avanza la investigación. Podría estar regocijándose con la humillación que está sufriendo tu hermano. Dicen que los asesinos son vanidosos.

—Haré cuanto esté en mis manos, señora.

Hizo un gesto afirmativo.

—Bien, veremos lo que sir Julian consigue revelarnos, ¿sí? Deberíamos saber algo el lunes, cuando vuelvas de Sussex.

¿Sussex? Me devané los sesos tratando de recordar a algún pariente que viviera en ese condado. Su Majestad frunció el ceño.

—No me digas que has olvidado la pequeña tarea que te asigné, la recepción en casa de lady Mountjoy.

—Oh, sí, por supuesto. La recepción. El príncipe de Gales. Han ocurrido tantas cosas en los últimos días que se me había pasado por alto.

—Pero sigues teniendo intención de asistir, ¿verdad? A pesar de las desdichadas circunstancias actuales.

—Si Su Majestad desea que asista, la complaceré encantada.

—Por supuesto que quiero que asistas, y te sentará bien pasar unos días en el campo; además, te librarás del escrutinio de la prensa sensacionalista. Todo lo que oigo sobre esa mujer me repugna. Tengo que conocer la verdad, Georgiana, antes de que el rey y yo intentemos cortar de raíz cualquier atisbo de romance.

—Ya la he conocido —dije.

Se quitó las gafas y se inclinó hacia mí.

—¿De veras?

—Sí, en el salón de moda de mi amiga.

—¿Y?

—Fue sumamente desagradable. Me pareció insufrible.

—Ah, justo lo que pensaba. Bien, cuando acabe esa recepción, confío en que habrá soltado suficiente soga para ahorcarse. Oh, cielos, no ha sido una buena metáfora, dada la tesitura. Ven a tomar el té el lunes. Creo que sobre las tres habré vuelto ya de la inauguración de una clínica maternal en el East End. ¿Nos vemos sobre las cuatro para intercambiar novedades?

—Muy bien, señora.

Me puse en pie.

—Aviso a Heslop para que te acompañe a la puerta. Hasta el lunes, pues. Y no lo olvides: eres mis ojos y mis oídos. Cuento contigo como mi espía personal.

En cuanto llegué a casa, Fig me acribilló a preguntas.

—Su Majestad tiene un plan para rescatar a Binky, ¿verdad?

—Sí, disfrazará al rey de Robin Hood y lo infiltrará en Scotland Yard colgado de una liana desde el Big Ben.

—No te hagas la graciosa, Georgiana. Sinceramente, tus modales se han vuelto atroces estos días. Le dije a Binky que era un desperdicio enviarte a esa escuela tan cara y horrible.

—Para que lo sepas, Fig, la visita no tenía nada que ver con Binky, sino con la recepción a la que quiere que asista el viernes.

Su irritación saltaba a la vista.

—¿Una recepción? ¿Su Majestad te invita A TI a una recepción justo ahora?

—No me invita, me envía en su lugar —dije, deleitándome con cada palabra.

La cara de Fig se había tornado casi violeta.

—¿Ahora representas a Su Majestad en recepciones oficiales? ¿Tú, la hija de una mera corista?

—Nunca fue corista, Fig. Fue actriz. Puede que Su Majestad crea que he heredado el talento de mi madre para ser afable y cordial en público. Ya sabes que no todo el mundo posee esas cualidades.

—No lo entiendo —musitó Fig—. Tu pobre hermano a punto de enfrentarse al dogal del verdugo y Su Majestad te envía al campo para que te diviertas. Está claro que el pobre Binky solo va a poder contar conmigo. —Se llevó un pañuelo de encaje a los ojos y se marchó enfurruñada.

Cómo disfruté de aquel momento... Pero tenía razón. Yo también creía que debía hacer algo útil por Binky. Si al menos alguien pudiera visitar los clubes de juego que De Mauxville frecuentaba... Quizá hubiera ocurrido algo significativo allí: que hubiera engañado a otro cliente o recibido dinero de un chantaje. El abuelo había mencionado el Crockford, pero yo no podía ir a un sitio como ese. Tenía que ir alguien con dotes sociales y desparpajo, alguien *sexy* y con picardía... ¡Claro!

Me fui directa a casa de Belinda. La encontré despierta y vestida, sentada a la mesa de la cocina frente a un cuaderno y un lápiz.

—No me molestes, estoy diseñando un vestido nuevo —dijo—. En realidad es un encargo. Van a conceder un título nobiliario al dueño de una fábrica de automóviles y su esposa quiere un vestido como los de la aristocracia. Y además, me pagará como es debido.

—Me alegro por ti, pero quería saber si tienes planes para esta noche.

—¿Esta noche? ¿Por qué?

—Quiero que me acompañes al Crockford.

—¿Al Crockford? ¿Ahora te ha dado por jugar? No está a tu alcance, querida. Solo ofrecen sus servicios a la élite del juego..., los que apuestan muy alto.

—No quiero jugar, pero el conserje del Claridge's me dijo que De Mauxville frecuentaba ese local. Quiero saber con quién se reunía allí y si ocurrió algo importante..., una pelea, quizá.

—Me encantaría ayudarte, pero siento decirte que ya tengo planes para esta noche —dijo.

Respiré hondo.

—Entonces préstame un vestido de vampiresa e iré sola.

—Georgie, hay que ser socio. No te dejarán entrar.

—Ya se me ocurrirá algo. Les diré que tengo una cita con alguien. Pero es esencial que no parezca yo o me reconocerán. Por favor, Belinda... Alguien tiene que hacerlo, y está claro que ese alguien no puede ser mi cuñada.

Me miró, suspiró y se levantó.

—Oh, vale. Sigo creyendo que es un plan condenado al fracaso, pero supongo que encontraré algo adecuado que prestarte.

Me llevó arriba, me hizo probar varios vestidos y al final se decidió por uno negro, largo y ceñido y una capa roja.

—Si alguien te pregunta quién lo ha diseñado, puedes darle mi tarjeta.

Luego sacó un sombrero negro con plumas para ocultar mi pelo indomable y me mostró los cosméticos que tenía en el tocador para que me maquillara. Esa noche el resultado fue espectacular. ¿Reconocería alguien a la seductora joven de brillantes labios carmesí y largas pestañas negras?

Me quedé en casa de Belinda (dejé que Fig se las apañara sola con la cena), y a las nueve en punto desembolsé al taxista más dinero ganado con el sudor de mi frente y me puse en camino, dispuesta a morir con las botas puestas..., aunque en realidad no llevaba botas, sino unos zapatos de tacón alto de Belinda, un número mayor que el mío.

El Crockford era uno de los clubes de juego más antiguos y petulantes de Londres; estaba en St. James's Street, a tan solo un tiro de piedra del Brooks. Cuando el taxi se detuvo, vi que varios chóferes ayudaban a otros jugadores a bajar de sus Rolls-Royce y sus Bentley. Todos se saludaban alegremente y pasaban sin problema junto al portero. No fue mi caso.

—¿Puedo ayudarla, señorita? —preguntó, interponiéndose en mi camino.

—He quedado con mi primo aquí, pero no lo veo. —Fingí mirar alrededor—. Me dijo a las nueve, y ya son las nueve y media. ¿Cree que habrá entrado sin mí?

—¿Quién es su primo, señorita?

Obviamente, no podía utilizar el nombre real de ninguno de mis primos.

—Roland Aston-Poley —contesté, orgullosa de mi rapidez de reflejos. Sabía que estaba en Italia de luna de miel.

—No recuerdo haber visto al señor Aston-Poley esta noche —replicó el portero—, pero si quiere entrar, pediré a un empleado que la acompañe.

El empleado me precedió hasta un refinado vestíbulo. A través de un arco atisbé una escena de centelleante elegancia: el destello de las arañas de luz y los diamantes, el repiqueteo de las fichas, el traqueteo de la ruleta, voces exaltadas, risas, aplausos. Por un momento deseé ser una de esas personas que disponen de medios para frecuentar locales como aquel. Luego me recordé que mi padre había sido una de ellas, y mi padre se había pegado un tiro.

Un hombre menudo de tez morena ataviado con esmoquin se acercó a nosotros e intercambió unas palabras con el portero entre susurros mientras me lanzaba miradas de reojo que poco me importaron.

—¿El señor Aston-Poley, dice? —Miró entre las puertas—. Creo que aún no ha llegado, señorita... —Esperó a que le dijera mi nombre. No lo hice—. Si quiere tomar asiento, iré a comprobar si ya está aquí.

Me senté en una silla dorada y tapizada en raso. El empleado regresó a la entrada. Otros socios fueron llegando y vi que firmaban en un libro que había en una mesa auxiliar. En cuanto me quedé sola, salté de la silla y corrí hasta el libro. Empecé a pasar páginas hacia atrás. Habían asesinado a De Mauxville el viernes, así que debía comprobar fechas anteriores... Me sorprendió que la asistencia hubiera sido tan alta todas las noches, no lo esperaba; me dejó perpleja la cantidad de gente que disponía de ingresos lo bastante generosos como para jugar allí. Y de pronto vi un nombre conocido: Roderick Featherstonehaugh; había ido varias veces. Y luego, otro que no esperaba encontrar: el honorable Darcy O'Mara también había ido.

Dos hombres pasaron por mi lado con sendos puros.

—La otra noche perdí diez de los grandes —dijo uno con acento americano—, pero mientras el petróleo siga manando, ¿quién va a quejarse? —Y ambos rieron.

El corazón me latía con tal fuerza que temía que se oyera en todo el vestíbulo.

—Lo lamento, señorita —di un respingo al oír la voz justo detrás de mí: el hombre menudo había vuelto—, pero al parecer su primo no se encuentra aquí. Acabo de mirar en la *salle privée*. ¿Está segura de que no se ha confundido de fecha?

—Oh, cielos, podría ser... ¿Sabe si vino anoche?

El hombre fue pasando páginas, y yo aproveché para fisgonear por encima de su hombro.

—No, ni anoche ni anteanoche. Por lo visto no ha venido en toda la semana. El último día que estuvo aquí fue el sábado.

—¿El sábado pasado? —Las palabras escaparon de mi boca. El hombre asintió. De modo que Primrose Asquey d'Asquey, ahora Roly Poley, se había ido de luna de miel sola, al menos al principio. No era de extrañar que su madre quisiera animarla.

—Lamento no poder ayudarla. —El hombre me apremiaba ahora hacia la salida—. Si viene más tarde, ¿quién le decimos que ha estado esperándolo?

Intenté inventar un nombre, y entonces tuve una idea brillante. Saqué una tarjeta.

—Belinda Warburton-Stoke —contesté.

Su semblante demudó en una expresión de hostilidad y recelo.

—¿Es esto una broma de colegiala? —preguntó.

—¿A qué se refiere?

—A que usted no es la señorita Warburton-Stoke. Conocemos bien a esa joven dama. Buenas noches.

Me dejaron en la calle con las mejillas incandescentes. ¿Por qué no me había dicho Belinda que solía ir al Crockford? ¿Cómo podía permitírselo? ¿Y qué más había olvidado contarme?

CAPÍTULO VEINTICUATRO

Casa de Rannoch
Jueves, 5 de mayo de 1932

Por suerte, Belinda no estaba cuando fui a devolverle la ropa antes de regresar a la casa de Rannoch. Fig ya se había acostado y yo me acurruqué en mi cama, desmoralizada. Tenía la sensación de que ya no podía confiar en nadie, y en la oscuridad mis sospechas se desmandaron. Era Belinda quien iba sentada a mi lado en el barco. Creía recordar que en algún momento se había agachado para estirarse las medias. ¿Me habría atado entonces la soga en el tobillo? Pero ¿por qué?

Por la mañana vi que Fig había bajado el termostato de la caldera y que de los grifos solo salía agua templada; pero tanto daba, no estaba de humor para volver a bañarme. La verdad es que me apetecía la perspectiva de pasar unos días rodeada de lujo: comida en abundancia, una casa caldeada, invitados divertidos, y lo único que tendría que hacer sería estar atenta a cierta mujer americana.

Cogí la invitación, que descansaba en la repisa de la chimenea, y esta me recordó que habría un baile de gala de disfraces. No tenía ni tiempo ni dinero para alquilar uno, y menos uno elegante, de manera que corté la falda del uniforme de doncella por encima de la rodilla, lo conjunté con un delantal blanco con volantes y decidí ir disfrazada de doncella francesa. *Oh là là!* Me probé el uniforme, y contemplaba complacida el resultado cuando sonó el timbre de la puerta. Abrí sin pensar. Frente a mí, Tristram abrió la boca, atónito.

—¡Oh, cielos, eres tú, Georgie! Creía que tenías una doncella nueva.

—Nunca contrataría a nadie que llevara una falda tan corta —dije, riéndome—. Es para un baile de gala de disfraces. Soy una doncella francesa. ¿Qué te parece?

—Te queda muy bien —contestó—, pero necesitarás medias de malla y tacones altos para completar el atuendo.

—Buena idea. Iré a comprarlo todo luego.

—Es para la fiesta de los Mountjoy, ¿verdad?

—¿Te has enterado de que los Mountjoy dan una recepción?

—Sí, a mí también me han invitado.

—No sabía que los conocías.

—Viven muy cerca de Eynsleigh. De pequeño jugaba con sus hijos.

—¿Tienen hijos? —Al final, el fin de semana pintaba bastante halagüeño.

—Sí, creo que ahora los dos se encuentran fuera, Robert en la India y Richard en Dartmouth. —En realidad dijo «Gobegt» y «Guichagd», claro—. Están en la armada, como ya sabrás. He venido a preguntarte si te gustaría ir conmigo a su casa mañana. Me han prestado un coche.

—Muchas gracias, eres muy amable. La verdad es que no sabía cómo ir.

Se le iluminó la cara como si acabara de hacerle un regalo.

—Fantástico, pues. ¿Te parece bien a las diez? Es un coche pequeño, no conseguí un Rolls. —Que, por descontado, sonó como «Gols».

—Perfecto. Gracias de nuevo.

—Allí podríamos dar un paseo hasta Eynsleigh y revivir viejos tiempos.

—Siempre y cuando no quieras que salte contigo en las fuentes.

Se rio.

—Oh, no, por Dios. Qué bochorno. —Se puso serio—. Pensé que tenía que venir a verte porque imaginaba que debes de estar *teguiblemente* angustiada por lo de tu hermano. Qué suceso tan atroz...

—Sí, nos ha conmocionado a todos. Binky es inocente, por supuesto, pero no va a resultar fácil demostrarlo. Al parecer, la policía está segura de que es culpable.

—La policía es idiota —dijo , siempre se equivoca. Oye, no tengo que volver al bufete hasta dentro de una hora. Si te apetece, te propongo cumplir mi promesa y enseñarte Londres para que te animes un poco.

—Qué detalle tan bonito, Tristram, pero la verdad es que creo que hoy no estoy para novedades. Tengo demasiadas cosas en la cabeza. Quizá en un momento más tranquilo.

—Lo entiendo. Condenada suerte la vuestra... Pero ¿qué tal un café? Estoy seguro de que tiene que haber una cafetería cerca, y voy a necesitarlo antes de volver al trabajo.

—Hay muchas en Knightsbridge, entre ellas un Lyons.

—Uf, creo que no me voy a rebajar a un Lyons. ¿Echamos un vistazo... cuando te cambies?

—Vale. —Sonreí mirando mi atuendo—. Entra y espera en la sala matinal. Ahora mismo es la única aceptable para recibir visitas. —Lo acompañé a la primera planta—. Siéntate, no tardaré. Ah, mi cuñada está en casa, así que no te asustes si una desconocida quiere saber quién eres.

Me cambié deprisa, bajé y encontré a Tristram con un semblante tan tenso que supe que se había topado con Fig.

—Tu cuñada es un poco insidiosa, ¿no? —musitó cuando salíamos a la calle—. Me ha dicho que no sabía que te dedicabas a recibir visitas masculinas estando sola y que no eran modales cuando ellos han sido tan generosos de permitir que te alojes en la casa. Me ha fulminado con la mirada como si fuera un donjuán. Pero... ¿en serio parezco un donjuán?

—Oh, por favor, más problemas. Qué ganas tengo de irme mañana a un sitio pacífico, apacible y alegre.

—Yo también. No te haces una idea de lo espantoso que es trabajar en ese bufete. Archivar, copiar listas, de nuevo archivar... Estoy seguro de que si sir Hubert hubiese sabido en qué consistía el puesto, no me habría condenado a formarme allí. Él no lo habría soportado ni dos minutos, se habría vuelto loco de aburrimiento.

—¿Cómo está? —pregunté—. ¿Alguna novedad?

Se mordió el labio como un niño.

—No ha habido ningún cambio, sigue en coma. Me encantaría ir y estar con él, pero, aunque pudiera costearme el billete, allí no podría hacer nada. Me siento tan impotente...

—Lo lamento mucho.

—Es la única persona que tengo en el mundo. Pero bueno, estas cosas pasan, supongo. Hablemos de algo más alegre. Nos lo pasaremos de maravilla en el baile de disfraces. ¿Querrás bailar conmigo?

—Por supuesto, aunque te advierto que no se me da muy bien.

—A mí tampoco. Diremos «¡Ay!» a la vez.

—¿De qué irás disfrazado? —pregunté.

—Lady Mountjoy me dijo que tiene algunos disfraces para prestar y decidí aceptar su amable oferta. No tengo ni tiempo ni dinero para ir a las tiendas del West End. Habló de uno de bandolero y te confieso que me llamó la atención. Ya sabes, aventuras de capa y espada.

Llegamos riéndonos a Knightsbridge, que bullía de actividad. Enseguida encontramos una cafetería pequeña y tranquila y pedimos café. En la mesa de al lado había una mujer corpulenta; se le había ido un poco la mano con el maquillaje, y una piel de zorro nos sonreía desde su cuello. Ella también nos sonrió y nos saludó con la cabeza cuando nos sentamos.

—Un día primoroso, ¿verdad? El día perfecto para que unos jóvenes como ustedes den un paseo por el parque. Yo voy camino de Harrods, aunque ya no es lo que era, ¿no les parece? Ahora ya atienden a las masas, como suelo decir. —Se interrumpió cuando la camarera dejó una taza frente a ella y luego nos sirvió los cafés—. Gracias, cielo —dijo—, y no olvides el milhojas de nata, por favor. Si me saltara el milhojas de nata, me quedaría sin energía.

—Enseguida se lo traigo —contestó la camarera.

Tristram me miró y sonrió.

—¿Azúcar? —Introdujo un terrón en su taza y luego me ofreció el azucarero.

—No, gracias. Nunca tomo el café con azúcar.

Noté una palmadita en la espalda.

—Disculpe, señorita, ¿le importaría prestarme su azucarero? En mi mesa no hay. Últimamente se están perdiendo las maneras, ¿no creen?

Cogí el azucarero de manos de Tristram y al tendérselo vi que la mujer tenía las manos rechonchas y repletas de anillos.

Vertió varios terrones en su taza y luego me devolvió el azucarero, mirando con aire expectante el milhojas de nata que ya le llevaba la camarera. Apenas me había girado para tomar el café cuando oí unos sonidos ahogados. Me volví de nuevo. La oronda mujer se estaba amoratando y sacudía las manos en el aire, presa del pánico.

—¡Se está asfixiando! —Tristram se levantó de un salto y empezó a darle palmadas en la espalda.

La camarera oyó el alboroto y corrió a ayudarnos. Pero de nada sirvió: los estertores de la mujer se convirtieron en un gorjeo y su cabeza se desplomó sobre el plato.

—¡Busca ayuda, deprisa! —gritó Tristram.

Yo me quedé inmóvil, conmocionada, mientras la camarera salía chillando.

—¿No podemos hacer nada? —pregunté—. ¿Intentamos extraer lo que la está asfixiando o...?

—Sea lo que sea lo que se ha tragado, está demasiado abajo o ya habría salido. Sospecho que si probara a hacer algo, solo conseguiría atascarlo aún más. —Tristram se había quedado blanco—. Qué horror, qué terrible... ¿Te acompaño a casa?

—Deberíamos quedarnos hasta que llegue la ayuda —contesté—, aunque no sé si serviría de gran cosa.

—En mi opinión, se lo ha buscado. ¿Has visto que se ha comido el hojaldre de un bocado?

La ayuda llegó en forma de un agente de policía y de un médico que pasaban por allí. El médico se puso manos a la obra nada más entrar y le tomó el pulso.

—Me temo que no podemos hacer nada —dijo—. Está muerta.

Prestamos declaración al policía y volvimos a casa. Tristram tenía que reincorporarse al trabajo y yo intenté preparar el equipaje para la recepción del fin de semana. Fig había salido;

seguramente estaría incordiando otra vez a los de Scotland Yard. Deambulé por la casa vacía, intentando liberarme del pavor que me atenazaba. No habría sido lo mismo si aquel hubiese sido mi primer contacto con la muerte. Pero teniendo en cuenta que en una sola semana me había encontrado un cadáver en la bañera, me había «caído» de un barco y había estado a punto de acabar debajo de un tren, aquel episodio era una coincidencia inquietante. Me asaltó la perturbadora idea de que el mismo asesino hubiera ido a por mí una vez más.

El azucarero... La mujer me lo había pedido y yo le había prestado el de nuestra mesa. ¿Era posible que alguien hubiese envenenado el azúcar? La única persona que habría podido hacerlo era Tristram. Negué con la cabeza. Imposible: no lo había tocado hasta que él mismo se sirvió un terrón; solo después me lo ofreció. No podía haber sabido adónde íbamos porque fui yo quien sugirió Knightsbridge y eligió la cafetería. Y, por lo que sabía, Tristram no iba en el barco el domingo anterior.

Luego recordé algo que me provocó un escalofrío por todo el cuerpo: aquel primer encuentro con Darcy en el Lyons. Hizo una broma sobre morir envenenado con el té y sobre cómo se deshacían de los cadáveres de los clientes. Y Darcy sí iba en el barco. Me alegré mucho de estar a punto de alejarme de todo aquello y refugiarme en la seguridad del campo. Ansiaba que llegara el día siguiente.

CAPÍTULO VEINTICINCO

Farlows
Cerca de Mayfield (Sussex)
Viernes, 6 de mayo de 1932

Ya no sabía qué creer. El incidente del día anterior bien podría no haber sido más que la muerte por asfixia de una mujer glotona, pero había ocurrido después de que le prestara mi azucarero. Estaba casi dispuesta a creer que existía una artera conspiración contra mi hermano y contra mí. Tal vez Darcy y Belinda, tal vez incluso Whiffy Featherstonehaugh, estuvieran en el ajo. Era posible que también lo estuviera Tristram, aunque me parecía que no iba en el barco el domingo. Lo único que no conseguía imaginar era el motivo. ¿Por qué querría nadie matarme?

Así que subí con cierta aprensión al pequeño biplaza que habían prestado a Tristram y lo vi atar mi equipaje al maletero. Me sorprendió mirándolo y me brindó una sonrisa desenfadada. «Qué ridículo sospechar de él», pensé. Pero era igual de ridículo sospechar de Belinda o de Whiffy. Tampoco quería sospechar de Darcy, pero con él no podía estar segura. En cualquier caso, Tristram tendría las dos manos en el volante durante todo el trayecto hasta la residencia de los Mountjoy.

Fig opinó que viajar sola con un hombre joven, en especial uno del que no había oído hablar hasta ese momento, era muy inapropiado. Prácticamente tuve que arrancarle el teléfono de la mano mientras intentaba llamar a un taxi que me llevara a la estación Victoria.

—Fig, ya paso de los veintiuno, y Binky y tú me habéis dejado claro que no soy responsabilidad vuestra —espeté—. Si quieres restituir mi asignación y sufragar mi servicio, puedes empezar a darme órdenes. Si no, mis actividades y mi elección de acompañantes no son de tu incumbencia.

—Jamás me habían hablado de ese modo —farfulló.

—Pues ya era hora de que alguien lo hiciera.

—Debo decir que tu ascendencia plebeya por parte de madre se está volviendo muy evidente —dijo, con aire despectivo—. No me cabe duda de que irás de hombre en hombre, a cuál más inapropiado, igual que ella.

Le dediqué una sonrisa serena.

—Ah, pero ¿te haces una idea de cuánto se ha divertido?

No consiguió dar con una réplica a esto último.

Así que ahí estábamos, circulando alegremente. Cuando enfilamos por Portsmouth Road, la ciudad dio paso a zonas residenciales que a su vez fueron transformándose en campo abierto con castañares, robledales y caballos asomados a vallas. Noté que el peso de los últimos días empezaba a aligerarse. Tristram charlaba despreocupado. Paramos en un horno para comprar unos bocaditos de hojaldre rellenos de salchicha y unos panecillos de pasas; luego nos desviamos hacia el parque Hog's Back y nos detuvimos en lo alto para admirar la panorámica. Cuando nos sentamos a disfrutar del pícnic improvisado, dejé escapar un suspiro de satisfacción.

—Es fantástico volver a estar en el campo, ¿verdad? —dije.

—Sí, maravilloso. ¿Te disgusta la ciudad tanto como a mí?

—No me disgusta; en realidad, la encontraría amena si tuviera dinero, pero en esencia soy una chica de campo. Necesito montar a caballo, caminar por la orilla de un lago y sentir el viento en la cara.

Me miró a los ojos un momento.

—¿Sabes, Georgie?, el otro día no bromeaba. Siempre podrías casarte conmigo. Sé que ahora no tengo gran cosa, pero algún día me sobrará. Quizá podríamos vivir en Eynsleigh y volver a poner las fuentes en funcionamiento.

—Eres encantador, Tris —le di unas palmadas en la mano—, pero ya te dije que mi intención es casarme por amor. Para mí, tú eres más como un hermano. Y nunca me casaré por conveniencia.

—De acuerdo, lo comprendo. Aun así, no hay nada malo en albergar la esperanza de hacerte cambiar de parecer, ¿verdad?

Me puse en pie.

—Esto es precioso, ¿verdad? Voy a admirar las vistas desde esos árboles.

Me encaminé por un sendero estrecho. El coche y la carretera desaparecieron con una rapidez asombrosa; de pronto me encontraba en mitad del bosque. Los pájaros piaban en los árboles, una ardilla correteó frente a mis pies. Había sido una chica de campo toda la vida. De pronto tuve la impresión de que el bosque enmudecía. Era una sensación tensa, como si todo estuviera mirando y escuchando. Me di la vuelta, desazonada. Estaba a solo unos metros del coche. Allí no podía haber peligro alguno... Entonces recordé el andén repleto de gente. Eché a correr hacia la carretera.

—Ah, ahí está —dijo una voz cálida—. Nos preguntábamos dónde te habrías metido.

Otro coche había aparcado junto al nuestro: era el coche de Whiffy Featherstonehaugh y en él iban Marisa Pauncefoot-Young y Belinda, que en ese momento desplegaban un mantel sobre la hierba.

—¿Adónde vais? —pregunté, y me respondieron con unas risas jocosas.

—Al mismo sitio que tú, tonta. Somos el resto de la recepción.

—Ven a sentarte con nosotros. —Whiffy dio unas palmadas en la manta a su lado—. La madre de Marisa ha comprado unos manjares exquisitos en Fortnum.

Me senté y me sumé a su pícnic, mucho mejor que el nuestro, pero apenas conseguí disfrutar del faisán frío ni de los pasteles de carne de Melton Mowbray ni del queso Stilton porque no me quitaba de la cabeza que las mismas personas a las que intentaba evitar iban a estar conmigo en el campo.

Volvimos a ponernos en ruta. Observé su Armstrong Siddeley, que nos precedía por la carretera. ¿Podía ser mi sexto sentido celta lo que me había hecho sentir inquietud en el mismo instante en que habían llegado?

Era ridículo. Los conocía a todos desde muy pequeña. Me dije que estaba reaccionando de forma exagerada. Los accidentes de la semana anterior habían sido eso: meros accidentes y no algo más siniestro. Los había interpretado de otra manera por la aparición del cadáver en la bañera y porque estaba sola en un lugar algo extraño para mí. Ahora iba a gozar de unos días de tranquilidad y diversión, e intentaría olvidar lo que nos había ocurrido al pobre Binky y a mí.

El Armstrong Siddeley, más potente, nos dejó atrás y seguimos avanzando tranquilamente por pistas secundarias y frondosas. Tristram aminoró la velocidad.

—Allí, entre los árboles —dijo, señalando con un dedo—. Eso es Eynsleigh. ¿Lo recuerdas?

Miré hacia abajo y vi una larga y elegante entrada para coches flanqueada por plátanos. Detrás había una barroca mansión estilo Tudor de ladrillo rojo y blanco que me despertó recuerdos felices. Había recorrido ese camino a lomos de mi poni, Squibbs, menudo y gordito. Y sir Hubert me había construido una casa en un árbol.

—No me extraña que adores este lugar. Lo recuerdo rebosante de alegría.

Proseguimos camino y enseguida nos aproximamos a otra casa encantadora. Era Farlows, el hogar de los Mountjoy, de estilo georgiano y líneas elegantes, y con una balaustrada coronada con estatuas de mármol clásicas. En el camino para coches había otra columnata de estatuas.

—¿No te parece impresionante? —preguntó Tristram—. Salta a la vista que el negocio de las armas es rentable; claro, siempre se está librando una guerra en alguna parte. Hasta las estatuas parecen violentas, ¿verdad? Son incluso más inquietantes que ese ángel feroz de tu casa.

Pasamos junto a un lago artificial con fuentes encendidas y nos detuvimos junto a una escalinata de mármol que conducía a la entrada principal. Varios sirvientes de librea salieron de inmediato.

—Bienvenida, milady —murmuraron al recoger mi equipaje y llevárselo a toda prisa.

En lo alto de la escalera me recibió el mayordomo.

—Buenas tardes, milady. Permítame transmitirle mi pesar por el apuro en que se encuentra su excelencia; lamenté mucho la noticia. Si le apetece tomar una taza de té, lady Mountjoy la espera en la galería.

Estaba de vuelta en un mundo cuyas normas conocía. Seguí al mayordomo por la galería, donde Whiffy y sus acompañantes ya daban cuenta de los *crumpets* con Imogen Mountjoy. Varios invitados de mayor edad se habían sentado juntos; reconocí entre ellos a los padres de Whiffy. Lady Mountjoy se puso en pie y fue a recibirme.

—Querida, cuánto me alegro de que haya venido en un momento tan perturbador. Todos compadecemos mucho a su pobre y querido hermano. Menuda farsa... Confiemos en que lleguen cuanto antes al fondo de la cuestión. Venga a saludar a Imogen y a nuestros invitados estadounidenses.

Imogen fingió emocionarse.

—¡Georgie! ¡Qué alegría verte! —exclamó.

Nos dimos dos besos en el aire, sin llegar a tocarnos la mejilla. Miré alrededor, esperando ver a la señora Simpson, pero los estadounidenses resultaron ser el señor y la señora Wilton J. Weinberger.

—Tengo entendido que su hermano es el duque sobre el que hemos estado leyendo —dijo él al estrecharme la mano.

—Y estos son nuestros vecinos, el coronel y la señora Bantry-Bynge.

Lady Mountjoy tiró de mí antes de que pudieran seguir interrogándome sobre el asunto. Me había extrañado que la mujer me resultara vagamente familiar. Noté que me ruborizaba y me preparé para el desastre. El coronel Bantry-Bynge me estrechó la mano.

—Un placer —dijo con efusividad.

También la señora Bantry-Bynge me tomó la mano.

—Es un honor conocerla, su señoría. —E hizo una leve reverencia.

Bajó la mirada, por lo que no tuve modo de saber si me había asociado a su esporádica doncella. En caso afirmativo, no diría nada, por supuesto, ya que yo sabía lo que sabía. Me quedé con el grupo, intercambiando cumplidos sobre «su encantadora campiña británica» y comentarios del tipo «Qué decepción ha supuesto para Willy que no haya cacería». Luego, por suerte, Imogen me llevó a ver las fotografías de su reciente viaje a Florencia.

—¿Estos son todos los chicos con los que podremos bailar? —susurré—. ¿Whiffy y Tristram?

Imogen hizo una mueca.

—Lo sé. Desalentador, ¿verdad? Pero mamá dice que no es un fin de semana de jóvenes y que todo esto es por el príncipe y sus amigos, y que está intentando encontrar a un par de hombres más que no sean unos carcas y que puedan llegar a tiempo para el baile de mañana. Whiffy no está mal como pareja de baile, pero Tristram no para de pisotear. Es incorregible, ¿verdad? De pequeña no soportaba que lo trajeran para que jugara con nosotras; siempre rompía los juguetes o se caía de los árboles y nos metía en un lío.

—Imogen, ¿qué tal si acompañas a tus amigas a sus habitaciones? —sugirió lady Mountjoy—. Estoy segura de que tenéis un sinfín de cosas de que hablar.

—Buena idea. Vamos. —Nos precedió por la escalera con unos andares muy poco propios de una dama—. Lo que sea por alejarme de esa gente horrible —dijo, volviendo la mirada hacia el pie curvado de la escalera—. Gracias a Dios que no es temporada de caza; si no, ese Wilton habría acabado con nuestros caballos. Qué deprimente, ¿verdad? Me refiero a que una albergaba esperanzas con el príncipe de Gales, pero por lo visto él tiene otros intereses.

—Sí, un interés que vendrá con su esposo —dijo Belinda, riéndose.

—¿En serio? —Marisa parecía fascinada.

—Sí. Al pobre lo arrastran de un lado a otro como si fuera un perro con correa.

Marisa hizo una mueca.

—No me dejes beber demasiado y hacer el ridículo delante de Su Alteza Real. Ya me conoces.

Llegamos a la primera planta, un espacio magnífico con bustos de mármol en hornacinas y un pasillo noble que se prolongaba en ambas direcciones.

—Tú dormirás aquí, Georgie —me informó Imogen—. Como miembro de la realeza, te corresponden los mejores aposentos, junto con Su Alteza Real. Los demás tendremos que conformarnos con la planta de arriba, como unas pobres plebeyas.

—Espero que ciertos invitados también se alojen en esta planta —susurró Belinda— o habrá bastantes correteos clandestinos por la escalera esta noche.

—No tengo claro que ya hayan llegado a la fase de correteos clandestinos —repuso Imogen—, pero sí sé que se ha asignado una habitación a cierto matrimonio en esta planta, aunque en el otro lado de la escalera, lo cual implica una caminata considerable... y frío en los pies con este suelo de mármol. —Imogen soltó una risilla—. Georgie, si oyes un gritito, será eso: unos pies fríos.

Mi dormitorio se encontraba en el extremo del pasillo. Era ciertamente encantador, con ventanas saledizas y vistas al lago y al parque. Ya habían deshecho mi equipaje y mi ropa colgaba impoluta.

—¿Has traído a tu doncella o quieres que te asigne a una para que te ayude a vestirte? —preguntó Imogen.

—Mi doncella está en Escocia, pero he aprendido a vestirme sola —contesté.

—¿De veras? Qué hábil.

—La mía viene en tren —terció Belinda—. Si quieres, te la presto.

Notaba cierta tensión con Belinda y no estaba segura de si solo la sentía yo. Había observado que no se mostraba tan cordial como de costumbre.

—Dejaremos que te cambies mientras acompaño a estas dos a sus humildes moradas —dijo Imogen—. Los cócteles se servirán a las siete, descansa hasta entonces. —Al llegar a la puerta se volvió—. Ah, hay una pequeña escalera aquí al lado que lleva a una galería alargada; allí es donde tomaremos los cócteles.

Una vez sola, me tumbé en la cama, pero no logré relajarme. Me levanté y deambulé por la habitación. Desde la ventana vi a Whiffy Featherstonehaugh alejándose de la casa. En un momento dado se giró, la miró y siguió andando con paso ligero. Lo observé sin dejar de darle vueltas a todo. Conocía a Whiffy desde niña; era un oficial de la Guardia Real, tal vez algo rígido y estirado, pero de ningún modo un asesino. Aunque también visitaba a menudo el Crockford y había coincidido allí con De Mauxville. Y... recordé algo más: las marcas en el cuaderno que había junto al teléfono en la habitación de De Mauxville: «R. ¡10:30!». Whiffy se llamaba en realidad Roderick. En algún momento del fin de semana hablaría con él. Tenía que averiguar la verdad. Estaba harta de convivir con el peligro.

Aparqué esos pensamientos y me consagré a la tarea de vestirme para la cena. Por una vez, debía parecer respetable. Había metido en la maleta un vestido de seda de color crema con mangas burdeos que entonaba con mi pelo y era lo bastante entallado como para no hacerme parecer un espárrago andante. Me atreví a ponerme un poco de colorete, me pinté ligeramente los labios y me puse el collar de perlas de mi vigesimoprimer cumpleaños.

Me enorgulleció hacerlo todo sin ayuda. Así ornamentada, fui al encuentro de los demás para socializar con ellos. La iluminación del final del pasillo era muy pobre y me dispuse a bajar la pequeña escalera de caracol con precaución. Un escalón. Dos. De pronto perdí pie, caí hacia delante y rodé escalera abajo. No había barandilla y mis manos resbalaban por las paredes lisas. Aunque supongo que todo ocurrió muy deprisa, lo viví como a cámara lenta, y vi una armadura cerniéndose sobre mí solo un instante antes de chocar contra ella. Advertí que la armadura enarbolaba un hacha en alto y levanté los brazos para defenderme. Se oyó una sinfonía de ruidos metálicos, y de pronto estaba sentada bajo una lluvia de pedacitos de armadura.

Al instante, varias personas subieron a toda prisa hasta el rellano.

—¡Georgie! ¿Estás bien?

Una colección de caras preocupadas me miraba mientras algunos me ayudaban a ponerme en pie. Me atusé el vestido; al parecer, no había sufrido ningún daño de consideración, aparte de arañazos en los brazos y una carrera en las medias.

—Debería haberla advertido sobre esa escalera —dijo lady Mountjoy—. Está mal iluminada. Ya se lo he comentado a William.

—Sinceramente, Georgie —intervino Belinda tratando de quitar hierro al incidente con humor—, estoy segura de que encontrarías algo contra lo que tropezar y caerte incluso en mitad de un suelo pulido. Oh, tu pobre brazo. Menos mal que no llevabas guantes de ópera, los habrías destrozado. Vamos a tu habitación a arreglar esto. Y te has hecho una carrera en las medias. ¿Quieres otras?

Todo el mundo fue muy amable. Dejé que me atendieran y aprecié el cuidado con el que me ayudaron a bajar el resto de la escalera.

—Aquí está, sana y salva. —Lady Mountjoy parecía aliviada—. Venga conmigo, le presentaré a Su Alteza Real. —Me llevó hasta donde se encontraba mi primo David, junto con lord Mountjoy y un par de jóvenes remilgados, a todas luces los secretarios privados de Su Alteza Real.

—Hola, Georgie —me saludó David antes de que lady Mountjoy tuviera tiempo de hacer las presentaciones—. Me ha parecido oír que te has peleado con una armadura...

—Solo ha sido un tropiezo desafortunado, señor —dijo lady Mountjoy sin darme ocasión a contestar—, pero nada grave. ¿Una copa de champán o prefiere un cóctel, Georgiana?

—Después de semejante susto, lo que necesita es un *brandy* —opinó lord Mountjoy, y me llevaron uno.

Preferí no confesar que no me gusta el *brandy* y agradecí tener algo a lo que dar sorbitos; no iba a ser nada fácil calmar mis nervios en aquel momento. Mientras me escoltaban de vuelta a mi habitación, vi algo pegado en mi falda. Era una hebra de hilo negro y recio. Al principio no entendí qué hacía ahí; luego pensé que alguien podría haberlo atado en lo alto de la escalera..., alguien que sabía que probablemente yo sería la única persona que la utilizaría esa noche. Mi agresor estaba en la casa.

CAPÍTULO VEINTISÉIS

Farlows
Viernes, 6 de mayo de 1932

Sin embargo, no tuve tiempo de pensar, pues enseguida me reunieron con las demás mujeres, entre las que vi a la señora Simpson. Iba vestida con un traje pantalón bastante parecido al que me había probado en mi catastrófica experiencia como modelo, y estaba dando audiencia en un sofá de aspecto comodísimo; en ese instante ofrecía lo que me pareció una imitación del tartamudeo del duque de York. Nos presentaron debidamente.

—Tengo la sensación de haberla visto antes... —dijo. Arrastraba un poco la voz y me miraba con aire crítico.

—Es posible —contesté, tratando de parecer desinteresada y recordando todas sus groserías.

—Veamos, usted es hija de aquella «actriz» que pescó a un duque, ¿verdad? —Hizo que la palabra *actriz* sonara como un eufemismo de algo menos honroso.

—En efecto —confirmé—. Si tiene ocasión de conocerla, tal vez pueda ofrecerle algunos consejos sobre el comportamiento adecuado de una princesa. —Esbocé una sonrisa dulce. Hubo unas risitas, y ella me fulminó con la mirada.

Cuando, tras excusarme, me alejaba, oí que decía en voz alta:

—Pobre chica, tan alta y tan desgarbada... Si consigue casarse, seguro que lo hará con un burdo granjero.

—Que sin duda será mucho mejor en la cama que lo que tiene ella —dijo una voz a mi oído, y ahí estaba mi madre, deslumbrante con un vestido azul intenso y una gorguera de plumas de pavo real a juego—. ¿Y qué son todas esas tonterías que he oído sobre Binky? Si tenía que matar a alguien, cabría esperar que fuera a Fig.

—No tiene gracia, mamá. Podrían ahorcarlo.

—No ahorcan a los duques, cielo. Lo soltarán alegando demencia. Todo el mundo sabe que los nobles están chalados.

—Pero no fue él.

—Pues claro que no. No es un tipo violento. Vomitaba cada vez que los perros atrapaban al zorro.

—Pero ¿qué estás haciendo aquí? —pregunté, por una vez encantada de verla.

—Max tiene ciertos vínculos profesionales con lord Mountjoy. Ambos están metidos en el negocio de las armas, y también va de caza con Su Alteza Real, así que aquí estamos —contestó—. Ven a conocerlo, aunque me temo que su inglés es atroz.

—Y tú no hablas alemán, ¿verdad? ¿Cómo os comunicáis?

Soltó esa risa encantadora y contagiosa que había llenado teatros.

—Ay, cariño, no siempre es necesario hablar.

Me tomó del brazo y me llevó hacia un hombre rubio, fornido e imponente que charlaba entusiasmado con el príncipe y lord Mountjoy.

—*Ja*, el *serrrdo* salvaje —le oímos decir—. Bang, bang.

—¿Ves a lo que me refería? —susurró mi madre—. Una deficiencia sin remedio, pero el sexo con él es divino.

La mención del sexo me hizo recordar una duda apremiante.

—No sé quién tiene previsto ser mi acompañante en la cena esta noche. Espero que no sea lord Mountjoy, no soporto las conversaciones formales con gente mayor.

—Tengo entendido que Will acompañará a esa insufrible americana —susurró mi madre—, como si ya estuviera oficialmente con quien tú sabes. Al pobre señor S., aquel de allí, el que intenta esconderse, lo obligarán a desfilar en solitario al final de la procesión. Me parece detestable.

—Pues entonces me va a tocar o Whiffy Featherstonehaugh o Tristram, y con ninguno de los dos me lo pasaré en grande charlando.

—Pobre Tristram. ¿Cómo le va?

—Bien, supongo. Me ha pedido que me case con él.

Mi madre se echó a reír.

—Qué horror, eso casi sería incesto. ¡Tuvisteis a la misma niñera, por el amor de Dios! Aun así, supongo que será un buen partido si mi querido Hubie muere.

—Mamá, es encantador, pero ¿imaginas lo que debe de ser estar casada con él?

—Francamente, no, pero creía que lady Mountjoy había invitado a un acompañante para ti, según ella misma dijo.

En ese momento, las dobles puertas se abrieron y el mayordomo entró en la sala.

—Su Serena Alteza, el príncipe Siegfried de Rumanía —anunció.

Siegfried, con su pelo rubio claro y liso y con el frac militar engalanado con más medallas y órdenes que un general, entró a grandes zancadas, marchó hacia lady Mountjoy, chocó los talones e hizo una reverencia.

—Gracias por la invitación —dijo.

A continuación se encaminó hacia el príncipe de Gales y volvió a chocar los talones. Después de intercambiar con él unas palabras en alemán, lo acompañaron adonde yo estaba.

—Su alteza, creo que ya conoce a lady Georgiana.

—Por supuesto. Al fin volvemos a encontrarnos. —Se postró para besarme la mano con esos labios de pez grandes y fríos—. Confío en que esté usted bien.

Me hervía la sangre. «Qué astuta», pensé. No quería que espiara a David: había planificado aquello para que volviera a coincidir con Siegfried. Sabía que me escabulliría de un encuentro en Escocia y, sencillamente, no estaba dispuesta a dejarme huir. Bien, se puede conseguir que un burro ande, pero no se puede obligar a una chica a casarse con alguien a quien detesta.

No obstante, me habían educado bien, así que me mostré cortés y atenta mientras Siegfried hablaba de sí mismo.

—La temporada de esquí ha sido fantástica. ¿Dónde esquía usted ahora? A mí se me da de maravilla esquiar, no conozco el miedo.

El gong que anunciaba la cena sonó, y todos nos pusimos en formación para desfilar hacia el salón comedor. A mí, por descontado, me emparejaron con Siegfried, justo detrás del príncipe y de lady Mountjoy. Ocupamos nuestros asientos y paseé la mirada por la mesa. ¿Quién habría sido tan artero para poner ese hilo en la escalera? Era un milagro que siguiera viva. Si hubiese aterrizado un poco más lejos o un poco más cerca, aquella hacha podría haberme caído encima o yo podría haberme roto el cuello. Miré a Whiffy y después a Tristram. Ninguno de los dos era lo que se entiende por una lumbrera. Pero Belinda... Había sido una de las alumnas más inteligentes en la escuela. Negué con la cabeza, incrédula. ¿Por qué demonios querría Belinda verme muerta?

Aún quedaba una silla vacía a la mesa. En el mismo instante en que lo advertí, las puertas volvieron a abrirse.

—El honorable Darcy O'Mara —anunció el mayordomo, y Darcy entró. Estaba elegantísimo con su traje de gala.

—Señor O'Mara —dijo lady Mountjoy cuando él se presentó ante ella disculpándose—, al final ha podido venir. Me alegro mucho. Tome asiento, por favor. Acaban de empezar a servir la sopa.

Darcy me lanzó una mirada fugaz y se sentó enfrente de mí, tras lo cual empezó a charlar con Marisa, situada a su izquierda. Notaba que tenía las mejillas incandescentes. ¿Qué hacía él allí? ¿Quién lo había invitado y por qué?

Sobre el obsequioso murmullo de la conversación, oí la voz estridente de la señora Simpson.

—A ver si lo entiendo. ¿Hay que dirigirse a usted como «frau» o como «su señoría»? ¿O simplemente es usted «señora»?

Hablaba, claro, con mi madre, que había tenido la imprudencia de sentarse demasiado cerca de ella.

—Simplemente «señora» —contestó mi madre con dulzura—. ¿Y usted? ¿Sigue casada?

Hubo un momento de silencio gélido antes de que la mesa continuara hablando del tiempo y de la sesión de golf del día siguiente.

—Mañana deberíamos salir a montar, ¿no le parece? —me dijo Siegfried—. La hípica se me da de maravilla. Soy un magnífico jinete. No conozco el miedo.

Aquello no podía estar pasándome. Me encontraba atrapada en un salón con mi madre, la señora Simpson, Labios de Pez, Darcy y alguien que intentaba matarme. ¿Podía ser peor?

No sé cómo, sobreviví a la cena. Creo que lo que me salvó fue la fabulosa comida. Para alguien que había sobrevivido a base de judías con tomate, aquello fue una sucesión de platos embriagadores: sopa de tortuga seguida de lenguado Véronique seguido de pichón seguido de rosbif seguido de carlota rusa seguida de tostadas con anchoas. Me dejó atónita todo lo que fui capaz de ingerir, dado mi estado de nervios. Ah, y cada plato iba acompañado de su vino.

Observé que la señora Simpson picoteaba de su comida y lanzaba miradas furtivas al príncipe, que a su vez le devolvía miradas de cordero.

—Ahora no me queda más remedio que comer como un pajarito o ganaré peso —comentó a quienes la rodeaban—. Es usted muy afortunada, a los alemanes les gustan las mujeres gordas. —Este último comentario iba dirigido a mi madre, por descontado.

—Razón por la cual yo en su lugar comería bastante más —replicó mi madre mirando al príncipe, entre cuyos regios antepasados se contaba el elector de Hanover y príncipe Alberto de Sajonia-Coburgo y Gotha.

Saltaba a la vista que estaba disfrutando. Me sentí aliviada cuando lady Mountjoy anunció que las damas debíamos retirarnos y la seguimos a una sala donde nos esperaba el café. Mi madre y la señora Simpson, para entonces ya enemigas acérrimas, siguieron intercambiando dardos deliciosamente melifluos. Me habría divertido observando el espectáculo, pero Belinda se había sentado a mi lado y me ofreció crema de leche y azúcar para el café. Decliné ambos.

—Pero si decías que el café solo siempre te quita el sueño...

Miré a mi madre. ¿Podía contar con ella como aliada? Sí, no es que hubiese dado mucho la talla en su función de madre, pero no me cabía duda de que querría proteger a su única hija. Los hombres llegaron poco después.

—David, acérquese, siéntese aquí. —La señora Simpson dio unas palmadas en el sofá a su lado.

Casi se oyó a los demás invitados contener el aliento. Los príncipes son «señor» en público, incluso para sus amigos más íntimos. Su Alteza se apresuró a sentarse en el reposabrazos junto a ella. El señor Simpson no estaba presente; según me dijeron, había ido a jugar al billar. Darcy se acomodó entre Marisa e Imogen, y no lo miré ni una sola vez.

—Tengo entendido que has sufrido una fea caída —dijo Whiffy—. La iluminación de los pasillos es bastante pobre, ¿verdad? Tris tropezó con una armadura en nuestra casa, aunque no es de sorprender, tratándose de él: es torpe como él solo. Por cierto, ¿sabes dónde está?

En ese momento apareció, enzarzado en una animada conversación con el príncipe Siegfried. Ambos caminaban hacia mí. No pude soportarlo un minuto más. Me excusé en cuanto tuve ocasión y me fui a mi habitación. Cuando llegué a lo alto de la escalera de caracol, la escruté en busca de pistas. Aunque estaba demasiado oscura para ver bien, me arrodillé y examiné el tercer escalón, donde había tropezado. Allí no había ningún clavo al que atar un hilo, pero sí unos agujeros reveladores en las paredes. Mi adversario o adversaria había eliminado las pruebas, pero es imposible eliminar agujeros.

Llegué a mi dormitorio y cerré la puerta con pasador. No conseguía dormir. En todas las casas hay un juego de llaves maestras que mi asesino podía conseguir, pero al menos estaría preparada cuando apareciera. Miré alrededor en busca de un arma apropiada, luego descolgué un calentador de cama de la pared y lo dejé a mi lado. Aguardaría armada, y al menor indicio de presencia humana cerca de la puerta, le estamparía el calentador en la cabeza y correría escalera abajo gritando.

Pasaron las horas. Un búho ululó y de algún rincón del parque llegó un chillido; tal vez fuera un zorro cazando un conejo. Entonces oí crujir los tablones del suelo justo delante de mi habitación. Fue un sonido muy leve, pero me puse en pie de un salto con el calentador en las manos, y me situé tras la puerta. Contuve el aliento mientras esperaba, pero nada ocurrió. Al final no lo soporté más: la abrí con el mayor sigilo del que fui capaz y miré fuera. Una figura ataviada con una bata oscura merodeaba por el pasillo como si no quisiera despertar a nadie. En un primer momento pensé que sería el príncipe de Gales, que volvía de visitar a la señora Simpson, o viceversa. Pero vi que aquella persona era más alta que el príncipe y que la americana. La figura dejó atrás la *suite* de Su Alteza Real y siguió avanzando hasta que se detuvo frente a una puerta, dio unos golpecitos muy leves y entró.

Caminé por el pasillo de puntillas contando las puertas e intentando descifrar lo que acababa de ver. Pasé frente a la *suite* del príncipe. Tenía que ser la habitación de Siegfried. Y por la silueta de la figura recortada contra la luz del rellano, no podía ser sino Tristram. Ni siquiera sabía que Tristram conociese a Siegfried. ¿Por qué iba a verlo en plena noche? Ingenua como era, solo pude llegar a una conclusión. Y se trataba de alguien que apenas el día anterior me había propuesto matrimonio. Al igual que todo lo demás en esos momentos, aquello no tenía ningún sentido.

CAPÍTULO VEINTISIETE

Farlows
Sábado, 7 de mayo de 1932

Conseguí dormirme después de atrancar una silla bajo la manija de la puerta, y me despertó el ruido que alguien hacía al manipularla con desesperación, seguido de unos golpes fuertes en la puerta. Ya era pleno día. Abrí y me encontré a la doncella con el té. Hacía un día precioso, dijo, y los caballeros habían ido a jugar al golf. Las damas estadounidenses iban a reunirse con ellos. Si quería sumarme al plan, debía apresurarme.

No tenía intención de alejarme mucho de mi madre, de lady Mountjoy y de Marisa: tenía que contar con la ventaja numérica. Me vestí, y cuando bajé a desayunar, vi que Belinda ya se afanaba con un plato de riñones.

—Magnífico banquete —dijo—. Al final hasta olvidas cuánto echas de menos estas cosas.

Sonreí y fui al aparador para servirme.

—Te he notado muy callada. ¿Es por tu hermano? ¿Estás preocupada por él?

—No, estoy preocupada por mí. —La miré a los ojos—. Alguien está intentando matarme.

—Oh, Georgie, seguro que son imaginaciones tuyas. Ya sabes que eres propensa a los accidentes.

—Pero ¿varios accidentes en una semana? Ni siquiera yo soy tan torpe.

—Ha sido un poco turbador, estoy de acuerdo, pero no dejan de ser accidentes.

—El de anoche no. Alguien ató un hilo en lo alto de la escalera. Encontré un trozo pegado en mi falda.

—¿Y clavos en las paredes?

—No, pero sí los agujeros. Mi atacante debió de quitarlos. Está claro que es un hombre o una mujer con mucha astucia.

—¿Un hombre o una mujer? ¿Quién crees que podría ser?

—Ni idea —contesté sin dejar de mirarla—, pero debe de tener alguna relación con la muerte de De Mauxville. Dime, ¿Tristram Hautbois iba en el barco el domingo?

—¿Tristram? No.

—Bueno, entonces eso desmonta mi teoría.

Belinda se puso en pie.

—De verdad, me parece que estás dejando volar demasiado la imaginación. Todos somos tus amigos, te conocemos desde hace muchos años.

—Y no habéis sido muy francos conmigo.

—¿A qué te refieres?

—A que no me dijiste que frecuentas el Crockford. El personal te conoce bien.

Me miró y se rio.

—No me lo preguntaste. De acuerdo, confieso que me encanta jugar. De hecho, se me da bastante bien. Es lo que me mantiene económicamente a flote. Y pocas veces tengo que poner yo el dinero de mis propias apuestas. A los hombres mayores les deleita confraternizar con una joven indefensa y encantadora. —Se dio unos toquecitos en los labios con la servilleta—. ¿Averiguaste algo allí?

—Solo que varios conocidos juegan más de lo que deberían.

—Todo el mundo necesita un poco de emoción en la vida, ¿no crees?

Belinda se alejó y me dejó sola en la mesa, con la duda aún de si era o no sospechosa.

Mi madre bajó antes de que acabara de desayunar y decidí pegarme a ella. Max había ido a jugar al golf, así que no se opuso a pasar unas horas con su hija. Me llevó a su habitación para que compartiéramos «un rato de chicas», como lo llamó, y me hizo probarme un sinfín de cremas y diversos perfumes. Fingí interés mientras trataba de idear la manera de decirle que mi vida corría peligro. Conociéndola, se limitaría a contestarme que no fuera tonta y seguiría como si no pasara nada.

—Bueno, ¿y a qué te dedicas? —preguntó—. ¿Sigues trabajando en Harrods con ese batín horrendo?

—No, me despidieron, gracias a ti.

—¿Te despidieron? ¿Por *moi*?

—Me dijeron que había sido maleducada con una clienta y, claro, no pude decirles que eras mi madre.

Estalló en carcajadas.

—¡Es tan tan tan gracioso, cielo!

—No. Si necesitas dinero para comprar comida, no es gracioso. Ya sabes que Binky no me da nada.

—Pobre Binky. Es probable que ya no esté en posición de volver a dar nada a nadie. Lo que ha sucedido es terrible. Pero ¿qué demonios hacía ese indeseable de De Mauxville en tu casa?

—¿Tú lo conocías?

—Claro. Toda la Riviera lo conocía. Un hombre detestable. Quienquiera que lo ahogase ha hecho un gran favor al mundo.

—Salvo por el detalle de que puede que ahorquen a Binky por un crimen que no ha cometido, a menos que yo descubra quién lo hizo.

—Deja eso en manos de la policía, cariño. No te preocupes, estoy segura de que lo resolverán. Quiero que te diviertas... Sal del cascarón, empieza a flirtear un poco. Ya va siendo hora de que pesques a un marido.

—Mamá, buscaré marido cuando me parezca oportuno.

—¿Qué tal con el aprendiz de príncipe anoche en la cena? Nunca encontrarás a un hombre con más medallas y órdenes.

—Ni con unos labios más fofos —repliqué—. Parece un bacalao, mamá.

Mi madre se rio.

—Sí, bastante. Y tengo la impresión de que es mortalmente aburrido. Aun así, la posibilidad de ser reina no es nada desdeñosa.

—Tú probaste a ser duquesa y no aguantaste mucho.

—Cierto. —Me miró con expresión crítica—. Es evidente que necesitas ropa nueva, y de mejor calidad, ahora que ya te mueves en sociedad. Veré si consigo sacarle algo a Max. Qué lástima que no tengas mi talla. Me paso la vida tirando prendas fantásticas que no puedo ponerme porque son de la temporada anterior. Claro que si el pobre Hubie muere, imagino que podrás comprarte un buen fondo de armario y una casa donde guardarlo.

La miré.

—Me dijiste que me incluyó en su testamento, pero...

—Hubie es más rico que Creso, cielo, ¿y a quién más tiene para legar su riqueza? Es posible que el pobre Tristram reciba una parte, pero creo que Hubie quería asegurarse de que tú quedaras en buena posición.

—¿En serio?

—Te adoraba. Quizá debería haberme quedado con él por tu bien, pero ya sabes que no podía soportar todos aquellos meses sin sexo mientras él navegaba por el Amazonas y escalaba montañas. —Me levantó—. Vayamos a dar un paseo, todavía no he tenido ocasión de explorar la finca.

—Vale. —Un paseo me daría la oportunidad de hablarle de mis «accidentes».

Bajamos la escalera cogidas del brazo. En la casa reinaba un insólito silencio. Al parecer, casi todos los invitados habían ido a jugar al golf. Fuera soplaba un viento tempestuoso y mi madre decidió volver a entrar en la casa para coger un pañuelo con el que recogerse el pelo o de lo contrario, según dijo, parecería un espantajo. Yo esperé fuera, con un remolino incesante de pensamientos en la cabeza. Que fuera a heredar dinero de sir Hubert constituía un buen motivo para que Tristram quisiera casarse conmigo, pero ¿matarme? No tenía sentido. Él ya iba a recibir una parte de la herencia. Además, no iba en el barco, y yo no lo había visto en el andén del metro. Y parecía de los que se desmayan al ver sangre; habría jurado que estaba a punto de desmayarse cuando aquella mujer se asfixió a nuestro lado.

Oí un ruido por encima de mi cabeza. Iba a alzar la mirada cuando oí la voz de mi madre, que gritó: «¡Cuidado!». Salté a un lado y una de las estatuas de mármol de la balaustrada se estrelló contra el suelo junto a mí. Mi madre bajó la escalera corriendo y blanca como la leche.

—¿Estás bien? ¡Qué horror! Claro, hace tanto viento... Seguro que eso llevaba años inestable. Gracias al cielo que no te has hecho nada. Gracias al cielo que no estaba contigo.

Los sirvientes salieron a toda prisa. Todos intentaron consolarme, pero me deshice de ellos y me metí en la casa. Estaba cansada de ser una víctima. No iba a soportarlo más. Corrí escalera arriba, un tramo, después otro. Y choqué contra Whiffy Featherstonehaugh, que bajaba apurado.

—¡Tú! —grité, cerrándole el paso—. Debería haberlo sabido cuando no saltaste al río para intentar salvarme. Entiendo que mataras a De Mauxville, pero ¿qué tienes contra Binky y contra mí, eh? ¡Vamos, suéltalo!

Whiffy tragó saliva; su nuez subía y bajaba y sus ojos se movían sin cesar, nerviosos.

—Creo..., creo que no tengo la menor idea de a qué te refieres.

—Acabas de estar en el tejado, ¿verdad? Vamos, no lo niegues.

—¿En el tejado? ¡Santo Dios, no! ¿Para qué iba a ir yo al tejado? Los demás ya han cogido los mejores disfraces. Lady Mountjoy me dijo que había más en otro baúl, en el desván, pero no lo he encontrado.

—Buena excusa. Eres rápido, y sin duda más astuto de lo que aparentas. Tienes que serlo para haber engatusado a De Mauxville, haberlo llevado a nuestra casa y haberlo matado allí. Pero ¿por qué nosotros? Eso es lo que quiero saber.

Me miraba como si yo fuera una especie de bestia desconocida y peligrosa.

—Mira, Georgie, no sé de qué me estás hablando. Yo..., yo no maté a De Mauxville. No tuve nada que ver con su muerte.

—¿Me estás diciendo que no te chantajeaba?

Se le descolgó la mandíbula.

—¿Cómo demonios te has enterado de eso?

Preferí no decir «De chiripa». Se me acababa de ocurrir en un arrebato de inspiración al reparar en lo espigado, moreno y distinguido que era.

—La descripción de alguien que visitó a De Mauxville en el Claridge's coincide con tu fisonomía; además, vi tu nombre en el libro del Crockford, y De Mauxville había anotado en un cuaderno una cita con «R.».

—¡Oh, cáspita! Entonces la policía también lo sabe.

Era más que probable que en ese preciso momento me encontrara en una escalera con un asesino. No fui tan tonta como para confesar que la policía no sabía nada.

—No me cabe la menor duda —contesté—. ¿Decidiste matarlo para poner fin al chantaje?

—¡Yo no lo maté! —Ahora parecía desesperado—. No puedo decir que no me alegre de que esté muerto, pero juro que no fui yo.

—¿Eran deudas de juego? ¿Le debías dinero?

—No exactamente. —Desvió la mirada—. Se enteró de mis visitas a cierto club.

—¿El Crockford?

—Oh, cielos, no. El Crockford es decente. La mitad de la Guardia Real va allí a jugar.

—Entonces, ¿cuál?

Miraba alrededor como un animal apresado.

—Preferiría no decirlo.

—¿Te refieres a un club de estriptís?

—No exactamente. —Me miró como si fuera obtusa—. Mira, Georgie, no es de tu incumbencia.

—¡Por supuesto que es de mi maldita incumbencia! Mi hermano está detenido por un asesinato que no cometió, yo corro peligro y por el momento tú eres la única persona que tenía un motivo para querer ver a De Mauxville muerto. Voy a bajar ahora mismo a llamar a la policía. Ellos llegarán al fondo de este asunto.

—No, por el amor de Dios, no hagas eso. Juro que yo no lo maté, Georgie, pero no puedo permitir que mi familia se entere de lo otro.

De pronto lo entendí. La conversación que había escuchado a escondidas en casa de Whiffy..., y el sigilo con el que Tristram se había dirigido la noche anterior a la habitación del príncipe Siegfried...

—Te refieres a clubes donde chicos se encuentran con otros chicos, ¿verdad? —pregunté—. Tristram y tú..., los dos compartís esa preferencia.

Se le puso la tez de color púrpura.

—¿Imaginas lo que pasaría si se enterase alguien? Me sacarían de la Guardia Real por una oreja, y mi familia..., bueno, mi familia nunca me perdonaría. Una saga militar desde Wellington, ya sabes.

En mi cabeza iba cobrando forma otra idea.

—Entonces, ¿conseguiste pagar a De Mauxville? Creo que el salario de la Guardia Real no da para tanto.

—Ese era el problema, de dónde sacar el dinero.

—Por tanto, ¿te llevaste objetos de la residencia familiar de Londres?

—¡Santo Dios, Georgie! ¿Ahora te dedicas a leer la mente? Pues sí, cogí algunos objetos y los empeñé; fuera de la ciudad, claro. Siempre tuve la intención de devolverlos.

—¿Y no sabes quién asesinó a De Mauxville?

—No, pero me alegro en el alma de que lo mataran. Que Dios bendiga a quien lo hizo.

—¿Has visto a alguien arriba cuando ibas de camino al desván?

—No, creo que no. Pero si quieres, te acompaño.

Vacilé. Si tenía que enfrentarme a un asesino, no era mala idea subir acompañada de un fornido oficial de la Guardia Real, aunque también podría estar metiéndome en la boca del lobo al quedarme sola con él en el tejado.

—Pediremos a los sirvientes que suban a inspeccionar —propuse, y bajamos la escalera.

La búsqueda no dio resultado: en el tejado no había nadie escondido, claro que mi agresor había dispuesto de mucho tiempo para entrar de nuevo en la casa mientras yo interrogaba a Whiffy. Todos los demás parecían creer que había sido un desafortunado accidente. Yo ya no me sentía segura en ningún sitio, y había algo que necesitaba averiguar. Me escabullí sin que nadie me viera y bajé por el camino para coches. Después, unos dos kilómetros más allá, enfilé el que llevaba a la enorme mansión estilo Tudor de sir Hubert.

Una doncella abrió la puerta y avisó al mayordomo.

—Lo lamento, pero actualmente el señor no se aloja en la casa —me informó cuando salió a recibirme—. Soy Rogers, el mayordomo de sir Hubert.

—Le recuerdo, Rogers. Soy lady Georgiana; en el pasado llegué a conocer muy bien esta casa.

Se le iluminó la cara.

—La pequeña lady Georgiana. ¡Dios mío! Se ha convertido en toda una señorita. Hemos seguido sus progresos en los periódicos, por supuesto. La cocinera recortó y guardó las fotografías de su presentación ante la corte. Qué amable es al visitarnos en un momento tan triste.

—Siento mucho lo que le ha ocurrido a sir Hubert —dije—, pero la verdad es que me trae un asunto muy delicado y confío en que usted pueda ayudarme.

—Por favor, pase al salón. ¿Puedo ofrecerle una taza de café? ¿Prefiere un jerez?

—No, muchas gracias. Verá, se trata del testamento del señor Hubert. Mi madre me dio a entender que figuro en él. Debe saber que no me interesa su dinero; le aseguro que preferiría que siguiera vivo, pero en mi familia están pasando cosas muy extrañas y he pensado que quizá tengan algo que ver con ese testamento. ¿Es posible que haya una copia en esta mansión?

—Sí, creo que hay una en la caja fuerte —contestó.

—En circunstancias normales, jamás se me ocurriría pedirle que me deje echarle un vistazo, pero tengo motivos para creer que mi vida corre peligro. ¿Por un casual conoce la combinación de la caja?

—Me temo que no, milady. Esas cosas solo las sabe el señor.

—Ah, bueno, no importa. —Suspiré—. Tenía que intentarlo. ¿Puede decirme quiénes son los abogados de sir Hubert?

—Henty y Fyfe; su bufete está en Tunbridge Wells.

—Gracias, pero no será posible contactarlos hasta el lunes, ¿verdad? —Estaba al borde del llanto—. Espero que no sea demasiado tarde...

El mayordomo se aclaró la garganta.

—Se da el caso, milady, de que conozco el contenido del testamento porque se me pidió que estuviera presente en su redacción. —Alcé la mirada—. Hay un pequeño legado para el personal de la casa —prosiguió—, y un generoso legado para la Royal Geographical Society. El resto del patrimonio está dividido en tres partes: el señor Tristram recibirá un tercio; usted, otro tercio, y el último tercio será para el primo del señor Tristram, uno de los parientes franceses de sir Hubert llamado Gaston De Mauxville.

CAPÍTULO VEINTIOCHO

Eynsleigh y Farlows
Cerca de Mayfield (Sussex)
Sábado, 7 de mayo de 1932

Seguí mirándolo fijamente mientras intentaba digerir sus palabras.

—¿Sir Hubert me deja un tercio de su patrimonio? Tiene que haber algún error —balbucí—. Apenas me conocía. Hacía años que no me veía...

—Ah, pero la recordaba con mucho cariño, milady. —El mayordomo me sonrió con expresión benevolente—. Ya sabe que quiso adoptarla.

—Sí, cuando era una niña adorable de cinco años y me gustaba trepar a los árboles.

—Nunca dejó de interesarse por usted, ni siquiera cuando su madre se fue a... —Concluyó la frase con un discreto carraspeo—. Y cuando su padre murió, se quedó muy preocupado. «No quiero imaginar a esa muchacha de adulta sin un penique a su nombre», me dijo. Insinuó que estaba seguro de que su madre nunca la mantendría.

—Cuánta generosidad... —musité, tan conmovida que me costaba contener las lágrimas—, pero sin duda el señor Hautbois debería ser el destinatario de la mayor parte del patrimonio de sir Hubert. Al fin y al cabo, es su pupilo.

—El señor consideraba que al señor Tristram no le favorecería tener a su disposición tanto dinero —repuso el mayordomo con cierta ironía—. Ni tampoco a monsieur De Mauxville, aunque fuera el único hijo de su hermana. Al parecer era adicto al juego, se movía en círculos turbios.

Me esforcé por mantener la compostura mientras el mayordomo me acompañaba para ir a ver a la cocinera y comer un poco de su famosa tarta Victoria, que de pequeña me encantaba, pero mi cabeza no paraba de pensar. El testamento proporcionaba a Tristram un motivo para querer quitarnos de en medio tanto a De Mauxville como a mí, aunque yo carecía de pruebas de que hubiera hecho nada. En cambio, por su complexión menuda en comparación con la corpulencia de De Mauxville, costaba imaginarlo perpetrando ese asesinato..., a no ser que contara con un cómplice. Recordé el tono confidente de su conversación con Whiffy en casa de los Featherstonehaugh mientras yo cepillaba el suelo, cuando ninguno de los dos sospechaba que «la doncella» hablara francés. Así que podría haber sido una conspiración en la que ambos saldrían ganando. Lo que significaba que en Farlows no me esperaba un peligro, sino dos.

Lo más lógico habría sido llamar a la policía, incluso convocar al inspector jefe Burnall, de Scotland Yard, pero sabía que todo lo que pudiera decirle solo serían suposiciones. Qué astuto había sido mi agresor, todos sus ataques podían pasar por accidentes. Y en cuanto a la muerte de De Mauxville, no había nada que la relacionara con Tristram.

Cuando enfilé de nuevo la carretera, me asaltó otra idea. Tal vez Tristram no fuera el asesino. No se me había ocurrido averiguar quién heredaría el patrimonio de sir Hubert si tanto

Tristram como yo moríamos. La noche anterior, Whiffy había comentado algo sobre su torpeza y su tendencia a tropezar con armaduras. ¿Y si otra persona acechaba en un segundo plano, a la espera de una oportunidad para librarse de Tristram y de mí? Llegué a la imponente entrada de piedra de Farlows y dudé. ¿Era sensato volver a la mansión? En cualquier caso, decidí no huir: tenía que descubrir la verdad. Observé la columnata de estatuas al pasar por su lado. Había algo en ellas... Me estrujé los sesos, pero no supe qué era. Cuando llegué al lago, me encontré a Marisa, Belinda e Imogen, que habían salido a pasear.

—Oh, aquí estás —dijo Marisa—. Todo el mundo se preguntaba dónde te habías metido. El pobre Tristram literalmente languidece, ¿verdad, Belinda? No ha dejado de incordiar interesándose por tu paradero.

—Solo he ido a dar un paseo hasta la casa donde viví de pequeña. ¿Dónde está Tristram ahora?

—No lo sé —contestó Marisa—, pero parece que se ha prendado de ti, Georgie. Yo lo encuentro un chico muy dulce..., es como un niño desamparado, ¿verdad, Belinda?

Belinda se encogió de hombros.

—Si eso es lo que te atrae a ti, Marisa...

—¿Y dónde están todos los demás? —pregunté con aire despreocupado.

—Casi ninguno de los golfistas ha vuelto aún. Por lo visto, la señora Simpson quería ir de compras a Tunbridge Wells, como si las tiendas fueran a estar abiertas un sábado por la tarde —comentó Imogen.

—Sabes que no es más que una excusa para estar a solas con el príncipe —terció Marisa.

—La única persona cuyo paradero es incuestionable es tu querido príncipe Cara de Pez —dijo Belinda con una sonrisa maliciosa—. Se ha caído del caballo al intentar saltar una valla. Él la saltó, pero el caballo no. Creo que esta noche tendrá que prescindir del baile.

A pesar de todo, me reí.

—Así que al final vas a tener que conformarte con los pisotones de Tristram —terció Imogen mientras me tomaba del brazo—, a menos que aparezca alguno de los vecinos. Siempre es mucho más fácil cuando están mis hermanos. —Echamos a andar hacia la casa y dejamos atrás las últimas estatuas—. He oído que esta mañana ha estado a punto de caerte encima una estatua. Qué mala suerte estás teniendo, Georgie.

De pronto caí en la cuenta de qué era lo que me había tenido inquieta. Caí en la cuenta de que Tristram se había delatado: había comparado esas estatuas con el ángel vengador de la casa de Rannoch, pero él solo podía haber visto esa estatua si había subido al rellano de la segunda planta, donde estaba el cuarto de baño.

Ahora al menos sabía quién era mi adversario. Seguí sumida en mis pensamientos hasta que llegamos a la casa, donde lady Mountjoy nos anunció que ya se estaba sirviendo el té y nos aconsejó que llenáramos el estómago, puesto que no cenaríamos antes de las diez. La seguimos hasta la galería, donde mi madre ya daba cuenta de los bollos. Para ser una persona tan menuda y delgada, tenía un apetito asombroso. La señora Bantry-Bynge intentaba entablar conversación con ella, sin mucho éxito. Pese a haber nacido plebeya, a mi madre se le daba muy bien hacer el vacío a cualquiera a quien considerase plebeyo.

—Si alguien necesita que le planchen el disfraz, que me avise —dijo lady Mountjoy—. Espero que todos hayan traído uno. Los jóvenes siempre son tan negligentes..., nunca traen nada. Esta mañana he tenido que improvisar varios trajes con piezas sueltas, y después el joven Roderick protestó porque no quería ir de britano antiguo. Una lástima, le dije. Había conseguido montar uno de bandolero y otro de verdugo para Tristram y para el señor O'Mara, y no quedaba nada más, aparte de las pieles de animales y la lanza. Le envié al desván a rebuscar. Nunca se sabe qué se puede encontrar ahí.

De modo que al menos esa parte del relato de Whiffy era cierto. Y sabía que Darcy iría de verdugo; sería fácil identificarlo con ese disfraz. Prolongué el té tanto como me atreví, pero ni Darcy ni Tristram aparecieron. Cuando llegó la hora de ir a cambiarse, comenté a las demás chicas que sería divertido cambiarnos todas en mi habitación, ya que era muy espaciosa y tenía buenos espejos, y ellas aceptaron la propuesta. De ese modo estaría escoltada hasta el momento de bajar al baile.

Todas hablaban emocionadas, pero yo era un manojo de nervios. Si quería demostrar que Tristram era el asesino sin dejar el menor resquicio para la duda, tendría que ofrecerme como cebo. Pero necesitaría que alguien me vigilara y pudiera declarar después como testigo.

—Chicas, escuchad —dije—, digáis lo que digáis, creo que en esta casa hay alguien que intenta matarme. Si me veis salir del salón de baile con cualquier hombre, por favor, seguidnos y no nos perdáis de vista.

—¿Y si te encontramos en pleno abrazo apasionado con él? ¿Nos quedamos mirando? —preguntó Belinda.

Vi que seguía tomándose aquello como una broma, y llegué a la conclusión de que mi única esperanza era Darcy, lo bastante fuerte como para enfrentarse a Tristram. Pero después de como lo había tratado, ¿tenía algún derecho a esperar su ayuda? No me quedaría más remedio que suplicarle misericordia en cuanto tuviera ocasión de estar a solas con él.

Seguía nerviosa cuando Belinda, Marisa y yo bajamos la escalera principal. Una banda tocaba una animada melodía, y por la puerta principal entraban más invitados. Al pie de la escalera, un lacayo con una bandeja proporcionaba antifaces a los recién llegados que no tuvieran. Marisa cogió varios y nos los dio.

—Ese no —protestó Belinda—, llega hasta la boca. No podré comer nada. Mejor el fino, el de bandolero.

—Hay un bandolero allí —susurró Marisa—. Debe de ser Tristram. No me había fijado en sus piernas, no están nada mal...

—Yo estoy buscando a un verdugo —dije—. Si lo veis, avisadme.

—Espero que no estés deseando emular la experiencia de tus antepasados con el potro de tortura —bromeó Marisa.

—Es Darcy O'Mara, idiota —replicó Belinda, dirigiéndome una mirada cómplice.

Sonreí y me llevé un dedo a los labios. El salón se llenó enseguida; encontramos una mesa libre y nos sentamos. A Belinda la invitaron a bailar casi al instante; vestida de bailarina de harén, contoneó las caderas con actitud seductora en cuanto se puso en pie. Whiffy Featherstonehaugh se acercó a nosotras; parecía muy incómodo ataviado como un britano antiguo, con pieles de animal alrededor de los hombros.

—¿Te apetece un bailecito, tesoro? —me preguntó.

—Ahora no, gracias —contesté—. ¿Por qué no bailas con Marisa?

—De acuerdo. Intentaré no pisarte —dijo mientras la tomaba de la mano, y se alejó con ella.

Yo seguí sentada tomando una copa de Pimm's. Todo el mundo se divertía, bailando y riéndose como si no tuvieran la menor preocupación en la vida. Era consciente de que el bandolero, que estaba de pie en el otro extremo del salón, me miraba.

Al menos entre tanta gente no corría peligro. Pero tenía que encontrar a Darcy.

Al fin vi una capucha negra de verdugo y un hacha avanzando entre la muchedumbre al fondo del salón. Me levanté y me encaminé hacia él.

—¿Darcy? —Le agarré de una manga—. Tengo que hablar contigo. Quiero disculparme y necesito tu ayuda con urgencia. Es muy importante.

La banda empezó a tocar el *Post Horn Gallop,* y las parejas se pusieron a cargar por todo el salón entre vítores y al grito de «Tallyho!», con el que se azuza a la jauría al avistar la presa en las partidas de caza.

Cogí del brazo a Darcy.

—Salgamos de aquí, por favor.

—De acuerdo —murmuró él, por fin.

Dejó que yo fuera delante mientras cruzábamos el salón en dirección a la terraza, situada en la parte posterior de la casa.

—¿Y bien? —preguntó.

—Darcy, siento mucho haberte acusado —dije—. Creía..., bueno, creía que no podía confiar en ti. No sabía qué pensar. Me refiero a aquel día que entraste en casa de Whiffy, no podía creer que solo hubieras ido para verme... Y con las cosas tan extrañas que estaban pasando... No me sentía segura. Y ahora sé quién estaba detrás de todo, pero necesito tu ayuda. Tenemos que atraparlo, tenemos que recabar pruebas.

—¿Atrapar a quién? —susurró Darcy, aunque estábamos solos.

Me acerqué un poco más a él.

—A Tristram. Fue él quien asesinó a De Mauxville y ahora intenta matarme.

—¿De veras?

Estaba casi pegado a mí, y antes de que pudiera comprender lo que estaba ocurriendo, una mano negra enguantada me tapó la boca y me arrastró hacia las sombras de un extremo de la terraza.

Forcejeé para ver la cara que ocultaba la capucha negra: aquella sonrisa no era la de Darcy. Y demasiado tarde reparé en que en realidad había dicho «¿De *vegas*?».

—Ese indigente de O'Mara se quedó con el disfraz de bandolero —dijo mientras yo seguía retorciéndome—, pero ha acabado siendo un golpe de suerte: le birlé el pañuelo. Intenté morderle los dedos cuando comenzó a enrollarlo alrededor de mi cuello. Intenté golpearle, darle patadas, arañarle las manos, pero él contaba con la ventaja de estar detrás de mí. Y era mucho más fuerte de lo que había imaginado. Despacio y con firmeza, me obligaba a retroceder, lejos de las luces y la seguridad, con una mano aún sobre mi boca.

—Cuando te encuentren flotando en el lago, el pañuelo delatará a O'Mara —susurró a mi oído—, y nadie sospechará nunca de mí.

Tiró con fuerza de él. Pugné por respirar mientras seguía arrastrándome.

La sangre me bombeaba en los oídos y empecé a ver puntos negros. Si no hacía algo enseguida, sería demasiado tarde. ¿Qué era lo último que Tristram esperaba de mí? Lo esperable era que intentara zafarme de él. En lugar de hacer eso, hice acopio de mis menguantes fuerzas y eché la cabeza atrás, hacia su cara. Debió de dolerle mucho, porque también a mí me dolió bastante. Dejó escapar un aullido. Podía ser más fuerte de lo que había imaginado, pero aun así no pesaba tanto y se cayó conmigo encima.

—¡Maldita! —masculló, y volvió a tirar con fuerza del pañuelo.

Yo intentaba ponerme de pie, pero él me apretaba contra el suelo, gruñendo como un animal y tensando aún más el pañuelo. Con el último ápice de brío, me incorporé y le embestí. Y debí de apuntar bien, ya que soltó un chillido y por un segundo el pañuelo se aflojó. Esta vez me escabullí y traté de levantarme. Me agarró. Abrí la boca para pedir ayuda, pero de mi garganta no salió el menor sonido.

—Y te hacías la virgen inocente —dijo una voz por encima de nosotros—. Es el sexo más salvaje que he presenciado en años. Tienes que enseñarme algunas de esas posturas la próxima vez que estemos juntos. —El bandolero enmascarado me tendió una mano.

Me puse en pie a trompicones e intenté recuperar el aliento entre toses y sofocos apoyada en él.

—Es Tristram —susurré—. Ha intentado matarme. No dejes que se escape.

Tristram también intentaba levantarse. Echó a correr. Darcy lo derribó con un ágil placaje.

—Nunca se te ha dado muy bien el *rugby,* ¿eh, Hautbois? —dijo al tiempo que apoyaba una rodilla en la espalda de Tristram y le inmovilizaba un brazo sobre ella—. Siempre pensé que eras rastrero: mentías, engañabas, robabas, metías en problemas a tus compañeros de clase... Eso hacías, ¿eh, Hautbois?

Tristram gritó cuando Darcy le aplastó la cara contra la gravilla con evidente satisfacción.

—Pero... ¿matar? ¿Por qué ha intentado matarte?

—Para quedarse con mi parte de una herencia. Mató a De Mauxville por el mismo motivo —conseguí decir, aunque la garganta seguía ardiéndome.

—Tenía la sensación de que estaba pasando algo extraño. Desde que te caíste del barco —dijo Darcy.

—Suéltame, me haces daño —gimió Tristram—. No pretendía hacerle nada, está exagerando. Solo nos divertíamos.

—Lo he visto todo y yo no lo llamaría «diversión» —replicó Darcy.

Alzó la mirada cuando oímos unos pasos en la grava a nuestras espaldas.

—¿Qué está pasando aquí? —exigió saber lord Mountjoy.

—Llame a la policía —le pidió Darcy—. He sorprendido a este tipo intentando matar a Georgie.

—¿Tristram? —se sorprendió Whiffy—. ¿Qué demonios...?

—¡Quítamelo de encima, Whiffy! ¡Lo ha interpretado todo mal! —gritó Tristram—. Solo era un juego. No iba a hacerle nada.

—«Un juego» —repetí—. Habrías dejado que ahorcaran a mi hermano en tu lugar.

—No, no fui yo. Yo no maté a De Mauxville. No he matado a nadie.

—Sí, lo mataste, y puedo demostrarlo.

Tristram empezó a lloriquear cuando lo levantaron. Darcy me rodeó con un brazo mientras se lo llevaban.

—¿Estás bien?

—Mucho mejor ahora. Gracias por venir a rescatarme.

—Me pareció que te apañabas bastante bien sin mí. He disfrutado con el espectáculo.

—¿Quieres decir que has estado ahí mirando y no has intentado ayudarme? —pregunté, indignada.

—Tenía que asegurarme de que podría testificar que en verdad intentaba matarte —contestó—. Debo reconocer que no se te da nada mal la lucha. —Puso las manos en mis hombros—. No me mires así, habría intervenido antes si te hubiera visto salir del salón de baile. Belinda estaba bailando la danza del vientre y me distraje un momento. ¡No, espera, Georgie! ¡Vuelve...!

—Corrió tras de mí cuando me solté de sus manos y eché a andar con paso airado.

Recorrí las sombras hasta la balaustrada que daba al lago.

—¡Georgie! —repitió Darcy.

—Lo que Belinda y tú hagáis no es de mi incumbencia.

—Pues, aunque resulte extraño, lo único que he hecho con Belinda ha sido sentarme a su lado delante de una ruleta. No es mi tipo, demasiado facilona. A mí me gustan los desafíos en la vida. —Me pasó un brazo por los hombros.

—Darcy, si hubieses venido antes, me habrías oído disculparme. Creía que te habías disfrazado de verdugo. Me siento fatal por las cosas horribles que te dije.

—Supongo que era una deducción lógica.

Notaba el tacto cálido de su brazo.

—¿Por qué me seguiste hasta la casa de Whiffy?

—Por pura curiosidad, y por la oportunidad de estar contigo a solas. —Respiró profundamente—. Mira, Georgie, tengo que confesarte algo. Después de aquella boda me emborraché un poco e hice una apuesta: me acostaría contigo antes de una semana.

—Así que cuando me llevaste a tu casa, el día del accidente en el barco, yo no te importaba lo más mínimo, solo intentabas ganar una estúpida apuesta...

Me estrechó los hombros con más fuerza.

—No, eso ni se me pasó por la cabeza. Cuando te saqué del río, me di cuenta de que me importabas de verdad.

—Pero aun así intentaste llevarme a la cama.

—Bueno, soy humano, y me mirabas como si yo te gustara. Te gusto, ¿verdad?

—Puede ser —contesté, y desvié la mirada—. Si estuviera segura de que...

—La apuesta está zanjada —dijo.

Me giró hacia él y me dio un beso largo e intenso en la boca. Sus brazos me estrechaban con fuerza. Me sentí como si estuviera fundiéndome con él y no quería que aquello acabara. El jolgorio de la terraza desapareció en mis oídos hasta que solo estuvimos él y yo en todo el universo.

Luego, cuando volvíamos juntos a la casa cogidos de la cintura, le pregunté:

—¿Y con quién fue la apuesta?

—Con tu amiga Belinda —contestó—. Dijo que estaría haciéndote un favor.

CAPÍTULO VEINTINUEVE

Casa de Rannoch
Domingo, 8 de mayo de 1932

E staba a punto de amanecer cuando por fin me derrumbé en la cama. Había pasado el resto de la velada prestando declaración a la policía. El inspector jefe Burnall llegó procedente de Scotland Yard en algún momento de la noche, y tuve que repetirlo todo. Al final se llevaron a Tristram, entre gritos y llantos bochornosos. Sir Hubert se habría sentido humillado ante su conducta. Según Darcy, había sido una manzana podrida incluso en la escuela, donde copiaba en los exámenes y lo culpaba a él de sus hurtos.

Volví a Londres con Whiffy, Belinda y Marisa la tarde del día siguiente, y llegué a la casa de Rannoch justo a tiempo para presenciar el regreso triunfal de Binky. Una muchedumbre se había congregado en la calle al conocer las últimas noticias, y cuando Binky se apeó del coche de la policía, todos los presentes lo vitorearon. Binky se sonrojó con aire complacido.

—No sé cómo darte las gracias, tesoro —dijo cuando estuvimos a salvo dentro y él hubo servido dos copas de *whisky*—. Me has salvado la vida, literalmente. Siempre estaré en deuda contigo. —Preferí no sugerirle que buscara la manera de restaurar mi asignación como regalo de agradecimiento—. Pero ¿cómo descubriste que había sido ese tal Hautbois quien mató a De Mauxville? ¿Confesó? Apenas me han dado detalles.

—Lo sorprendieron intentando estrangularme —contesté—, por suerte, porque no tenían manera de relacionarlo con la muerte de De Mauxville. Ni con las otras tentativas de matarme a mí.

—¿Tentativas de matarte?

—Sí, Tristram intentó diligentemente tirarme al metro, envenenarme, hacer que me cayera por una escalera y aplastarme con una estatua. Me alegra decir que sobreviví a todo. —Al parecer, lo único que no hizo fue empujarme por la borda del barco. Eso fue un extraño accidente, pero le hizo ver lo fácil que podía ser librarse de mí—. Todo el mundo conoce mi propensión a los accidentes, así que nadie habría sospechado nunca —añadí, con un escalofrío.

—Entonces, ¿no tenían pruebas de que él era el asesino?

—Las tienen ahora. En la autopsia encontraron cianuro en el cuerpo de De Mauxville y en la pobre mujer asesinada por accidente.

—¿Asesinada por accidente?

—Intentó envenenarme con un terrón de azúcar impregnado en cianuro, pero una mujer me pidió el azucarero y murió en mi lugar.

Binky parecía perplejo.

—¿Un terrón de azúcar envenenado? ¿Cómo sabía que cogerías ese terrón? ¿Había envenenado todo el azucarero?

—No. Tristram no solo era un oportunista, sino también un tipo con suerte. Llevaba el cianuro en el bolsillo a la espera de una ocasión para usarlo. Cuando la mujer de la mesa de al lado empezó a hablarme, me volví un momento, lo suficiente como para que impregnara un terrón. Luego disimuló cogiendo él uno y dejando el envenenado encima de los demás.

—Cielos, no doy crédito. Qué tipo tan astuto...

—Mucho. Fingía tan bien ser un pobre idiota agradable que a nadie se le habría ocurrido sospechar de él.

—Y todo por dinero —repuso Binky, asqueado.

—El dinero es algo muy útil, pero solo te das cuenta de lo útil que es cuando te falta.

—Muy cierto. Lo que me recuerda algo. Mientras estaba encerrado tuve muchas horas para pensar y se me ocurrió una idea brillante: abriremos el castillo de Rannoch al público. Llevaremos a estadounidenses ricos para que vivan una experiencia de caza en las Highlands. Y Fig podría ofrecer meriendas.

Me eché a reír.

—¿Fig? ¿Ves a Fig sirviendo meriendas a autobuses enteros de plebeyos?

—Bueno, no exactamente sirviéndolas, les haría de anfitriona. El honor de conocer a la duquesa y todo eso...

Pero yo no podía parar de reír. Me desternillaba de tal manera que se me saltaban las lágrimas a mares.

CAPÍTULO TREINTA

Palacio de Buckingham
Westminster, Londres
Días después, mayo de 1932

—¡Extraordinario! —exclamó Su Majestad—. Por lo que dicen los periódicos, al parecer ese joven es pariente de sir Hubert Anstruther.

—Pariente lejano, señora. En realidad, sir Hubert lo rescató de Francia.

—Entonces, ¿es francés? Tengo entendido que el hombre al que mató también lo era. Bien, eso pone un adecuado y pulcro punto final al incidente, ¿no te parece? —Me miró por encima de su taza de Wedgwood—. Lo que no se alcanza a comprender es por qué escogió la casa de Rannoch para perpetrar sus actos.

—Tristram conocía el motivo por el que De Mauxville se encontraba en Londres, y se dio cuenta de que mi hermano y yo tendríamos un buen móvil para asesinarlo.

—Vaya, un muchacho inteligente. —Tomó una fina rebanada de pan negro de la bandeja que le acercó una sirvienta—. Siempre lamento que se desperdicie la inteligencia. —Me miró y asintió con aprobación—. Parece que tú has hecho un uso admirable de la tuya, Georgiana. Te felicito. Tu hermano ha sido recibido como un héroe a su vuelta a Escocia.

Hice un gesto afirmativo. Por algún motivo, sentía un nudo en la garganta. No había sido consciente de cuánto apreciaba a Binky.

—Y todavía no he tenido ocasión de preguntarte por la recepción, con tanto sensacionalismo como ha habido últimamente —prosiguió la reina—. Doy por hecho que mi hijo y esa mujer asistieron...

—En efecto, señora.

—¿Y?

—Diría que Su Alteza está encaprichado de ella, no dejaba de mirarla.

—¿Y ella está encaprichada de él?

Lo pensé unos instantes antes de responder.

—Creo que a ella le gusta la idea de ejercer poder sobre él. De hecho, ya lo tiene comiendo de su mano.

—Oh, cielos, justo lo que me temía. Confiemos en que solo sea otro de sus antojos pasajeros o en que ella se canse de él. Tengo que hablar con el rey. Podría ser un buen momento para enviar a David a un largo viaje de visita oficial a las colonias. —Dio otro bocadito delicado al pan.

Yo acababa de coger una segunda rebanada con la esperanza de que ella no estuviera contándolas.

—Bueno, ¿y tú cómo estás, Georgiana? —preguntó—. ¿A qué vas a dedicar el tiempo ahora que todo este embrollo ha concluido?

—Acabamos de recibir la buena noticia de que sir Hubert ha salido del coma y volverá a casa —contesté—. He pensado en ir a Eynsleigh y hacerle compañía. Será un golpe muy duro para él enterarse de lo que ha hecho Tristram.

—Y todo eso para nada —dijo la reina—. Es sabido que sir Hubert tiene una constitución extraordinaria. Espero que viva muchos años.

—Eso deseamos todos, señora —convine, pensando que, al final, tendría que volver a limpiar casas.

—Avísame cuando vuelvas a Londres después de visitar a sir Hubert —dijo Su Majestad—. Creo que tengo otro encarguito para ti...

NOTAS Y AGRADECIMIENTOS

Esta es una obra de ficción. Si bien contiene cameos de algunos personajes históricos, Georgie, sus amistades y su familia solo existen en la imaginación de la autora. He intentado asegurarme de que los miembros de la realeza no hagan nada impropio y se encarnen a sí mismos con precisión.

Quisiera dar las gracias a las personas que me ofrecieron críticas y aportaciones muy amables y valiosas: las autoras de misterio y colegas de profesión Jane Finnis y Jacqueline Winspear; mi marido, John (que conoce bien a la gente bien); mis hijas, Clare y Jane, y mi club de fans particular, mis maravillosas agentes Meg y Kelly.

Gracias también a Marisa Young por prestarle el nombre a una debutante inglesa.

© Douglas Sonders

RHYS BOWEN

Rhys Bowen es una autora superventas del *New York Times* con más de cincuenta novelas en su haber. Ha sido candidata a todos los premios importantes de la literatura de misterio, incluido el Edgar(R), y ha recibido varios, entre ellos los premios Agatha y Anthony. También es autora de las series *Molly Murphy Mysteries,* ambientada en el Nueva York de finales del siglo XIX y principios del XX, y *Constable Evans Mysteries,* que transcurre en Gales, así como de dos novelas independientes de gran éxito internacional. Aunque nació en Inglaterra, actualmente vive a caballo entre Arizona y el norte de California.

Más información en https://rhysbowen.com/

Descubre más títulos de la serie en:
www.almacozymystery.com

COZY MYSTERY

Serie *Misterios de Hannah Swensen*
JOANNE FLUKE

☁ 1 　　　　☁ 2 　　　　☁ 3

Serie *Coffee Lovers Club*
CLEO COYLE

☕ 1 　　　　☕ 2

Serie *Misterios bibliófilos*
KATE CARLISLE

📖 1 　　　　📖 2

Serie *Misterios en la librería Sherlock Holmes*
VICKI DELANY

🦢 1

Serie *Secretos, libros y bollos*
ELLERY ADAMS

📖 1

Serie *Misterios felinos*
MIRANDA JAMES

🐱 1   🐱 2   🐱 3

Serie *Misterios de una diva* doméstica
Krista Davis

🍲 I

Serie *Misterios que dejan huella*
Krista Davis

🐾 I

Serie *Crimen y costura*
Sally Goldenbaum

🧶 I